规矩草

张天行 著

知识产权出版社

全国百佳图书出版单位

图书在版编目（CIP）数据

规矩草／张天行著．—北京：知识产权出版社，2017.3

ISBN 978－7－5130－4760－9

Ⅰ．①规…　Ⅱ．①张…　Ⅲ．①散文集—中国—当代　Ⅳ．①I267

中国版本图书馆 CIP 数据核字（2017）第 028918 号

责任编辑：刘　江　　　　　责任校对：王　岩
封面设计：SUN 工作室　　　责任出版：刘译文

规矩草

张天行　著

出版发行：	知识产权出版社 有限责任公司	网　　址：	http：//www.ipph.cn
社　　址：	北京市海淀区西外太平庄 55 号	邮　　编：	100081
责编电话：	010－82000860 转 8344	责编邮箱：	liujiang@cnipr.com
发行电话：	010－82000860 转 8101/8102	发行传真：	010－82000893/82005070/82000270
印　　刷：	保定市中画美凯印刷有限公司	经　　销：	各大网上书店、新华书店及 相关专业书店
开　　本：	880mm×1230mm　1/32	印　　张：	10.5
版　　次：	2017 年 3 月第一版	印　　次：	2017 年 3 月第一次印刷
字　　数：	210 千字	定　　价：	30.00 元

ISBN 978－7－5130－4760－9

小　引

　　近些年给报刊写了些文章，二三师友敦促："编个集子吧，尽量编全些……"开始我于此事不是那么积极，现在是互联网时代，一篇文章发表，如有价值，自有刊物、网站等转载传播，是不会湮没的，出版集子的作用降低了。

　　一位热心的朋友劝说："你说得不错，但编成集子出版，不是更方便别人了解你的所思所感，更有益于交流吗？"

　　他说的有道理，我被说服了，断断续续编成这个集子。

　　集内文章多为杂感，缺少系统性，然而，敝帚自珍，这些文章凝结着我十几年生活、读书的一些思考和感悟。其中没有新奇之论，更多朴实之言。

　　我还记得一些篇写作发表时的情景。

　　当看到刊有自己文章的报纸在街边报栏张贴，当看到一些文章为《读者》《青年文摘》《杂文月刊》等媒体转载，当接到前辈电话"小张，那篇文章是你写的吧……"内心自然高兴，那是一种单纯的快乐。写出合格的文章，是读书人的分内事。下面的反响需要提及：《规矩草》2014 年被列入吉林市高中一年级语文试卷阅读材料，《难以逃避的选择》2015 年被列入江苏省高中语文试卷阅读材料。文章为中学生阅读、分析，让人兴奋，感到更多的却是责任。他们读后有什么感想乃至批评意见？限于沟通的渠道，我至今不知。

把不同时期发表在各处的文章归拢，分类排序是一小小的难题，现在的分类排序是大略的，想读者也不会机械地要求。

集子初拟名"听风斋杂文"。二十多年前的一个初冬，我从一间不足8平方米的狭窄平房搬到宽敞的楼房，感到无比温暖。房子经简单装修，傍晚开灯恍如宫殿——这要归因于与过去的居住条件对比太强烈了。房子在21层，很高。阳台未封，北京冬季又多风，坐在书桌前或躺在床上，常可听到屋外呼啸的风声和门窗的震动，我暗想，如果给书房取个斋名，"听风斋"就不错的：听自然之风，也听社会之风，读书、思考……在一次学术会议上，一位书法功力深厚的朋友，酒后为我挥毫书写。当然，并没有郑重其事地制匾悬挂。然而，对我个人，这个斋名铭刻着记忆……

有朋友讲，如是名家，读者知道你的斋名，用此书名才好……我理解他的意思，想到一个简单的办法，就改用自认为较重要的文章标题作为书名。

近期我在上海《东方早报》开一专栏，当酝酿之时，吴编辑让我想一名称，我几乎不费力地就想到"听风斋杂谈"。书名未用，这也算是另一形式的存在。

联系出版，几经周折，深感出版不易。对普通读书人来说，这也是正常的。困难中，有师友鼓励扶持，给我温暖。

对文章撰写发表、集子编辑出版过程中以各种形式给予

我大力帮助的师友，真诚地说声"谢谢"！你们给予我的热
情，将激励我继续前行。

2016 年 8 月 19 日于北京

目　录

一

二

三

四

哲学家犹如永恒的革命者，"是刺激人类大脑和神经的酵母；或者说是天才。他们否定在他以前提出的见解，同时创造新的学说；或者是个相信自己力量的谦虚的人，他们燃起淡淡的有时几乎看不见的火苗，照亮通向未来的道路"，在人类正经历深刻变化的时代，哲学应有新的创造：平易而深邃、凝练而丰富、可以通向大众的心灵、照亮他们的人生之路……

一个时代有一个时代的所好，高雅也好，流俗也罢，一成风气，短时间难变。真正的知识分子当有自己的坚守与信念，在寂寞中探索，能有所发现或创造，便是最大的快乐。在学界不断翻涌的风潮面前，但愿我们不要离这一朴实的道理太远。

"规矩草"

承德避暑山庄是清朝兴建的皇家园林。纪晓岚是乾隆年间的文臣高官,自然有机会得游其间。

> 余校勘秘籍,凡四至避暑山庄。丁未以冬,戊申以秋,己酉以夏,壬子以春,四时之胜胥览焉。每泛舟至文津阁,山容水意,皆出天然;树色泉声,都出尘境。阴晴朝暮,千态万状,虽一鸟一花,亦皆入画。

读到这词句优雅的游记小品,引人遐想,接下来似乎就变味了,"其尤异者,细草沿坡带谷,皆茸茸如绿罽,高不数寸,齐如裁剪,无一茎参差长短者,苑丁谓之规矩草。出宫墙才数步,即鬖滋蔓矣。岂非天生嘉卉,以待宸游哉!"(《阅微草堂笔记》)

小草没有经过人工裁剪,竟长得整整齐齐,真是叫人惊奇。古人把道德泛化,推到极致,连花草树木都被赋予某种德性。纪晓岚眼中的小草也道德政治化了,好像在时刻列队恭迎皇帝的到来。这让人说什么好呢?

近几年,由于电视剧的热播,纪晓岚成了家喻户晓的人物,机智、潇洒。荧屏形象尽管与历史真实有不小的距离,但客观地说,在那个时代,纪晓岚要算是读书人中的一流人物,博学又有才智,不那么迂腐,但不知为什么,就我接触的一点材料，总感到他的精神被什么束缚着，没能尽情地发挥。例如，他对著述的态度，他曾讲：世间的道理与事情，都在古人的书中说尽，现在如再著述，仍超不出古人的范围，又何必再多著述。他一生中绝大部分时间都在整理前人的典籍，将中国文化作系统的分类，以便后来的学者学习。他自己的主要著作只《阅微草堂笔记》一册而已。他的话不是全无道理，特别是作为文臣，有机会读了那么多文献典籍，更容易产生上述想法。但事实上人类未认识或需要重新认识的事物尚多，毕竟不是没有新话可说，与他同时期的欧洲思想文化界正开始巨大的变革，可谓雷声隆隆，新见迭出。同样是编书，狄德罗和他的伙伴编出了不同的名堂，影响广泛……

　　我寡游，尚未到过承德避暑山庄，不知山庄里如今是否还生长着这种草，如果有，当地人是否还称为"规矩草"？

　　在一些城市的道路两边或公园，不难发现随处可见的冬青树之类，园林师傅一年总要修剪几次，剪得整整齐齐的，起纪晓岚于地下，走在道路上，不明底里，见之该称之"规矩树"了。可人们并不这样叫。这么看来，时代毕竟是进步了。

　　把冬青树剪得整整齐齐，道家人物当斥之有违自然，宽容一点，作为一种审美风格，容许其存在吧。但这种方法如果施之于人呢？当然就粗暴可怕了。若干年前，曾见文学家、漫画家丰子恺的一幅漫画：有一个园林工人模样的人，手拿大剪刀，对着一排高低不一的人头剪过去，剪刀过后，整齐划一。可以想见那些人非死即残。漫画让人看得惊心动魄，久久难忘，平和的丰先生作此画，内心一定是对社会的某些做法忍无可忍，或简直是怒不可遏了。

在人才培养、人才评价等方面，我们是否还存在类似挥舞着大剪刀，对着一队人剪过去的现象呢？

以近些年人们议论较多的教育来说，问题便颇为严重。中小学语文试题流行标准答案，推到极端，就有若干匪夷所思的事。比如，有一道题，三国时期最聪明的人是谁？孔明，学生自以为很正确，答案却是错的，因为标准答案是诸葛亮。看到这样的标准答案，大人也要崩溃了。一位小学优秀老师，上一堂语文模范课，课的主题是讲春天。"同学们，大家看窗外，请问看到了什么？"这个问题不难，小朋友踊跃回答，我看到蓝天、白云、柳树、小鸟，说什么的都有。老师最后说全错，标准答案是什么呢？我看见了春天。从某种意义上可以说看见春天是比较好的一个答案，最多说这个答案比别人高明，但没有对错之分，凭什么说别人看见的是错的，难道别人不是用自己的眼睛观察到的？

这种所谓的标准答案，严重束缚乃至阉割了儿童的想象力和思维能力，这不是个别现象，在这种情况下，再加上越来越严重的应试教育的体制，结果导致思维创新能力的萎缩。因为你只要符合老师的答案，只要想尽办法去揣摩老师的意思，而不是去大胆怀疑或提出问题。对既有的知识，连质疑都没有，怎么可能创造呢？教出来的人，即使学习好，会考试，背诵的知识多，也不过就是两脚书橱。进入社会循此发展，少有自己寻找真理的可能性、空间。

在这种教育环境下，出现下面的事就不稀奇了：一个外国人，在我们的一家美院参观画展，面对几十幅作品，他由衷地赞叹道："这位年轻艺术家画得真好啊。"等走到尽头，看到长达二十多人的作者名单，他忍不住笑了——原先他还以为出自一人之手呢！

要建设创新型国家，建设文化大国，不改变注定是不行的。但是，在各种利益交织的背景下，改变不会是一帆风顺的。

我很想到承德避暑山庄一游，首先想要看的——你一定知道了：规矩草。如果因退化或其他的原因，没有了，也没有什么遗憾的。到处是茁壮丰茂生长着的野草，空气中飘散着草香，也很好。那才是自由、生命力的象征。

（原载《中国青年报》2013 年 5 月 20 日）

哲学是一把圣火

　　哲学界正在讨论"哲学是什么"的问题。在一般人听来也许不好理解，哲学不是已经发展演变两千多年了吗？怎么连哲学是什么都搞不清了？然而，每一位深入理解哲学的人都明白，对这一问题的追问，可能带来哲学研究上的转变或突破。面对这个重要问题，哲学家、哲学史家自可以摆开阵势，严肃、认真地探讨一番。我们也无妨说一点有关哲学的闲话，或许对大问题的思考不无启示。

　　在当代中国，哲学是一个独特的学科，好像很普及，人们似乎都知道一点，一开口便是矛盾、斗争性、对立统一……同时，人们对哲学又有不少的误解，于是，哲学便有了或大或小的故事。

　　我的老师、前辈多已六七十岁，常听他们讲，当年报考大学哲学系都是第一志愿，而且是中学班级的优秀生，数理化成绩是很好的，言谈之中充满了自豪，话题转到近些年的高校，则不免摇头，报哲学系的少有第一志愿，多为第二、第三志愿，进了校门，一些学生还不安心，想办法转到别的实用专业，可见哲学的危机在高校就显现出来了。最近，一位前辈讲述了一段切身经历：他有一位亲戚的孩子成绩不好，参加高考报别的专业没把握，就想报哲学，这样考试容易些。

亲戚打听到的消息，大学录取学生，哲学系往往是分数最低的。亲戚征求他的意见。他考虑了一下，认真地回答说：成绩不好报哲学就更学不好，走上社会更不好办，不如报师范类等院校，将来踏实地干点实际工作。谈话之中，这位前辈颇有感慨：哲学怎么沦落成这个样子，竟以为学不了别的便可来学哲学。他并未因哲学门庭冷落，而告诉他的亲戚学哲学如何重要，从而引人入门，以壮大哲学研究的队伍，而是指给他一条平实的谋生之路，这对那个学生、哲学界都是有益的。

这么说来，似乎都是令人泄气的话，但也有令人鼓舞的。

有两个博士研究生。一位学经济的对另一位学哲学的不无同情地说：你研究哲学，研究来研究去，能有什么用？换一般的哲学弟子，面对此问，多半没了士气，与人一起唠叨哲学的无用。没想到学哲学的这位毫不示弱：你搞经济，用的数据多是有水分的，能研究出什么真学问？告诉你吧，一个人要是不学点哲学、不懂点哲学，这辈子算是白活了。那位学经济的闻听此话，哦哦了几声，竟接不上话来，不战而退。

时至今日，这位同行朋友讲起，仍一脸的昂然之气，仿佛一位侠客述说一剑封喉的辉煌。话不一定全对，但这种为从事哲学研究而自豪的气概，不很令人佩服吗？毋庸讳言，这种热情自豪是一些研究人员身上所缺乏的。

这位朋友毕业不久走上了领导岗位，与之相谈，自云，用哲学的智慧指导工作，在领导岗位上，德便是一种才……

对领导工作，颇有一些不同于时俗的理解。在他身上，我看到了哲学或中国传统哲学的力量。

单位里新分来博士毕业生，他的本科并不是学哲学的。我问，为什么转到哲学研究来呢？他回答：喜欢。从每次上班他忙忙碌碌的身影，可以看出这是他的真心话。这是一个很好的回答。兴趣是最好的老师，发自内心的喜欢必将推动他在哲学的园地里耕耘、探求，从而取得优异的成绩。

再过几年，自己也可以指导研究生了，我想，在招考学生时，除了看他的基础知识、一般能力外，还应该注重考察他对这一行业的热情，在决定研究成绩大小的因素中，这该是十分重要的一个。对于为了谋求更好的物质生活者，也应像那位前辈一样，劝他选择更实用、更容易赚钱的专业。

哲学曾红火热闹过，也正经历冷落。客观地说，红火之时，并非全是幸事，冷落之中，也并非全无希望。撇开浮面的种种现象，可以说，时代、社会的发展都在呼唤着真正的哲学，世界的迅速发展，提出若干时代的课题需要哲学来回答。在一个民族的文化中，哲学占据核心的地位，哲学的重大飞跃，必将推动其他人文社会科学等文化领域的发展；人们的物质、社会生活已经并将继续发生很多变化，精神生活必将更丰富、更复杂，迫切需要哲学来引导、调适，如果哲学放弃影响或不能很好地发挥作用，那么迷信、邪教等落后文化便会乘虚而入……

一位领导干部在与从事实际工作的同志谈话时，述说了自己对哲学产生兴趣的过程、研究哲学的体会，他充满深情地说：哲学是一把圣火，她不断地在召唤人们，你要靠近她，难道还怕她的灼热吗？

是的，哲学就是照亮时代、人生的圣火。哲学工作者的工作，正是以自己的思想或智慧让她烧得更亮！一旦你深爱她了，便会与之一起燃烧。

（原载《中国青年报》2003 年 10 月 19 日）

"我的书怎么是无所谓呢?"

在中国 20 世纪的哲学家中,熊十力无疑是一位特立独行、无所依傍的杰出人物。1949 年新中国成立,哲学界的著名人士金岳霖、冯友兰、贺麟等不但拥护中国共产党,而且热心学习马克思主义的哲学理论,虚心接受辩证唯物论与唯物史观,熊先生则表示拥护中国共产党,但声明不能接受唯物论。金岳霖、冯友兰、贺麟等的思想转变,是自觉自愿的,基于对真理的追求;熊十力则对自己的思想表现了坚强自信,其态度也是正直的。熊先生不赞同唯物论,他亦不赞同一般的唯心论,否认自己是唯心主义者,他说:"谁可以唯心主义之污名胡乱加于老夫乎?"(《乾坤衍》)从这些不难看出熊先生的个性。

1935 年,在一次谈话中,熊先生对年轻的张岱年先生说:"冯芝生(指冯友兰)说我的《新唯识论》无所谓,我的书怎么是无所谓呢?"过了一段时间,张先生见到冯友兰先生,便转问,您为什么说熊十力的《新唯识论》是无所谓呢?冯先生回答:"假如《新唯识论》在辛亥革命前后发表,那真是一部了不得的著作,但是现在时代进步了,他还讲那样一套,就显得陈旧了,所以我说他'无所谓'。"

这是 20 世纪 30 年代哲学界的一段故事,以熊先生对自己著作的自许，他一定会困惑乃至生气的。

改革开放后，熊先生的著作和思想，重新引起学术界的重视，在对其思想的评定上，有学者指出，他"身处于'五四'之后，心却在辛亥之时""为上升时期的资产阶级补造了更为完备却已经过时了的哲学体系"。熊先生的哲学"毕竟晚产了，已与时代进程脱节"。

现在看来这一不高的评价，在当时却含有为熊先生的哲学争取一定历史地位的用意，要知道在此之前，熊先生的哲学可是被不少人径视为复古主义的呢。只是，从上述观点看，他的哲学不是走在时代的前面呼唤，而是落后于时代，是在为已经过去的时代"补造"体系。熊先生真是生不逢时！

提出这一观点的研究者不知是否知道冯友兰先生的话，但那意思是颇为相近的。

哲学当然与一定时代的政治和阶级等有联系，但是对这种联系又不宜理解得过于机械、狭隘。从元哲学角度看，哲学是一定时期社会各方面发展的总结，同时又是对一个民族、国家乃至人类未来命运的展望、企盼。当一位哲学家以独特的视角探讨本体论、人性、社会理想等哲学问题时，他的理论是不会如时装那样迅速被更替、过时的。熊十力的著作中，当然反映了他的时代，但这里的时代又不仅是政治事件，当有更一般的概括。

到了50年代，张岱年先生又与冯先生谈到熊十力的著作，冯先生说："现在看来，熊十力确实了不得，他的思想确实深刻，而且逻辑性很强。"冯先生重新肯定熊十力是一位有创造性的哲学家。

　　冯先生的认识是怎么转变的呢?我想,与他对哲学性质的认识应当有一定联系。20世纪30年代后期,冯先生在研究中国哲学史基础上,也开始自己的哲学创作,写出了《新理学》等著作,他认为,哲学与科学是种类的不同,实际世界是科学研究的对象,哲学不研究实际,最哲学的哲学并不以科学为根据。他强调,哲学无须依靠做实验,不像科学那样需要实验手段。哲学靠人的思辨,而思维能力古今如一,很少变化。他认为,没有全新的哲学,中国古代哲学中如公孙龙的学说和程朱理学,是中国哲学传统中最哲学的部分,现在仍然是哲学。哲学不会随时代变化而变化,而只会随时代的前进产生出较新的哲学。他的"新理学",继承了中国哲学里程朱这一传统,"接着讲"而不是"照着讲",成为"最哲学的形上学"。将心比心,以这种观点再看熊十力的哲学,自然会有新的评价。

　　2001年,《熊十力全集》由湖北人民出版社出版。"编纂出版说明"云:"熊十力先生是现代中国和世界著名的哲学家。他的学术思想在海内外具有广泛影响,深为人们所关注。他一生著述宏富、神解卓特。他所创立的新唯识论哲学体系,批判地重建儒学,颇具独创精神,着力表现了他以现代批判传统、防止传统僵化和以传统批判现代、抗拒时俗浸染的双向批判精神。面对工业社会给人类带来的负面——人文精神的沦丧、价值和存在的迷失、道德意识的危机、生命本性的困惑,他以探寻宇宙人生的大本大源为己任,重新反省生命

13

的意义，重建人的本体和'人道之尊'……"这一评价反映了学术界在熊十力哲学研究上的深化，也显示了中国人在文化上的自信，他不仅是中国的，也是世界著名哲学家。由此看来，熊十力的著作岂是"无所谓"呢？意义实在大得很，是中国乃至世界哲学未来发展所必须参考、借鉴的资源。

熊十力一生是寂寞的，在当时的文化界，他并不属于影响很大的人物，但他从真诚出发，追求真理，警惕虚伪，拒斥异化，在心口如一、言行一致的活动中保持自己独立的人格、坚定的操守，从而使自己的人格、著作有了感人的魅力、穿越时空的力量。在文化的园地里，我们也不难看到相反的情形，一些人不停地追逐着浪潮，宣称发现突破了什么，以为走在时代的前面而导引着，甚至不遗余力地炒作，也可以造成一时的轰动，但用不多久，就成了历史的陈迹，鲜有人问津。

几十年间，对熊十力著作和思想评价的变迁，耐人回味。

（原载《哲学研究》2006 年第 2 期）

酷似现代野战军的哲学

在《首字花饰集》中，法国著名作家于连·格拉克对20世纪文学有一段独特而风趣的评论：

> 本世纪的文学越来越酷似现代的野战军了，越来越被碍手碍脚的后勤装备吞掉了。某种装备为它远距离侦察，某种为它获取情报，某种为它制定计划，某种为它整理档案，某种为它清查材料，某种已经预见到它未来的恢复，某种为它校正新的方法并在其实验室里设计未来的高级武器；运载装备的列车，辅助的勤务部门，满得要爆开；第一线的作家——真正动手写作的作家——却根本没有，或如此之少。

这段话也许只是针对法国文学，读罢让人有过苛之感。几年前初读时，我就想：将其中的"文学""作家"等换成"哲学""哲学家"，用以描述近几十年中国哲学界的状况，是否该更恰当呢？过苛吗？请看高清海先生的分析：一方面，改革开放以来，我们的哲学研究取得了许多重大的进展，在思想视野、学术积累、哲学观念等方面都达到前所未有的高度和深度。另一方面，如果不回避问题，我们也不能不承认，哲学研究存在的最根本的问题恰恰在于：缺乏应有的自我创造，失落了我们的"哲学自我"。长期以来，我们用于哲学研究的主要精力都是围绕别人的理论进行的，从别人那里输入问题、引进概念、寻求解决问题的办法，注释他人思想、解释他人著作、转介他人观点，几乎忘记了自我。

形成后面所说的状况，有若干或远或近、或大或小的复杂原因，对此，前辈时贤已有不少分析。客观地讲，哲学史与哲学的关系较文学史、文学评论与文学的关系更复杂，我们尚缺乏准确深入的分析。以至于很多人以为自己在从事哲学研究（宽泛一点说也对），实际从事的还是"后备工作"，并没有走到"前线"。

作为现代野战军，后勤装备精良充足，当然是好事，但不投入一线的战斗或投入兵力不足，肯定不正常，需要重新部署。哲学被视为一个文化的核心，引领着文化发展的方向，在社会的重大转型时期，更需要发展创新，哲学界如果表面热热闹闹，但不深刻回答人生和社会的重大问题，连在形式上进行哲学创作的都很少，那也是不符合时代要求的，更是需要改变的。听说，学界有几位中青年学者已不满足于单纯的哲学史研究，明确表示要"接着讲"或"讲自己"，开始构思自己的哲学，表现出强烈的哲学创作欲望，这应是值得鼓励的。愿他们树立起无所畏惧追求真理的勇气，拿出真正的哲学作品，参加哲学争鸣，接受社会、时代的选择，共同推动中国当代哲学的形成。

一个民族要走向兴盛，经济上的实力是必要的基础，更重要的是要从思想上站起来，一个在思想上不能站立的民族，哪怕是黄金遍地，也不可能真正成为主宰自己命运的主人。

经过持久不懈的努力，我们的哲学"野战军"一线作战能力一定会得到提高。站在哲学创作的高度来审视，我们的哲学史研究、科研管理、哲学人才培养等后勤工作迫切需要有新的视野、探索，以满足社会、时代的要求。

（原载《中国青年报》2010 年 3 月 22 日）

"无论什么到你嘴里都成了哲学"

这是梁漱溟先生的一段故事：

> 他的侄女要出嫁了，新姑爷是他的得意门生，于是在婚宴上便请他训话。他说了一段夫妇应当相敬如宾的理论后，举例说明之："如像我初结婚的时候，我对于她（手指着在座的太太）是非常恭敬，她对于我也是十分的谦和。我有时因预备讲课，深夜不睡，她也陪着我：如替我泡茶，我总说谢谢，她也必得客气一下。因为敬是相对的，平衡的……"话还没有完，忽然他太太大声叫起来："什么话！瞎扯乱说！无论什么到你嘴里都成了哲学了……"太太好像很生气了，他便不再说，坐了下来。（《梁漱溟先生纪念文集》，中国工人出版社1993年版，第221页）

"无论什么到你嘴里都成了哲学"，抛开其中略带嘲讽的意味，这倒是一个很准确生动的评价，梁漱溟先生的人生在很大意义上是哲学化了的。

哲学是"爱智之学"，哲学家之所以异于常人，首先在肯用心！所谓观察深刻、见解高超、思想周密……一切哲学家所具之特点，均可由"肯用心"训练出来。一事一物，在旁人不成问题，哲学家可以成问题，而研究思考。其所以成问题不成问题者，在肯用心与不用心而已！

梁漱溟先生常说他是问题中人，有问题就得思索，问题没解决前，他就非常痛苦，可以不吃饭、不睡觉。他曾对朋友说："我初入中学时，年纪最小。但对于宇宙人生诸问题，就无时不在心中，想到虚无处，几夜——简直是常常睡不着觉。那时我很憔悴，头发有白了的，同学们都赶着叫我'小老哥'。"这位"小老哥"一生就是找问题，想问题，钻问题，解决问题，又生问题，循环不已。

他不仅是认真求知的人，也是一位无顾虑、无畏惧、坚持说真话的人。寻根问底、独立思考、表里如一、无拘无束地敞开思想……这些可谓梁漱溟先生一生治学为人的显著特点，也是他成为卓越思想家的重要缘由。

"五四"新文化运动初期，梁漱溟先生受蔡元培先生赏识进入北京大学任教。一次，蔡元培先生和几位教授要到欧美去考察，教职员开欢送会，有几位演说，说的话大半都是希望几位先生将中国文化带到欧美去而将西洋文化带回来。梁漱溟先生听到几位都有此种言论，就问大家："你们方才对于蔡先生同别位先生的希望是大家所同的，但是我很想知道大家所谓将中国文化带到西方去是带什么东西呢？西方文化我姑且不问——而所谓中国文化究竟何所指呢？"当时的人都没有话回答，及至散会后，胡适先生、陶孟和先生笑着对梁漱溟先生说："你所提出的问题很好，但是天气很热，大家不好用思想。"梁漱溟先生暗想，一般人喜欢说好听、门面的话，如果不晓得中国文化是什么，又何必说它呢！

梁漱溟先生则抓住这一问题不放，进一步思考，一年后，有"东西文化及其哲学"的讲演，讲演整理成书出版，这便是他的成名作，在近代思想史上产生了深刻的影响。

历经坎坷，到了晚年，梁漱溟先生为人治学的风格依然未变。那些大事且不谈，来看这样一件。

20世纪80年代中叶，有关方面为一位曾被打成"右派"的著名人物举行90诞辰座谈会，其真实的含义是肯定他在历史上的功绩，以全面公开地评价其一生。几乎所有到会的发言者，都从不同的侧面回顾这位著名人物在不同历史时期为国家为民族所作的贡献，而没有人指出他的毛病，更无人提及1957年被划为"右派"的事。梁漱溟是最后几位要求临时发言者之一。他已92岁高龄，没有稿子，吐字清晰，讲了十多分钟。他一开头就说，大家都在缅怀他，先头的好几位都谈及他的贡献，他的优点，听下来大体都是事实。但我以为，作为老朋友，也不妨缅怀时提及他的一些短处。人无完人，他也不能例外。在我数十年的交往接触中，甚至觉得他的短处弱点也是十分明显的，而且一直改进不大。我说的是他常常过多地想到个人的得失，有时扩大到难以驾驭的地步。比如1957年他当了"右派"，他是不是真的够"右派"，这暂且不说，说的是他在1957年的举动，正是他个人弱点的一次暴露，他吃了这个亏。如果不是他身上的利欲所致，怕不至于这样忘乎所以吧。在1957年"反右派"开始后，许多人都在说他这个人一无是处的时候，我心里却念及他也为国家民族做过不少好事，因此我一句话也没有说。在今天大家都在念及他一生所做的种种好事时，我却觉得应该提一提他的短处、他的弱点、他的不足。我以为这才是完整的他，也可以从此完整地看到每一个人的自我。我的话可能与各位不合拍，但坦然陈言于故人，为老友，也为自己，当不会有错。

梁漱溟的讲话吸引着全体与会者。这番话，鲜明地体现了他的风格。在不同的情势下，他对那位朋友的评价，也体现了哲学的辩证观点或逆向思维。在经常是跟风转、一边倒的情况下，越显得梁漱溟先生的可贵。

我们不难看到，当今世界、当代中国遇到了一些前人所没有遇到的问题，需要有更多的思想家来回应解决。套话、门面客气话，听起来是令人舒服的，但一点也无助于解决问题，假话、空话更会误事。这是从历史上不难看到的。梁漱溟那种凡事都问个为什么、表里如一的真正哲学家风范，确凿地为我们的文化工作者指明了努力的方向。

（原载《中国青年报》2007 年 2 月 15 日）

21

哲学家也潇洒

在一般人心目中，哲学是高深枯燥的，哲学家的生活应该也是枯燥或"严肃的"。

应该说形成此种"常识"，哲学界也有责任，很多时候自我宣传不够全面，一些研究者的工作或多或少地加强了上述印象。哲学家固然有很多认真研究思考的时候，但也有如普通人一样的生活：或旅游、或交友、或喝酒，等等。把哲学家想象成不食人间烟火，永远都道貌岸然，实在是一误解。

冯友兰先生是我国 20 世纪的著名哲学家。改革开放后，迎来了对其进行研究的高潮，选集、全集、评传、研究论文集等纷纷出版，这些书多配有照片，用得较多的是冯先生晚年在三松堂内外的照片，这时，冯先生已八九十岁，戴着高度近视镜，须发斑白，或持杖而立，或安坐在椅子上、书桌旁……这当然是冯先生的风貌，看着这些照片，想到他以 84 岁高龄，开始重新编写七卷本《中国哲学史新编》，到生命结束前，奇迹般地完成了这部大著作，不禁肃然起敬。但这类照片用得太多，也有小小的问题。

2005 年年底，冯先生诞辰 110 周年时，北京大学有纪念研讨会。报到时，我拿到一本地方高校出版的论文集，封面、封底均为浓浓的黑色，封面印着冯先生的晚年头像。我禁不住对旁边的一位学友说："为什么老用晚年的照片呢？封面还是这样浓的黑色，可以用冯先生其他时期的照片嘛，比如三四十年代的……"他笑笑："编者或许觉得这样更显示哲学的深沉吧。不过，是可以换一换。"

也就在同时拿到的画传《世纪哲人冯友兰》中，我第一次看到冯先生1948年2月的一幅照片，眼睛一亮：冯先生身穿短袖休闲亚麻花衬衣，站在夏威夷的海岸边，注视着前方，神态轻松自然，海风吹动着衬衣一角，略有点长的头发自然地散卷，面色黝黑，那是沐浴海风日光后的健康之色……以此衣装风采，即使走在今天的都市，也是很潇洒的！

1946年8月，冯先生应美国宾夕法尼亚大学的邀请，担任客座教授，主要任务是讲授中国哲学史，为了准备讲课，冯先生用英文写了一部讲稿，名为 A Short History of Chinese Philosophy（《中国哲学简史》），离开纽约前，他将该讲稿交麦克米伦公司出版，出版后深受西方人的欢迎，也成为冯先生的重要著作。工作完成后，他放弃国外优厚的待遇，毅然回国，在归国的途中访友小憩。照片上的神情该是圆满完成一项工作、作出重要决断后的轻松。

最近，北京大学出版社出版了《中国哲学简史》的英汉对照本，在封二用了这张照片。我又一次地凝视，觉得很好，没有径用晚年的照片是对的。照片与此书有一定联系，可以使更多的人欣赏到当年冯先生潇洒的风采，乃至推想冯先生写书时的精神状态。此书的思想、语言、风格及其文化、哲学的涵蕴独具特色，不是偶然的。

看一些回忆文章，冯先生年轻时也喜喝酒，一次与三位朋友豪饮，一晚便喝去十二斤花雕；60 年代，冯先生常携家人于傍晚到颐和园包坐大船，一元一小时，正好览尽落日的绮辉，行人观之，船在彩霞中飘动，觉得真如神仙中人……

（原载《社会科学报》2008 年 1 月 17 日）

温胡绳教诲　思开拓进取

——关于胡老的断想

10 月 30 日，参加"马克思主义哲学与二十一世纪"国际学术研讨会，听龚育之教授讲胡绳同志病危，我坐在那里，感到震惊，转念又想，现在医疗技术发达，他是高级领导，一定会得到最好的治疗；现在学界不少年过九旬的长寿学者仍不断参加学术活动，而且时有佳作，胡老刚过 80 岁，他一定能恢复健康，率领我们的学术大军继续前进的。

没几天，报上登出了胡老逝世的消息，读着简略的文字，看着遗照，一股悲痛之情涌上心头。

胡老才华出众，青年成名，参加革命后，在党的思想理论战线上发挥了重要的作用。胡老的一生也并不是完全平坦的，但在风浪和逆境中，他有所谦退，有所守，有所为，即使在"文化大革命"那样黑白颠倒的日子里，一有条件，他便默默地耕耘，写出了《从鸦片战争到五四运动》这样广有影响的大作。1949 年到"文化大革命"结束，思想文化界风浪不断，不少知识分子或凋零，或误入歧途，而胡老处此环境，经受各种考验，走过逆境，在"立德、立言、立功"方面都达到一定的高度，一生称得上是功德圆满。这几日我常想，胡老在史学论著之外，一定有很多高超的人生智慧值得

25

我们挖掘、学习。

我与胡老并未有直接的交往，但我的导师石峻教授与胡老曾在北京大学有一段同窗之谊。在中国人民大学读书时，有很多次石公和我们谈起胡老，可以看出，对于这位杰出的同学，石公是自豪的。石公说：胡绳很年轻就成名了。他的《帝国主义与中国政治》是研究中国近代史的名著，是根据毛泽东的一个观点展开论述的。石公曾自己买来多本胡绳的《枣下论丛》，送给我和其他学生。现在想想，石公除了推重胡绳的文章，更深的意义想是希望我们认真学习马列主义理论，像胡绳前辈那样，运用马列主义指导学术研究工作，可惜我当时领会得并不深刻。

有一次，石公对我们说，《辩证唯物主义　历史唯物主义》主要是胡绳指导写的，但他不愿署名，最后就写了艾思奇。当时听了觉得很新奇，《辩证唯物主义　历史唯物主义》是广泛流传的马克思主义哲学教科书，但胡老为什么不愿署名呢？石公没有讲，我也没有深问。石公在哲学界活动50余年，交往广泛，我想他这么说必有依据，不是随便讲的。这个线索提醒我们研究艾思奇、胡绳的思想乃至中国马克思主义哲学传播发展史需注意的问题。我想，现在知道详情的人可能还健在，希望能对此有所补充或更正。再过若干年，怕是更弄不清楚了。

1988年夏，我的博士论文打印出来了，石公嘱咐我把论文《文化选择的冲突》寄一本给胡绳。我推想：一来石公深知胡绳多年从事文化问题研究，可能对该题目有兴趣；二来石公也有向老同学展示自己工作的含义，"看，我又培养了一个学生"。那一年石公年过七旬，精神健旺，老一代学者的心理也是很有意思的。

博士毕业后，我到中国社会科学院哲学研究所工作。胡老是院长，可以说，我就成为胡老帐下的一名小兵。现在想想，很奇怪，那时竟没有想过，比如由石公引荐，去胡老那里请教请教学术问题。初到社科院几年，疲于解决生存琐事，全没有这样的心情和想法，也是不谙世事怕见名人吧。岂非鲁哉！

1996 年开始，在石公指导下，我与学术界几位朋友着手编"现代中国思想论著选萃"丛书，整理重印中国 20 世纪确有价值而现在又不易找到的思想著作，为正在兴起的 20 世纪中国思想文化研究做一点基础性的工作。胡绳的《理性与自由》当然在我们的首选之列。当时我想，如能借重印之机，请胡老写一篇"重印前言"之类的文章，回忆一下当时思想文化界斗争、论辩的情况，一定是珍贵的文献，对我们研究那一段思想文化会有很大帮助。重印整理他的著作，要先与他联系，征得他的同意，当时他仍是院长，那么忙，恐不宜打扰，先放一放吧，第一辑出来了，第二辑出来了，第三辑也编定，胡老那里却一直没有去联系。如今，这一设想便成为我永久的遗憾！岁月真是无情啊，欲向胡老请教学问，岂可得乎？但好在胡老一生的著作最近都由人民出版社精美地出版了，可供我们研读学习。

由于石公的教导，我对胡老的文章是注意学习的。我的体会，他是真正的马克思主义理论家，近十几年的文章，行文没有盛气凌人之势，深入浅出平易地讲道理，思想也是很解放的，努力从理论上推动我们的改革开放伟业。

近两年，我对胡老言论印象最深刻的要算是他从院长位上退下来时，对如何办好社科院的那些希望：

> 中国社科院在现有的基础上，可以有新的办法，可以走出新的路子。我们不可能像过去那样，把全国最好的第一流的人才都集中到我院来，现在再要说它是全国最高水平的恐怕也不行。过去主要是计划经济体制，现在要研究社会科学，研究怎样和市场经济结合。我看要流动起来，要想办法把国内著名的专家学者邀来，就某一个项目进行研究，对国外著名专家学者也可这样做。社会科学研究搞近亲繁殖不行。美国的研究机构流动性就很大。如果我们的社科研究体制能流动，就可能把国内甚至国外的优秀人才集中起来搞科研，就可能出精品。我希望中国社科院能走出一条新路子来，多出人才，多出精品。（"感谢您，胡老！"，载《中国社会科学院通讯》1998 年 4 月 22 日）

说得多么精辟啊！可以看出，胡老深刻了解社科院存在的问题和危机，对如何办好社科院也认真考虑过，更有一些新颖的想法。

一声惊雷，胡老仙逝。离胡老讲这番话，过去两年多了，实现胡老的理想，还有很长的路要走。社科院上上下下的确需要常温胡老的教诲，并切实工作，更有新的开拓，"多出人才，多出精品"——这大概可视为一生从事思想文化工作的胡老对社科院的遗嘱！

对胡老光辉多彩的一生，一定会有更了解、深入研究过他的人，生动、深刻地写出来。十几年来不断受教于胡老论著的我，只能以这样简略的文字表达我对他的怀念之情。

2000 年 11 月中旬

（收入《思慕集——怀念胡绳文辑》，社会科学文献出版社 2003 年版）

泪不能禁

——追忆周礼全先生

　　哲学界的前辈周礼全先生 6 月 8 日在美国去世，享年 87 岁。可以说是得高寿而终。

　　我不是周先生的弟子，与他没有太多的交往，他也去国多年，不知为什么，近两年却会偶尔想到他，想到他的丰采、90 年代在武汉的讲演、对哲学发展方向的思考……

　　1988 年我到哲学所工作，其时，周礼全先生已经离休，但上班时仍可经常看到他的身影。他德高望重，担任所学术委员会主任，所里上上下下都很尊重他。他的头发已经全白了，但看上去精神风度很好，两眼炯炯有神。有时在楼道走路遇上，我也只是点点头打个招呼，并未向他讨教过什么问题。要知道，周先生钻研的是很专门的逻辑问题。没有一定的基础，如何与之对话呢？

　　过了几年，在所里就很少看到他的身影了，他似飞鸿般往返于中国美国之间，大概在美国的时间更多些。回国时他自然要到所里走走，毕竟是难得见到了。记得是 1996 年春季的一天，他来到中国哲学研究室办事，谈话中他提到唐君毅的《中国哲学原论》，认为是下过工夫的著作，很值得参考。他已经看过，当时我想，周先生的专业是逻辑，但对中国哲学也很有兴趣呢。

也是这一年的秋季，我的导师石峻先生八十大寿，在中国人民大学主楼会议室有一祝寿座谈会，到会者主要是石公的学生，会进行到中间，清华大学一位老师站起来讲："周礼全先生听到石公寿诞的消息，本来是要来的，但因有事要回美国，来不了，委托我向石公贺寿。他为了表达心意还写了贺寿对联。"他一边展示一边高声朗诵，大家反响热烈，石公也很有兴致地听着看着。我这才知道，两位先生在西南联大时就认识，共同度过了那段艰苦、充实的生活，以后交往不断。看来，周先生是很重友情的。

已记不得何时在什么地方看到周先生的一段自白："90年代初我到武汉开会，武汉大学哲学系请我到系里讲演，我就哲学家的使命发表讲演。我强调哲学是世界观，是安身立命的智慧。提出哲学是时代的火炬，哲学家的使命是对人类负责，对历史负责，而且对宇宙负责。我讲到康德的名言：'在我上者有日月星辰，在我心中有道德规律'。我还讲了《大学》里的三纲领和八条目，最后讲到张载有名的四句话：'为天地立心，为生民立命，为往圣继绝学，为万世开太平。'当我朗诵这四句话时，突然感情激动，老泪纵横，不能自已。会议主持人以为我身体不适，就立即宣布散会，让我安静休息。"

对此我印象格外深刻。我很想看看讲演的文字稿，但至今也没有找到。我有时想主持人的反应是否有点笨拙了，周先生的泪是真诚、纯洁的，会场上如是另一番景象就完美了，比如全体起立热烈鼓掌……当然主持人首先考虑老先生的身体，有那样的反应，也不是没有道理。

一场理性的学术讲演中为什么会泪流满面？周先生自己有一个坦率的说明："就我自己的直观感觉说，我对历史上那些伟大哲学家的崇高人格无限敬仰。对比之下，我对今天许多哲学工作者（包括我自己）就感到非常失望和惭愧。这种敬仰之心和惭愧之情的交织，震撼了我的心灵。有些爱护我的朋友说：这是我的失态。但我自己则说：这是我流露真情。"

对于周先生的这次讲演，我不能不说，那是一次融汇他的品德、学识、真情的爆发，是指示他晚年思想发展方向的一个界标，是他漫长人生中一个独特的、难以再现的"作品"。对此，我们不是应该报以热烈的掌声吗？不是需要更细致的回味和想象，从中汲取更多的启迪吗？不是需要自问，在我们的言论中，又融入了多少真情？

2000年，我在《读书》杂志读到周先生叙说自己学术生涯的文章。他对自己的学术生涯作了客观严谨的总结。我也是第一次对周先生学术道路有了概略的了解。

在这篇文章中，周先生又言及在武汉大学哲学系的讲演，特别醒目的是他对哲学未来发展方向的思考：

> 我的哲学兴趣，从80年代起就不断高涨。我在武汉大学哲学系的讲演，虽然是临时的"急就篇"，但也表现出我的哲学思想的主要趋向。我越来越感到伦理学的重要性。我倾向于回到儒家的观点，认为哲学在明明德，

在亲民，在止于至善。我也越来越感到元哲学的重要性。元哲学以哲学为研究对象。元哲学的研究可以帮助我们了解哲学的根本性质、功能和使用。这对于我们理解、评价、欣赏和创造哲学系统都是重要的和必要的。今天世界和中国的哲学现状，是不能令人满意的。有些人以艰深文简陋，有些人以糊涂充高明……这就把哲学引向了邪路。我们应维护哲学的可理解性，我们应强调哲学的实践性。哲学应指导人生，促进人生的幸福，哲学应指导社会，促进社会的进步。哲学需要革命或革新。元哲学是推动哲学革命或革新的锐利武器。

今天重读这些文字，仿佛又听到周先生激昂有力、振奋人心的声音！我们要达到这些目标，还有漫长的路要走。以周先生重视的元哲学来说，前些年学界也颇热闹一阵，但近来似又沉寂了。何时我们才有突破性的、可以告慰周先生的成果呢？

去年，在一次散步聊天中，听同楼居住的老金——周先生的同事讲到，周先生很想回国看看，但碍于身体实在无法成行了。闻听此言，让人心中顿感一丝惆怅，人到晚年总是更怀念故乡的。他晚年以高龄寄居异地，心绪不会是单一的。而从另一方面想，周先生晚年哲学的热情高涨，有机缘深入观察体验西方社会，再沉思自己曲折的人生、祖国天翻地覆的变化、当今世界的问题，哲学上会有什么新的感悟呢，等再见面时说不定又会为我们指点哲学发展的方向。

如今周先生魂归故里，可以安息了。尽管我想说我们不以眼泪迎接您的归来，但您的亲友、弟子想到您的平生、想到从此永诀，一定还是会泪光盈盈……

（原载《中国青年报》2008 年 7 月 13 日）

中国人应有文化自信

20世纪末，书画篆刻家钱君匋应邀到美国讲学，向西方听众介绍中国传统的书画篆刻艺术。回国后，他在接受记者采访时，深有感触地说，在美国，讲到东方艺术，一些人首先想到的是日本，然后才想到中国。有的甚至只知有日本，不知有中国。难道中国的书画艺术就那么不如日本吗？显然不是。但是，日本在宣传方面占了绝对的优势，他们出版了大量印刷精美的画册来传播自己民族的艺术，而且一出就是十几本一套。相比之下，我们对自己民族艺术的宣传就太不重视了。

国画大师李可染有同样的看法。他在参观日本的美术馆时发现，虽然来自世界各地的绘画作品都有，但日本画总是放在最重要的位置。他说："这值得我们思考，对自己民族的东西不重视，是很危险的。"后来，李可染买了日本简装的美术全集，共12本，中国只占1本多，日本占了4本。他说："从维护和宣扬民族文化的角度说，人家是对的，而我们在文化事业上却往往过于自卑。"

类似的问题不局限于绘画艺术领域，在文学、哲学等领域也同样存在。

我在日本做访问研究期间，曾在书店里看到一位日本学者的著作《20世纪的思想》，全书共七章，前六章介绍西方各流派思想，最后一章介绍日本两位思想家的思想，其中竟然没有中国思想家的名字。对20世纪中国哲学界来说，这是一件不公正的事情。

"只知有日本，不知有中国"的局面与我们国家应有的地位是不相称的，这确实令人感慨。此种局面的形成，有很多原因，有宣传不够的因素，也有自身缺乏文化信心的因素。

20世纪，中国在相当长时间内流行着"西方文化中心论""民族文化虚无主义"，中国人对民族传统文化缺乏全面深刻的分析和估价，自然也谈不上切实地对外宣传介绍。

应该说，对待传统文化，我们现在的态度理智多了。以哲学思想界为例，对老子、孔子、孟子等思想家，学术界不仅肯定其历史价值，而且努力挖掘其对中国乃至世界的意义，研究者把他们与苏格拉底、柏拉图等相提并论，比较异同。对此，世人都认为很正常，少有异议。

而在对中国近代以来的文化创造的评价上仍存在"过于自卑"的现象。一个民族的自信不能仅建立在古代文化的辉煌上，还需要近代和当代的文化成就来巩固和加强。

20世纪中国曾因相当长的时间处于战乱、封闭之中，一些很有潜力或已很有成就的知识分子因种种原因转为沉默乃至凋零，未能尽展其才，这是20世纪中国最惨痛的损失之一。但是，人们不能借此得出"20世纪中国文化成就不高"的结论。我们应该看到，文化的外在机缘如社会动荡虽然给文化发展带来了障碍甚至破坏，但同时也可能带来了激发异彩的机遇。20世纪三四十年代的中国处于贫穷、动乱之中，就是在辗转西南的艰苦日子里，冯友兰、金岳霖、钱穆等人完成了自己一生中的代表作……在他们的著作中涌动着因国家危亡而生发的使命感，这是他们著书立说的不可阻抑的动力，这种动力推动着他们达到了思想和学术的高峰。这是在衣食无忧、品茶挥笔的书斋中难以孕育的。类似的情形在中外文化史上都不乏例证，如明清易代之际，是一个大动荡的年代，读书人很难应付得当，非死即降，但也就是在这一腥风血雨的时期，思想、绘画等领域出现了高峰，产生了王夫之、石涛等大家，他们的文化创造工作不是在平静的岁月中进行的。

20世纪中国社会文化发展的道路是不平坦的，但我们可以说，各领域也都产生了一些卓越的人物，他们的成就和贡献仍有待细致地阐发，而这一工作首先要靠我们自己来进行。可以发现，在此方面国人已有一些自信的声音。

张岱年说："金（岳霖）先生在40年代写成认识论专著《知识论》，其中论述之精、分析之细，不仅超越古人，而且在当代西方哲学中也是罕见的。"汪曾祺说："拿沈从文来说，他的作品比日本川端康成总还要高一些吧！但是川端康成得了诺贝尔奖，沈从文却一直未获提名通过。这公平吗？"

一个民族要格外珍视本民族的文化创造，这是参与全球文化对话、交流的基础。日本的一些做法和一些已取得的效果，应该值得我们思考和借鉴。

（原载《环球时报》2004年11月26日）

"歧异"与"低劣"

可以肯定地说，20 世纪初，中美两国间的误解比现在还要多。这从当年留学生的记述中可以很容易地看出来。

就拿胡适来说，1910 年 9 月他抵达美国留学。出国之前，胡适已经初步接触了西方近代思想文化，对资本主义文明产生了向往之情，他来到美国时，以欣喜的心情注视着这里的一切，观看造成不久的飞机、男女跳舞、西方戏剧、婚礼……这些都给胡适耳目一新的感受，对他思想的变化起着潜移默化的作用。胡适到美国不久，就写下了读美国独立檄文后的感受，"觉一字一句皆扪之有棱，且处处为民请命，义正词严，真千古至文，吾国陈骆何足语此！"这表明胡适在接受西方文化方面有一个比较高的起点。

胡适一面对美国文化表示惊奇、赞叹，同时也常常不由自主地以"中人眼光东方思想"看待西方文化，对一些问题作出不同于西方人的评价，"作一文论培根，以中人眼光东方思想评培根一生行迹，颇有苛词，不知西方之人其谓之何？"培根是近代重要的哲学家，在他年轻时，当他的上司失宠，培根就帮助他人对上司进行起诉，从中国传统的伦理观念来看，自然会被视为忘恩负义之举，胡适对培根的苛词，想亦不外此类。

　　如果说类此的问题可以讨论，胡适的某些想法也能给身边的美国人以刺激甚至获得赞同，但在有的问题上就是胡适的问题了。胡适曾为完全剥夺子女权利的"包办婚姻"辩护，而且认为"吾国女子所处地位，实高于西方女子"，其理由是："吾国顾全女子之廉耻名节，不令以婚姻之事自累，皆由父母主之，男子生而为之室，女子生而为之家。女子无须以婚姻之故自献其身于社会交际之中，仆仆焉自求其偶，所以重女子之人格也。西方则不然，女子长成即以求偶为事，父母乃令习音乐、娴舞蹈，然后令出而与男子周旋。其能取悦于男子，或能以术驱男子入其彀中者乃先得偶，其木强朴讷，或不甘自辱以媚人者，乃终其身不字为老女。是故，堕女子之人格，驱之使自献其身以钓取男子之欢心者，西方婚姻自由之罪也"。今天，人们读到这段文字，自然视为不值一驳的怪论，当年的胡适却理直气壮，不觉其非，因为他评判婚姻制度的标准还是"东方思想"，或者说主要是传统的伦理观念。

　　当时，有些美国人在有关中国的演说中恣意贬低、丑化中国人，胡适非常气愤，他撰文投寄美国报刊，对这些演说力加驳斥，并想撰写专著，"忽思著一书，曰《中国社会风俗真诠》（*In Defense of the Chinese Social Institutions*），取外人所著论中国风俗制度之书——评其言之得失，此亦为祖国辩护之事"。胡适自己承认，"吾未尝无私，吾所谓'执笔报国之说'，何尝不时时为宗国讳也"，对于恶意的丑化，当然应该驳斥，但是，怀着"时时为宗国讳"的心理应战，并不是正确的态度，在狭隘情感的驱使下，一些论断便表现为极端、片面。能否为外人接受，就更难说了。

差不多比胡适晚十年留美的萧公权那一代也遇到过类似的情况，同胡适的正面论战相比，他们有更精彩的表现。

一次，某教会邀请中国学生去听新从中国回去的一位传教士报告中国的情况。萧公权、李少门等几位同学一起去听讲，谁知这位传教士把中国社会描述得黑暗无比，几乎与野蛮社会毫无分别，并且大肆讥评。听众当中有略知中国情形者，大为不平，于此君讲完之后立即建议主席，请在场的中国学生发言。大家推举李少门为代表。他站了起来，雍容不迫地作了十几分钟亦庄亦谐的谈话。他不直接驳斥传教士的错误，也不直接为中国辩护，但请大家注意，任何学识不够丰富、观察不够敏锐、胸襟不够开扩的人到了一个文化传统与自己社会习惯迥然不同的国家里，很容易发生误解，把"歧异的"看成"低劣的"。中国学生初到美国，有时也犯这种错误。他本人就曾如此。他于是列举若干美国社会里，众所周知、可恨、可耻或可笑的事态。每举出一桩之后，他便发问："那就是真正的美国吗？"（"Is this the true America?"）他略一停顿，又自己答复，说："我现在知道不是呀！"讲完后会堂里掌声雷动。那位传教士满面通红，无话可说。散会后许多美国人拥过来与李少门握手，赞许他的谈话。

可以设想，如果李少门一上来就对传教士所说的直接加以驳斥，或极力宣扬中国文化、夸张"孔孟之道"如何完善，中国历史如何光荣，可能未必有如此好的效果。

李少门的捷才妙语，令人钦佩，可惜他于1923年11月病逝。这次演讲，该是他一生中最有光彩的一笔。

几十年过去了，中国、美国之间仍有很多误解。曾执教于北京外交学院的艾米特教授，通过较长时间与中国普通民众共同生活后，惊讶地发现：不仅许多中国人对美国人的了解是片面，甚至是错误的，而且许多美国人对中国人的了解也是"想当然的"。他列举了若干方面，拿美国人对中国人的误解来说，多数美国人认为，中国人生活很贫穷。尽管从收入来看，中国人的确比美国人低得多，但实际上就衣、食、住等方面来看，中国人特别是沿海发达地区中国人的生活质量并不比一般美国人差到哪里去。这是因为中国的物价相对而言比较低。

消除误解，当然需要多交往，在这一过程中，不主观地下判断，不简单地把"歧异的"看成"低劣的"，该是很重要的原则。这也是不太为人所知的李少门演讲留给两国后人乃至更多人们的一点启示。

（原载《人权》2004年第6期）

美国的"黑箱"

近日,在海南博鳌举行的"创新与企业家精神"论坛上,嘉宾演讲结束后,主持人请嘉宾预测中国的创新能力何时能超过美国:

"最后我问五位嘉宾一个问题,很多经济学家预测2020年、2030年中国可能超越美国成为全球第一大GDP(国家),跟我们讨论主题有关的,您认为需要多少年,中国有望缩小跟美国科技、创新方面的差距? 10年、20年、100年或者还是需要1000年? 大家给一个数字,不需要解释,(中国)跟美国一样成为创新大国。"

对此,北京大学张维迎教授脱口而出:"我活着的时候没戏。"

"请问你能活多少年?"主持人追问道。

"我估计我活不了150年。"张维迎笑称。

陈志武也表示:"跟张维迎差不多的判断吧。但是有一点,在目前体制下我觉得不要有太多指望。"

具体的时间,见仁见智。仍有一定的距离是肯定的。这番对话,重要的是让人们再一次思考我国创新的有关问题、美国的成功之道,等等。

2013年7月,美国副总统拜登和新加坡建国总理李光耀在新加坡见面，两人曾有一段谈话。

拜登回忆说，李光耀当时告诉他，世界各国都对那个能够让美国每个世代自我重造的"黑箱"（黑匣子）感兴趣，想知道美国是怎么做到这一点的。"黑箱"是一种记录机师通话、飞行数据、引擎操作情况等重要资料的飞行器材。拜登回应说，美国的"黑箱"里有两个内容，一是自从美国建国以来，不断有新移民、新文化和新宗教涌入，美国的灵魂不断复兴；二是美国人基因内对规范、正统与生俱来的排斥。"美国孩子挑战现状，会获得奖赏，而不是惩罚。"拜登后来在日本东京的一场论坛上，也曾经提及与李光耀的上述谈话。

坦率地说，拜登所言已不是什么秘密。

就第一点而言，美国确实不断向全世界各种文化开放，吸收多种文化资源，建国初，吸收的是欧洲文化，美国开国元勋们拟定的开国原则基本来自欧洲人文传统。两百多年过去，美国成为世界科学技术中心，它不断吸收欧洲人文传统的精神资源，所以开国精神仍然健在，眼界开阔。美国大学文科院系，许多名教授和客座教授都来自欧洲。"二战"以后，特别是60年代后，美国又开始吸收欧洲之外的精神资源：非洲黑人文化、拉丁美洲文化和亚洲文化。美国各大学的东亚系里，负载着印度文化、日本文化和中国文化的教授们，在给美国学生输入本民族的文化精华。不仅如此，据一位生活美国多年的朋友讲，美国高中的国际性恐怕是世界第一。这些年轻的学子，既是在这里深造，又是美国未来的精神资源，他们身上天然地带着故国的文化基因。

人们常佩服美国热心输入各国人才，移民条例中给予"杰出人才"第一优先权，这当然是值得佩服的，除了尊重知识和人才外，还有一个更重要的现实考量，就是积极争夺"精神能源"。美国在人才方面的储备是充沛的——包括大学的人才储备、政府的人才储备、科研研发机构的人才储备。比如硅谷，硅谷是一个世界的创新中心，大量的高科技、新发明都来自这里，据统计，硅谷50%的企业都是移民创造的，47%的美国科学家不是出生在美国。会集各国的杰出人才，多种文化自由交流碰撞，为各领域行业的创新潜在地提供了丰厚的土壤。加上鼓励、保护创新的体制，创新的成果自然不断涌现……

对于美国"黑箱"，乃至欧洲"黑箱"、日本"黑箱"……我们仍需要研究借鉴，对他们鼓励、保护创新的若干具体举措，有待进一步认真细心地研究，明其利弊以定取舍。

时不我待，时不我予。重要的是，通过借鉴学习，开始我们改革的行动。比如，毋庸讳言，与美国相比，我们很多重要大学、国家研究机构的国际性还是很低的。大学和重要研究机构，应根据情况，积极谋求邀请更多国外有成就的教授、文化人来我国讲学、联合研究等，在国际性指标方面，逐渐向先进国家靠拢。类此的措施或改革多了，假以时日，一定会达到吸收异域文化资源、促进创新的目标。

（原载《社会科学报》2014年4月24日）

柳开千轴　不如张景一书

这是《梦溪笔谈》中的一则笔记：

> 柳开少好任气，大言凌物，应举时以文章投主司于帘前，凡千轴，载以独轮车，引试日，衣襕，自拥车以入，欲以此骇众取名。时张景能文，有名，唯袖一书，帘前献之，主司大称赏，擢景优等。时人为之语曰："柳开千轴，不如张景一书。"

沈括不愧是名家，简练几笔就为我们描述了如此精彩的一幕。

古代的科举，是与读书人一生的功名前程紧密相连的，较之今日的评职称，作用还要大些，读书人便也不惜以全力搏之。看这位柳开，好讲大话空话，文章数量惊人，也有很强烈的公关意识。想想看，一位读书人穿着士人的服装，护伴着自己的论著，一副严肃、志在必得的样子，沿途一定引来众多观者，轰动效应肯定是有的。与之相反，张景只是平静地"唯袖一书"。关键时刻，两人的表现很是不同，正因为如此，结果也就显得颇具戏剧性，耐人寻味。

在这个故事中，那位未具名的主司很令人赞佩。当他选拔张景优等时，内心可能也会有一定的压力：柳开的文章那么多，结果公布后人们会怎么看我这个考官……不过，他通晓文化作品衡量的基本标准，而且敢于坚持，不为文章的长度、数量所唬。评选的结果是为众人所首肯的，这无疑对当时学坛的文风会有导向作用。

看这则笔记，总令人不由自主地想到当今的学界。近年来，不良学风、学术腐败问题已引起学术界乃至社会各界的强烈关注，如果说抄袭剽窃是其中极端的不法行为，那么，低水平重复、追求成果数量忽视质量则是较普遍的现象。其表现是形形色色的：一些人缺乏高标准要求，提笔为文，只是一味求长，实则空洞无物或所言甚少；故弄玄虚，在一知半解中照抄外来的概念和术语，在囫囵吞枣甚至误读中，把一些概念和术语组为文章，以显示自己的时髦和深刻，其实很多词句说穿了，是很平常的思想；缺乏认真负责的态度，只求速度，引文不核对、注释不规范、论著中夹杂着常识性错误……在急功近利之心的驱使下，一些人热衷于炒作，或言过其实、自我吹嘘，或四处活动，请熟人写书评吹捧自己，在炒作的花样上表现出惊人的创造力。于是我们看到，一些平庸之作堂而皇之地出版乃至获奖。

要改变这种状况，除倡导学界中人高标准严要求外，还需要在科研管理、评价机制等方面切实下些功夫，担当评议工作的人员，更要恪尽职守，探索、执行好学术标准。在培养良好学风的诸多环节中，这是重要的一环。学术成果的评价虽不能简单而论，但基本的标准是不难看清的。

翻开《辞海》文学分册，其中介绍柳开云："反对宋初的华靡文风""作品文字质朴，然有枯涩之病"，这当是他成熟时期的文学主张、作品风格。可以设想，那次应举之后，他一定在人们的哄笑声中退而自省，文风有变。一个人的名字能写入文学史或辞书，说明最后还是有一些成就的。那么，柳开的转变经历，对今天一些自喜于洋洋洒洒、信笔为文的人，该有一定的启示吧？同时也说明，恰当的评价有很大的导向作用。

（原载《中国青年报》2002 年 11 月 24 日）

学术评价不能沦为拿尺量

　　学风、文风等问题，人们关心议论已有一段时间。从科研成果方面看，抄袭剽窃、错误连篇的且不说，这毕竟是少数，而缺乏高标准要求的现象并不少见，提笔为文，不思锤炼，洋洋洒洒，只是一味求长，求字数多，实则空洞无物，或所言甚少……这便带来虚假的"繁荣"，论部头字数很不少，但真有创见的又不多，有的论著不是把对问题的研究向前推进，而是搞得更乱。对于此类现象，人们讥之为"文化泡沫"乃至"文化垃圾"，其危害是显而易见的。

　　产生这类现象的客观原因并不难找到。长期以来稿费主要是按字数付酬，写得多，自然便拿得多，而人文社会科学研究人员工资不高，要养家糊口，又要奔更好的生活，买车买房……这促使一些人尽量把论著拉长，不是把可有可无的话、材料删掉，而是毫不犹豫地加上。再从评价标准来看，一些研究单位流于外在的形式标准，于是著作重于论文，长文胜于短文，这也驱使一些人以量取胜。研究单位评职称都有代表作或主要成果展示活动，顾名思义，是要展示主要成果，但人们还是把"全部成果"提交上来，笔者曾看到，一研究人员把与其专业关系甚远的东西也堆在那里，厚厚的一摞。一位领导看后半开玩笑地说：评职称又不是拿尺量。

学术评价不能沦为拿尺量，这就需要认真探讨艺术文化、学术作品的内在标准和规律。标准不明，便难有适从、决断。然而，要真的改变目前浮躁、追求成果数量而不重视质量的状况，一些尚自喜信笔为文的人会满怀委屈地说：这不是鞭打快牛吗？难道写的少、不写就好吗？事情当然没有这么简单。

文字、笔墨等是人们表现世界、传达知识、传递情感的工具，它的奇妙之一是，不是谁涂写得多，就传达得多，就传达得好。如何通过有限的笔墨去表现丰富甚至是无限的内容，是对作者的挑战，更多的时候需要以简驭繁、言近旨远、旁敲侧击、一唱三叹，中国古代文史哲著作大多体现着这一风格。进入近代，经历了西方文化的猛烈冲击，现在看，这一传统绝不能简单抛弃。《史记》上起轩辕、下至汉武帝太初年间，是一部体大见精、内容异常丰富的巨著，全书仅50余万字。蔺相如是位大英雄，司马迁当时能收集到的材料肯定是很丰富的，但他删繁就简，只写了蔺相如一生中关键的四五件事，从不同侧面表现他的识见、果敢和为人，一代一代读者就是根据司马迁的描述来想象这位英雄的。我们渴望有更多的材料，但就是现在这些，也足以使他的形象鲜活地确立起来，这就是大家的功力。《红楼梦》可以说是细致地、有些地方甚至是密不透风式地描写贾府各式人物的情感命运、起居饮食，即使是这样，许多地方也有跳跃，给读者留下想象的空间。作者更深刻的寓意还在于，通过一个家庭写出整个社会乃至当时中国社会的整个体制、整个朝廷危机四伏、终将败亡的命运。作者写活了一个细胞，人们得到的启示却是关乎整体的思考，而且可以向更高的层次推衍。我们还可以看到，中国画很讲究"留白""计白当黑"，高明的画家并不总是把画画得满满的，而是留有一定的空白，以调动观者的想象，丰富其内涵。

也许有人会说：你说的都是文学艺术，学术作品不在此列。当然，两相比较，学术作品更平实，但在两者间划出截然不同的界限，并不利于学术成果水平的提高。从文体上言，学术论著归入广义的散文，在成果的表达上，是可以从其他艺术形式中借鉴吸取一些东西的。研究人员有了新见解，也有表达技巧、材料选择等问题，根据不同的对象，决定哪些地方详，哪些地方略，哪些地方留待读者去思考、引申。对这些不讲求，只是平铺直叙、拖沓冗长，肯定不利于学术水平的提高，也限制了作品的影响；更下者，没有什么新观点，只是为挣稿费、评职称而强写，东拼西凑，堆积材料，这样的论著离"文化垃圾"也就不远了。

面对一些著作等身的学者，我常想，先不要急着看他的著作，如果可能，还是先看他的几篇短文，其见识、语言能力均不难估量出来，如能从中获得启发，有不错的印象，再去看其著作；反之，如一短文都写得难以卒读，无见识，乏文采，甚至词句不通，其整本著作、长文的价值也就值得怀疑了，避而远之，十之八九是可以无憾的。这也是以小见大。

论著的价值，不能简单以长短形式来论。一种思想、观点或情感有多种方式表达，但其中有高下、聪明愚笨之分，从文化作品的内在本质看，简洁、凝练还是需要发扬的传统。有时，文字少了，其实是多了，短了，其实是长了——这一点，是需要研究人员、科研管理者三思或进一步探讨的。

（原载《中国青年报》2003 年 4 月 6 日）

几人同拉一把小提琴？

1931 年 9 月，《真理报》刊出高尔基的一篇文章，他号召作家们为俄国各大工厂写厂史。紧接着，便有了具体的计划，要出版一套《工厂史丛书》。以高尔基的声望，很快吸引了许多作家参与这项工作，并且决定组成几个突击队集体写作这套丛书。

作家康－帕乌斯托斯基也被召集来了，不久前，他因中篇小说《卡腊—布加兹海湾》的出版一举成名。但他拒绝参加突击队的工作："我认为，就像不可能由两个人或三个人同拉一把小提琴一样，几个人合写一本书也是不可能的。"

康－帕乌斯托斯基把这个想法直率地对高尔基讲了。高尔基听罢，回答说："年轻人，人家会责备你自命不凡的。"好在高尔基是宽容并深知文学创作规律的，"好吧，你去干吧！不过可别丢脸，一定得带本书回来！"

后来，康－帕乌斯托斯基完成了小说《夏尔—隆塞维利的命运》，反响不错，是他文学创作生涯中的重要作品之一。如果他参加突击队，几个人或更多的人在一起讨论写作，结果会怎样？能写出什么样水平的作品，实在难说。

几个人同拉一把小提琴是荒唐的，在文化学术领域却时有类似的事情发生。

集体创作、突击队做法在我们这里也曾流行，20世纪六七十年代可谓达到一个高峰，其弊端也显示得愈加充分。70年代曾参与有关白洋淀抗日战争剧本创作的孙犁，后来回忆当时的集体创作：每天大家坐在一处开会，今天你提一个方案，明天他提一个方案，互相抵消，一事无成。积年累月，写不出什么东西，就不足为怪了。孙犁身不由己地参加了一段，厌烦不已，后来，想出一个金蝉脱壳之计，写了一个简单脚本，交上去，声明此外已无能为力。剧本大概没有写出来，想搞"样板戏"的计划泡汤了。

那时，不仅"样板戏"是这样创作，一部古籍的评注也要多人讨论完成，甚至还要吸收工农兵参加，以这种方式完成的著作曾大量印行，多年后在旧书店还可经常看到，已少有人问津矣。可以说，教训是非常深刻的。

值得注意的是，现在一些社会科学学术研究机构，在组织科研、确立资助课题时，仍乐于上大课题、集体创作，题目大、字数多、课题组成员多，资助的金额便多，简单地以为这样就可出精品、巨著。研究人员为拿到更多的资助，便设计大题目，组织十几名乃至更多的成员，口口声声喊着要搞精品——这当然不是什么难事。课题立项后呢？有些课题组又有若干问题：讨论来讨论去，进展不大者有之；结项之期将近，匆忙赶写者有之……此种制度、风气不改变，欲求精品、文化学术繁荣，无异于缘木求鱼。

在文化学术领域，集体编写与个人著书两种方式的长短已是一个迫切需要认真讨论的问题。这直接关系到文化学术工作的恰当组织，有限资源的公正分配利用，从业人员工作积极性的有效调动……

从文化学术的发展不难看出，绝大多数精品是个人之作，大师、名家也主要是以个人的作品确立自己的地位。因为人文学术讲究原创性，讲究生命和智慧的高度投入，不是简单集合组织人员就能代替得了的。以中国历史著作为例，二十四史写得最好的是"前四史"：《史记》《汉书》《后汉书》《三国志》，那都是司马迁、班固等人的个人著作。唐以后设立国史馆，靠众人力量也许在搜集资料上比较方便，但写出来的史书鲜能达到"前四史"的境界。集体编写著作的方式当然不能完全否定，特别是在编写工具书、大型著作等方面，但是，集体编写著作怎么组织？也是需要认真研究的问题。即使集体项目也应有一人认真负责地主编，不能搞人海战术。

文化学术工作要以个人创作为主，人文社会科学与自然科学研究有不同的特点，不能简单地照搬当代自然科学领域的组织管理模式、标准等。如果我们承认这些道理，不是该回到平实地做学问的道路上来吗？

（原载《中国青年报》2004 年 7 月 12 日）

无味的产品

20世纪90年代初，我到日本一所大学访问研究，住在学校的留学中心。周末自己也要做点简单的饭菜。超市里的菜肉都很贵，已在那里生活一段时间的留学生朋友向我推荐，超市里鸡肉最便宜，价钱与国内差不多。要知道，当时日本一般商品的价格是国内的八九倍呢。

超市里的鸡肉确实便宜，各个部位分别摆放，整治得都很便于烹饪。买过两三次，发现不管怎么做，很少有鸡肉的香味。与朋友聊起，他解释说：超市里卖的是速成鸡，一般养殖时间也就一两个月。原来如此，价格便宜、没有味道，也就不难理解了。

回国后，有日本朋友来访，我招待他们，餐桌上有时要比较中日之鸡肉、猪肉，他们齐说：中国的鸡肉、猪肉香，好吃！我听了很高兴。对他们说：好吃那就多吃些。但是没过多久，我们这里鸡肉、猪肉的肉味也越来越淡了……原来比较喜欢吃的辣子鸡丁已提不起胃口，在餐馆吃饭已很少点这道菜。

清蒸鱼不是什么名贵菜，那做法一般人也是知道的。六七年前，在一家餐馆，当服务员端上这盘菜时，我发现：里面用了酱油。我不解地问：清蒸鱼为什么要放酱油呢？服务员说：不这样，做出来的鱼没味。奇怪了几次，后来也就习惯了放酱油的清蒸鱼，不再说什么。其中的缘由也不难理解，各种各样的鱼多是人工养殖的，为了赚钱，想办法速成，鱼肉不仅没有鲜味，可能还有异味。放酱油也是不得已而为之。

接下来，关于蔬菜、水果等产品的抱怨也随时可闻，人们说的最多的一句便是：没味。

＊　　　　　　＊　　　　　　＊

我的少年时代正是"文化大革命"时期，"四人帮"实行文化专制主义，人们不仅物质生活穷困，所能接触到的文化产品也是极端贫乏的。改革开放后，很多原来被禁止的古典和现代作品受到重新审视，西方各式各样的文化产品涌来，当代文化工作者也拿出自己风格各异的作品……文化各领域日渐进步，人们可欣赏到的精神文化产品较过去确实大大丰富了，以致人们感叹"信息爆炸"，有应接不暇之感。

而如果从另一角度看，也存在若干问题。比如低水平重复，追求成果数量忽视质量可以说是文化领域较普遍的现象。人们看过这类作品之后的感觉是没有多少触动，没有多大收获，那感觉便犹如吃没味道的食物一样。至于众多文化产品无味的原因，同物质产品的问题也颇有类似之处，那就是作者缺乏严肃认真、潜心锤炼的工作态度，为了名利，而追求速成，匆匆地炮制。

面对无味的原材料，烹饪师的手段是不断加大调料的用量，麻辣酸甜，日趋其极。这是人们在饭店里可以很容易看到的。文化领域的烹饪师，面对自己平常乃至是肤浅的积累或发现，所用的手段除了在作品中使用一些小花样外，便只有炒作了，包里仅有一个粗略的创作提纲，便煞有介事地宣称要搞精品了，是冲着国内或国际什么大奖去的；作品出来，更少不了请名人或朋友在媒体上宣传吹捧……不明究竟的人以为大师、精品出现，纷纷观看，但看过的感觉平平，乃至大呼上当，而那些炒作的人已捞了名利而去，甚至正在心里暗笑。没过几天，类似的戏又在另一个地方上演了……

＊　　　　　＊　　　　　＊

前几天在餐桌旁，一位朋友谈到我们的烹饪，他告诉我，有识之士已在呼吁，中国烹饪再照这样走下去，将要毁掉烹饪艺术。我于这一行是门外汉，但觉得这呼吁有道理。

文化学术界又怎样呢？也是在餐桌旁，一位前辈列举文化学术界的种种现象后，断然地说：照这样搞下去，又要毁掉一批人。我忝列这一行，心想，这愤激之语是很有道理的。

（原载《中国青年报》2003 年 11 月 23 日）

对一流大学的误读

近年来，由于社会的需求，国家和社会对高校的投入加大，不少高校校园建设发生巨大变化，设施先进、外观豪华的办公楼、图书馆、实验楼等拔地而起，看上去颇为气派漂亮，学校的主政者、员工也以此自豪，遇有来宾、领导考察，当然要兴冲冲地展示一番，赢得不少赞许、羡慕。很多高校争相征购土地、大兴土木，甚至一个大学就成了一个"城"，"城"内大楼鳞次栉比，至于有多少大楼摆设意义大于其实用价值，自然只有大学自己知道。据最新报道，某省仅厅属的22 所高校就贷款 70 多亿用于校区建设，这是一笔不小的开支……

可以说，现在我们的一些大学在硬件建设方面，已经接近甚至超过国外的知名学府，哈佛大学占地 2300 亩，普林斯顿大学占地 1820 亩，我们很多大学占地面积超过 5000 亩，这些世界名校与中国的一些大学比起来，简直是"小巫见大巫"，剑桥、牛津大学的建筑多是陈旧、低矮的，但他们的资金其实非常充裕，只不过他们把资金用到提高教职员的素质上，用到培养人才，提高人才待遇上……

简单的对比令人想起一件往事。1929 年，清华大学增加了许多教授，开始建筑两座洋楼，图书馆里添了价值几百万元的书籍。面对学校建设的进步，青年教师冯友兰有另一方向的思考：这些方面的进步愈大，清华耗费国家和社会的钱愈多，清华对国家和社会的责任也就愈大。建筑及设备之增加，固然可以称是当局对于学校之成绩，但绝不能算是学校对于社会之成绩。清华对于国家和社会的贡献，究竟有多么大？若反省，我们真觉惭愧。"眼看清华墙外，尽是烽火连天，我们在清华墙里面，应该怎样利用我们的机会，使国家和社会能得到我们最大的、可能的贡献？"言语之间有一种强烈的责任感。清华大学在学术上的辉煌与师生的这种责任感应有密切联系。

今天，很多高校在建筑上的投入可能已非当年的清华可比，在一片投资建设声中，又有多少人如当年的冯先生那样明白简单的道理，意识到肩上的责任呢？缺少或根本没有此种意识，简单地以为建筑增加就是学校对社会的贡献，就是在创建著名大学，似乎数量和规模的迅猛发展，就是一流。这是对一流大学的误读，此种高校建设实在是走上了歧路。高校作为教书育人和从事科学研究的殿堂，应该把有限的资金用在刀刃上，而不是一味追求奢华和高档！

器物等硬件的建设，需要金钱投入，不能说是很容易的，但有了投资，是可以速成的，一年两年即可有大的改观，相比之下，大学精神、良好氛围的培养、教师责任感的培育、教学水平的提高等，则是一项细致、长期的工作，不是短时间可见成效的。大学建设者应把主要的精力心思用于后者，资金财力为之服务，才可望有成。很难想象，一个有成片大楼却缺少精神支柱的大学会是成功的大学。

（原载《中国青年报》2005 年 11 月 20 日）

读书之地

新近收到友人的 E-mail，其中讲到：现在各地建设的大学城，各大学的新校区，基本上是水泥森林，完全没有自然山水，加上师生之间的日益脱节，这单调的生活对学生无异于雪上加霜。中国传统的人文精神与西方近代以来"寡头"的人本主义不同，不与宗教、自然、科学相对立。古代官私学堂的建构，充分体现了"人与天地万物一体"的理念，学生涵泳于其间，养育出来的心胸、气质当然也不一样。

近些年人们讨论教育问题，注意这一问题的人较少。静下来想想，这也是一个大问题，学校的文化环境有问题，自然生态环境也不容乐观。

2008 年 5 月初的一天，我到清华大学参加学术会议，此时的北京颇有些热了，好像已进入夏天。午饭后出南门乘车，车缓缓地由东向西而行，不一会儿，就到北京大学东侧，抬头望去，北京大学东南角一带高楼林立，多是近些年新建的，我暗想，师生行走其间，怕是要有压抑感的……北京一些中小学校局促于闹市区，校园被饭店、商场等包围，围墙外熙熙攘攘，汽车喇叭声不断……在这样的环境下读书，学生真需要极大的定力。

公正地说，我们很多高校创建时，是考虑周围环境的，如清华大学，离当时的市区有二十多里，那时校园美丽安宁的风貌，透过朱自清的散文名作《荷塘月色》人们不难想象。近些年，随着城市化的加速发展，一些原来离市区尚有一段距离的校园迅速被高楼商场所包围，这或许不是一两所学校所能左右的，进一步加剧校园环境恶化的是，一些学校主政者不考虑校园原有的整体风格，大建高楼，求大求洋，校园内建筑物满满的……

我们知道，古人读书一般喜欢开阔安静的环境，这是有道理的，处在这样的环境里容易沉下心来；一些有条件的子弟，还会到山中集中精力苦读，说是苦读，却常常又有意想不到的乐趣——"天镜园浴凫堂，高槐深竹，樾暗千层，坐对兰荡，一泓漾之，水木明瑟，鱼鸟藻荇，类若乘空。余读书其中，扑面临头，受用一绿，幽窗开卷，字俱碧鲜……"（张岱《陶庵梦忆》）多么清幽的地方！在这里读书，可以消去胸中的烟火气，体会到读书的乐趣，人生之乐，莫过于此。

如今的学生还能找到这样好的读书之地吗？恐怕只能于想象中得之了。

也不尽然。台湾新近圆寂的圣严法师晚年花大力创办了法鼓山大学，这是圣严法师一生中重要的事功，这个学校的自然环境如何呢？下面是光临过此地人的描述：在我的印象中，法鼓山真的是一片人间的净土，因为圣严法师在法鼓山这个地方，就是秉承着一种心灵环保的理念，在这个地方要建立一片人间的净土，来提升人的素质。要让人除了不受环境的影响，而产生这种内心的冲击之外，还要能够以健康的心态来面对现实和处理问题。在整个法鼓山，我们在那里看到的一草一木，以及包括法鼓山所有的建筑，一砖一瓦都体现了圣严法师这种精深的、慈悲的观念，一花一木好像都是一菩提，一砖一瓦好像都在给你一种心灵的启示和净化。我去过太多太多的宗教圣地，但是真的只有在法鼓山，我才有一种人间净土的感觉，感觉到这个地方是一尘不染的。

看到这样的描述，让我这个走出校门多年的人禁不住心生向往。

我们要创建一流的大学，在这个过程中，不要忘记，一流的大学要努力保持原有的或创建自然宁静的环境。确如友人所言，学生涵泳于其间，养育出来的心胸、气质当然也会不同。

人们常说当代人浮躁，自然环境恶化也是原因之一吧。

（原载《中国青年报》2009 年 3 月 16 日）

神亦喜谄

《聊斋志异》是一本古典小说集，但古人对文体的划分不像当代人这么严格或机械，所以书中有的篇章读来更像是杂文，比如这篇"夏雪"：

丁亥年（1647年）七月初六那天，苏州下起了大雪，老百姓吓得惊慌失措，都到大王庙去请求菩萨保佑。大王菩萨忽然依附在一个求神者的身上说："如今被喊作'老爷'的前头可都加了'大'字，你们难道以为我这菩萨小，消受不起一个'大'字吗？"大家吓了一跳，同声高喊"大老爷"，雪马上就停了。依这么看，神也是爱奉承的。难怪那些低劣的谄媚者，品格越低下得到的封赏越优厚啊。

神尚且如此，何况人乎！所以，作者笔锋一转，对准了人世间类此之事，感慨道：

世风真是越变越糟了，下面的人一天比一天爱巴结奉承，上面的人一天比一天骄横狂妄。就拿康熙这四十多年中，官场里称呼的变化来看，就可笑得很。举人称"爷"是康熙二十年开始的，进士称"老爷"是康熙三十三年开始的，司、院称"大老爷"是从康熙二十五年开始的。从前县令进见巡抚，也不过叫"老大人"，现在老大人的称呼早就不用了。即使有个很正统的人，也只得用奉承来对付奉承，不敢说个不字……在唐代，皇帝想叫张说当"大学士"。张说推谢说："学士上面从来没有加上'大'字的，我不敢接受'大学士'的称号。"今天到处称"大"，谁把他们"大"起来的？开始起于小人的阿谀奉承，进而得到骄傲的贵官的高兴，厚着脸皮接受了。于是满天下便纷纷"大"起来了。

蒲松龄列举了当时官场、文人种种可笑的日益升级的奉承称号，并分析形成这种状况的原因，应该说很有见地。

读着这篇文章，让人的思绪无法不想到现在，当今足以媲美古代奉承、尚虚名的例证也颇不少。官场上的事不去说了，以学界而言，"文革"结束后，国家恢复或建立了职称、学位等制度，对调动知识分子积极性发挥了巨大的作用，教授、博士是社会上让人尊敬的称号，但时间不长，学位、职称就有贬值、混乱之嫌。博士后在国外本是博士毕业后找不到工作单位，临时过渡的措施，在我们这里被炒作得好像是博士上面更高的学位；博士生导师本是一个工作岗位名称，也被视为教授之上又一更高职称或头衔一类。有识之士虽呼吁正名，但也难以改变。于是，就可以看到若干奇怪或可笑的事情：有的地方在报刊上刊登招聘人才的广告，优惠条件中赫然写着："博士处级待遇、博士后副局级待遇"，与之相联系的便是大小高低不等的住房、安家费、科研经费等，这是实打实地把博士后当成了更高的学历，看到这里，也就可以理解一些博士在单位工作本已不错甚至都已取得教授职称，为什么还去读博士后，有些更是所谓在职博士后。有一次我参加会议，接到一位新结识的朋友递过来的名片，上面印有"博士、博士后、博士生导师"，排列整齐，很是让人佩服。

一个人从事文化科研工作，能评为教授或被称为什么专家，成果相符，已是不俗的成绩，假如成就再大，加上"著名的"等形容词，就相当不错了。但我们看到，这样的想法已经落伍，学界里大家、名家、泰斗、巨匠、大师之类的帽子日渐多起来，有别人奉送的、有自封的、互相赠送的……以致有人戏称我们已是"大师如林"。果真如此，文化学术也就大繁荣大发展了，何用现在还要想办法、下大力来追求呢？

学界的这类不良现象证明我们的社会还相当浮躁，拍马奉承还很有市场。除了人性的弱点外，我们更要看到，自古名与利相联，有了一定的名，也就可"渔利"，然后将已有之名作为砖头垫于脚下，去猎取更大的名声……不然，此风何以愈演愈烈？

蒲松龄在文章后面天真地对当时的社会现象表示了担心：我想再过几年以后，称"爷"的人必进一步称"老爷"，称"老爷"的人必定进一步称"大老爷"，但不知道"大"字上面再制造一个怎样的尊号才好，这恐怕不是一般人所能想象出来的。

目前我们也有类似的危险，如果博士、教授、专家都不算什么了，必得进一步尊尚博士后、博士生导师乃至大家、大师之类，那以后再制造怎样的尊号呢？与蒲松龄不同，我想这事也不用发愁，自有才智之人发挥想象力制造。博士与博士后、教授与博士生导师的关系已搞得有点乱了，一些高校不是又开始对教授、副教授评级了吗？一级教授、二级教授、三级教授……

出路可能不是沿着现有的方向日趋极端地竞尚虚名，而是应该来个"急刹车"，努力回到平实的道路上来，把心思精力真正用在做学问上，拿出实实在在的成果，做一个名副其实的什么"家"。前一段，季羡林先生坚辞"国学大师"等称号，充分表现了他不图虚名、淡泊名利的崇高境界，为我们树立了一个榜样，但谁会为此而小看季先生的学问呢？有些人头顶各式各样显赫的帽子，而胸中的学问少得可怜，很少见有什么过硬的作品成果，像是大帽子小脑袋的漫画人物，让人心生怜悯，这实在是文化学术界的悲哀！一些显赫的帽子也如费力吹起来的泡沫，而泡沫是一定要破灭的。

（原载《中国青年报》2009 年 2 月 16 日）

跃进声中比文采

提起"大跃进",一些论著对它的进程的描述是:人民公社、大炼钢铁、粮食"放卫星",最后是大饥饿……全国上千万人非正常死亡,至于准确数字,到今天也没有确切的统计。这些方面最触目惊心,自然引人注目。我有时想,在这一过程中,文化学术界除了为工农业生产领域的"大跃进"摇旗呐喊、提供理论依据外,有没有自己的跃进呢?

有的。史料线索也不难发现。看韦君宜《思痛录》、冯友兰《三松堂自序》等书和那一时期的新闻报道,验证了我的一点悬想。

"大跃进"中,韦君宜下放到张家口地区怀来县,同全国各地一样,这里的公社化、大炼钢铁等也在热火朝天地进行。诗人田间在这里创办"诗传单",不但他写,而且把所有村干部、社员,都拉进去写诗,韦君宜等下放干部,负责给人们改诗,还得自己做诗,坐在那里,一会儿一首,真正是顺口溜,从嘴角顺口就溜出来了。什么"千日想,万日盼,今日才把公社建。七个乡,成一家,社会主义开红花",可谓诗歌泛滥。

> 诗传单后来铅印了,还编成集子拿到石家庄出版了,并在《人民日报》上发表了。……后来,这一场诗歌运动越闹越大。闹到在火车上每个旅客必须交诗一首,闹

到制定文学创作规划，各乡提出评比条件。这个说"我们年产诗一万首"，那个说"我们年产长篇小说五部、剧本五部"……挑战竞赛。最后，张家口专区竟出现了一位"万首诗歌个人"，或曰"万首诗歌标兵"。他一个人在一个月里就写出了一万首诗！当然，我们谁也没见过他的诗。只听说他的创作经验是，抬头见什么就来一首诗。譬如出门过铁路见田野、见电线杆……都立即成诗。写成就投进诗仓库——一间空屋。后来听说这位诗人写诗太累，住医院了。说文艺可以祸国殃民，我们常不服气。而像这样办文艺，真可谓祸国殃民，谁也不能说是假的。（韦君宜：《思痛录》，文化艺术出版社2003年版，第59~60页）

基层县、乡的情况是这样，大城市的高等研究机构该理性些吧？也不乐观。

（北京）各单位都开大会，规定自己的指标，各单位之间互相竞赛，看谁的指标定得高。高指标叫"放卫星"。科学院的各个研究所在一块开会，每个所都报告自己的指标，指标是以字数计算。一个单位说，我们的指标是一年出一千万字。另一个单位就说，我们一年出一千二百万字。那个单位又一合计，说我们再加二百万字，共一千四百万字！这样步步高升，好像打擂台一样……真是你追我赶，可惜所追赶的并不是实际上的产品，而是纸面上的数字。有些研究所报的指标，也还有些依据……可是有些指标，完全没有依据，既没有积存的旧稿，也没有在计划中的新稿，只是随便报数字，以多为贵。反正无论报多少，并不要当场兑现。

有一个研究所报告说，他们的翻译人员，产量最高，每人每天能翻译八万字。大家心里怀疑，要求当面表演。话已经说出来了，只得定期表演。结果证实，无论怎么样也翻译不出八万字，就是抄写八万字也是不可能的。（冯友兰：《三松堂自序》，生活·读书·新知三联书店1984 年版，第 166~167 页）

冯友兰没有说自己当时的情况，著名哲学家金岳霖晚年回忆，那时已在中国科学院哲学研究所工作，规定每天要写多少多少字，有些紧张。

多么生动的记述！人们的头脑好像都发昏了，什么创作规律，都可以漠视，什么高峰都可以跨越，就是超越李白、杜甫、李贺又有何难？别以为那时不可能提出这样的目标，一个地方就提出，"至少要在每个县涌现出 30 个鲁迅"呢。

人人写诗，看见什么写什么，这样创作的诗还能叫诗吗？那时，大多数人已不会提出类此的疑问，即使有人提出，也会被迅即驳倒的。那位诗歌标兵一上来摆的架子就已超过了李贺，据我所知，李贺是只有一个布袋收藏诗稿，而他开始就备了一间空屋！诗人写诗太累而住进医院，实在有点黑色幽默的味道。生活中的幽默在很多时候比小说戏剧中的生动多了。

凡事都有规律，就以种地来说，这是要一锹一锄辛勤劳作，一亩地有多少收获，农民的估量八九不离十，再大胆想象，也不会想出亩产上万乃至十几万斤；文化产品，一般来说比物质产品的生产更复杂，需要较长时间的学习积累、潜心锤炼，精品更是不能多产，是不能以人海、金钱刺激等方式来推动的，更不能弄虚作假。

漠视规律，土法炼钢，得到的是一堆堆废渣；亩产过万斤，用不多久等人们饿肚子时，才猛醒那是虚幻的想象和造假；文化产品呢？看什么写什么，"年产万首"，先不说目标是否可以达到，得到的也多是类乎于废渣的东西，留在人们口中心中的有几句？不用说一个县，几十年下来，全国又涌现出几个鲁迅呢？

发动"大跃进"，原本是希望通过这种方式，实现中国经济的跃进式发展，结果事与愿违，非但没有达到这样的目的，反而付出震惊人寰的代价，延宕了中国现代化的发展，留下了血的深刻教训。

这些事情过去几十年了，但仍然可以作为一面镜子，和现实生活中的一些现象结合起来看，就更耐人寻味。研究"大跃进"的史学家，实可于这方面有更系统的描述和深入研究。重温一下，会起到一点清凉剂的作用。

我们当然要推动经济、文化学术的大发展，跃上新的台阶，但一定不要忘记，尊重常识，努力认识并抓住各行业发展的规律，循之而行，才会有我们希望得到的结果。

（原载《杂文月刊》2014 年第 2 期）

外重者内拙

后羿是古代的一位神箭手，百发百中，声名远播。

夏王让后羿对着一块大小一平方尺、红心直径只有一寸的靶子射箭，并对他说："你来射这个靶心，射中了，就赏给你万金；射不中，就剥夺你的千里之邑。"

后羿的面色红一阵白一阵，变化不定；呼吸十分急促，就这样开弓射箭。第一箭，没中；再射第二箭，又没中。

夏王问保傅弥仁："后羿这个人，平常射箭，百发百中；可是给他约定了一个赏罚条件，就射不中了，这是为什么呢？"保傅弥仁回答："像后羿这种情况，是因为患得患失情绪成了他的灾害，万金厚赏成了他的祸患。如果人们能够无所畏惧，把厚赏重罚完全置之度外，那么普天下的人，个个都能成为善射的能手而无愧于后羿了。"

看罢这则寓言，首先自然令人想到体育竞技活动。若干年前，有一位跳高运动员在比赛中打破世界纪录，赢得国人一片喝彩声。奥运会临近，这位运动员在几场热身赛中多取得优异成绩，国人对其在奥运会上摘取金牌自然寄予厚望。最后，他承载着巨大的精神压力上场，水平发挥失常，让人大失所望。

竞技场上类似之事多矣。运动心理学的研究表明：在重要时刻，如果一味地加重运动员的心理负担，反而会影响其水平发挥。所以，有经验的教练员、心理素质好的运动员多善于减轻压力，关键时刻不去想什么金牌、房子汽车等奖励，很可能倒有平稳乃至超常的发挥，取得优异的成绩。

文化学术界与体育竞技虽然相去较远，但也有类似的问题，甚至更复杂，因为使文化工作者"患得患失"的不仅仅是金牌奖品。

曹禺 23 岁就写出《雷雨》，震动文坛，此后佳作迭出，《日出》《北京人》《原野》……39 岁，正是年富力强的时候，他获得了很高的名誉地位，生活条件有很大改善，却没有写出理想的好作品、大作品，至少是没有超越他自己过去的高峰，其外部原因是显而易见的，如被写作以外的活动占去太多的时间，历次政治运动的压力，"左"倾文艺思潮的干扰等。然而，外因总是通过内因起作用。进入不惑之年的曹禺更注意别人的议论，尤其重视领导对自己的看法与态度，更多地接受外界的影响，在创作上愈来愈缺乏自信，这些都显示了曹禺性格中软弱世俗的一面。

1951 年，曹禺主动提出要写知识分子思想改造的剧本，得到领导的赞许，于是他费了九牛二虎之力写了《明朗的天》，结果是一次失败，原因在于他放弃了自己的创作个性与一贯的创作方法，按照主题先行的路子，根据明确的主题思想去"深入"生活，找人谈话，选择人物，设计情节，而且每写一步都小心翼翼地唯恐"歪曲了生活""违反了政策"。这样写出来的东西还经过多次审查反复修改，保证没有政治上的错误，最后的结果是剧中人物成了传声筒，剧本成了宣传品，既没有揭示人物灵魂的复杂性，又少有真正的激情，更找不到曹禺昔日作品中的诗意与美感。表面上看所有人物情节都来自生活，实际上却远离了生活的真实。

曹禺晚年内心的矛盾和痛苦不安是十分沉重的。他的好友、著名艺术家黄永玉以坦诚的语气给他写信说：你是我极尊敬的前辈，所以我对你要严！我不喜欢你后来的戏。一个也不喜欢。你心不在戏里，你失去伟大的通灵宝玉，你为势位所误！从一个海洋萎缩为一条小溪流，你泥溷在不情愿的艺术创作中，像晚上喝了浓茶清醒于混沌之中。命题不巩固，不缜密，演绎、分析得也不透彻。过去数不尽的精妙的休止符、节拍、冷热、快慢的安排，那一箩一筐的隽语都消失了……黄永玉写这封信是因为惋惜曹禺的才华——年轻时写出那么优秀的剧作，后来没什么像样的东西，那是一个剧作家的悲凉。其实不光曹禺，还有好多人都有这个问题。

一次，曹禺从报纸上看到袁伟民对运动员讲的一段话："不要被金牌的压力卡住，心里有东西坠着，跑也跑不快。要把自己的水平发挥出来。"他感慨道："我就总是有东西坠在心里。心里坠着东西就写不出来。多年来，我写戏都是领导上交给我的任务，我也写了几个，有的也没写出来……"

　　一个文化工作者，即使他才华横溢，只要丧失独立思考，或一脑子功利目的，其创作都会偏离创作的规律，哪怕是头顶桂冠、奖牌满胸，也未必就真的登上文化学术的高峰。

　　　　　　　　　　（原载《中国青年报》2012 年 3 月 12 日）

跑马拉松的作家

曹禺是我国著名的剧作家，你想象得出他曾跑过马拉松吗？

晚年，他在接受一位研究者的访谈时，极有兴致地说："你不会相信我是跑过马拉松的吧？！连我自己都不相信。可是，我一上南开大学，忽然一阵心血来潮，就想练习长跑，天天从八里台出发，跑15～20华里的样子。我长跑有这样一种感觉，长跑跑到一定的时候是很累的，几乎都不能坚持了，但是，越是这种时候越要坚持，过了这个最艰苦的阶段，就又有劲了，跑起来格外轻松畅快了。这就是所谓'极限'，过了这个'极限'，人反而觉得轻松了。这种体味，真是让人感到人生的奇妙。"

对曹禺先生的话，我感到格外亲切，他讲的长跑中要越过"极限"的道理，当是每一位长跑爱好者的体验。我在南开大学读书时，也曾与同学早晨从宿舍跑到水上公园西门再折回，距离不是多长，但也是需要一点毅力的，尤其是在严冬的季节。

前几年，日本作家村上春树《挪威的森林》颇流行，我也买了一本来读。浏览书后简要的"村上春树年谱"，我特别注意到：

1983 年村上春树 34 岁，是年初次赴海外旅行，在希腊参加雅典马拉松赛。1987 年 10 月，参加雅典马拉松赛。

哦，这位作家不简单，敢到著名的马拉松赛场上去比试，想来实力不俗，而平时又该有长时期的锻炼。这是很需要毅力的，不是三天打鱼两天晒网的事。以后，我在另一个地方又看到，村上春树每天跑步 10 公里，注意饮食，早早上床睡觉，天还没亮就起来写作，一位与其相识 30 年的作家说："他的状态始终如一。"

每天跑 10 公里，参加过正式的马拉松赛，这些都说明村上春树的惊人毅力或对这一运动的热爱，也许到后来，两者合一了。

写作、长跑，村上春树把一般人看来隔的较远的活动集于一身，而且常年坚持。在奔跑中，他一定有与曹禺类似的体验。在一次次越过"极限"的过程中，他的体能更充沛了。

我还注意到，村上春树 30 岁在涩谷区的神宫球场动了写小说的念头，随后每晚在餐桌上挥笔不止，写罢就投给"群像新人奖"评审委员会。后来，他的《且听风吟》获第 23 届"群像新人奖"。走出大学校门后他几乎从未停笔，刚开始当然写得异常吃力，但他没有放弃，在坚持中探索，在探索中前进。

如果说写一本书犹如一场精神的长跑，难免也会有困难的"极限"，而他长跑中的体验、积聚的体能，一定会帮助他克服创作的"极限"，从这里不难推想，他之所以常年近乎苛刻地坚持长跑，正是为了保持或增强从事创作所需要的体能和激情。从另一方面说，"虚弱的身体，将永远不会培养有活力的灵魂和智慧"。

古人云：无惛惛之事者，无赫赫之功。村上春树可谓生动的例证。坚持长跑是他专心投入文化事业的一个侧面。他已经取得骄人的成绩。

在中国年轻的文化工作者中，有跑过马拉松的吗？真希望能有几位。

（原载《中国青年报》2005 年 4 月 18 日）

存真求实慎删改

旧的论著过若干年还能重印，异域的论著被引进出版，都证明这部论著有一定的价值。时过境迁，认识发展，作者、编者进行适当的删改，不能说完全不可以。但是，总结以往的经验教训，对于删改还是要采取十分慎重的态度，重要的删改一定要有清楚的说明、标示，让读者知道这是此时此地而非彼时彼地的认识。对照这一原则，不能不说，多年来我们一些出版物的删改是轻率或粗暴的。

删改有各式各样的情境、目的，作者、编者或亦有难言的无奈……倘有细心的读者、研究者认真研究几十年来一些文化作品的删改，一定会有惊人的发现。新中国成立初期，一些新文学名著就曾被删改。陈改玲撰写的《重建新文学史秩序》以丰富的资料，披露了这段鲜为人知的内幕。新中国成立后，老作家叶圣陶对旧作的修改曾有着明确的原则：修改只在语言，不在内容。然而，长篇小说《倪焕之》的重印，却破坏了他的这一修改信条。1953 年 4 月 15 日，叶老在日记中记载："人文社编辑来访，谓彼社将重印余之《倪焕之》，建议删去其第 20 章及第 24 章起至末尾之数章。余谓此书无多价值，可以不印……若他们从客观需要考虑，认为宜出，余亦不反对。"接受了人文社建议，叶老按要求对自己的小说动了"截尾"手术。《倪焕之》原著结束于大革命失败，主人公倪焕之在大屠杀中悲愤病死。经过"截尾"，小说的故事背景提前了整整两年，终止于"五卅运动"，以倪焕之奔向工农，将与工农结合而终篇，留给读者一个充满光明与希望的结尾。"截尾"删去了第20章和第24至30章总共8章、3.5万字的篇幅。删改后的名著倒是显得"光明"了，但已与原著相去甚远。

王力先生新中国成立前的散文集《龙虫并雕斋琐语》20世纪80年代得以重印，记得重印说明中云：《关于胡子的问题》一文是游戏之作，无多大价值，故删去。也不知编辑根据什么得出这样的判断，好在有个说明。过了几年，看到有评论家评《关于胡子的问题》云：学问家而文字清通，妙趣横生者实不多见，如此妙文自然不可不读。再拿起新版的《龙虫并雕斋琐语》，不免有遗珠之憾，暗叹：当初何苦横加删节？

我们还可以看到，一些译著因为各种原因也遭到或多或少的删节，等而下之，个别出版商为招徕顾客，对明明已是删节过的书竟敢在封面赫然标上"全译本"，这样的行为简直就是欺诈了。

类似的例证是不少的。轻率地删改，对文化作品的传播、文化发展是有害的，长期以来也为读者所不满。

最近，百岁老人季羡林亲定自选集《季羡林自选集》全部出齐。选集涵盖季老的学术著述、散文、杂文、随笔、游记等众多体裁。此次出版的自选集完全遵照季老"存真求实"

的意愿，毫无删改地收录了季老各个人生阶段的作品。季老在为自选集所作的序言"做真实的自己"中这样写道："在人的一生中，思想感情的变化总是难免的……我主张，一个人一生是什么样子，年轻时怎样，中年怎样，老年又怎样，都应该如实地表达出来。在某一阶段上，自己的思想感情有了偏颇，甚至错误，决不应加以掩饰，而应该堂堂正正地承认。这样的文章决不应任意删削或者干脆抽掉，而应该完整地加以保留，以存真相……不管现在看起来是多么幼稚，甚至多么荒谬，我都不加掩饰，目的仍然是存真。"

读到这段文字，深为季老的真诚坦荡而感动。试想，是作品的选集又不是全集，那些过时的作品不选，也是可以的，但季老偏要加入这些文字，让读者看到自己完整的思想情感的轨迹，不是一贯正确，也有过盲从、偏颇……这是多么可贵的行为！它带给读者的也将是更丰厚的启示。

我们相信，随着社会的进步，求真之风的日益浓厚，对论著轻率删改的做法会日益减少。

（原载《中国青年报》2009 年 5 月 4 日）

蛇头蛇尾争在前

有一条蛇，它的尾巴对头说："我应该走在前面才是。"

蛇头告诉蛇尾："我一贯走在前面的，为什么突然要改变位置？"

由于蛇头坚持在前面走，蛇的尾巴便缠住一棵树，结果蛇头也走不成。蛇头只好让尾巴走在前面，最后它掉进一个火坑里，这条蛇也就死了。

在师徒关系上，也有相似的情形。徒弟说师傅年纪已经很老了，总是当领导不合适。现在应该培养我们带带头才是。可是徒弟毕竟年轻，不熟悉戒律，经常出一些错误。结果师傅和徒弟彼此都受到牵连，一起坠入地狱。

这则寓言以蛇头蛇尾相争来喻事，构思可谓奇特，让人在淡淡的回味中体会作者的本意。但以蛇头蛇尾不可相易来比喻师徒之间不可逾越倒是让人有一点不敢苟同。

孟子讲："天下有达尊三，爵一，齿一，德一。"年高赫然标出，这有其合理性，古代社会知识更新比较缓慢，应对生活主要是靠一套传统的办法，师傅相对于徒弟，具有经验的优势。但是，即使是在古代，为师者也未必为长，尊老敬师与以能者为师并不矛盾，师生之间是可以互相学习的。

进入近代以后，在社会迅速变迁的过程中，人并不能靠既有的经验作指导，重要的是智力和专业，还可加一点机会。讲机会，年幼的比年长的反而多。他们不怕变，好奇，肯试验。在变迁中，习惯是适应的阻碍，容易使人趋于保守和落伍。

看看当代社会，在电脑网络、生物基因、房地产等行业或领域开拓前进的多是年轻人，即使是在一般认为需要较长时间知识积累的人文社会科学领域，青年时期即有重大成就的也不乏先例，五四新文化运动初期，尚在美国留学的胡适以一篇《文学改良刍议》在《新青年》上发表，震动了国内文化思想界，回国后，北京大学聘请他为文科教授，年仅26岁；曹禺23岁写出了现代经典剧作《雷雨》；张岱年28岁写出了他一生的重要著作《中国哲学大纲》；谢国桢31岁完成了代表作《晚明史籍考》……类似的例子不胜枚举。30岁上下，在很多人看来，还只是读硕士、博士研究生的小字辈，但前辈学人在青年时期所展现的创造力，又岂能小看呢？

由于历史的惯性，畏老，至今在我们的社会生活中仍比较有效，这种有效在某些方面有其合理性，但在科学研究、学术探讨等方面副作用也不可小觑。年高爵大，自然"德劭"，官衔大、胡子长、头发白，便必须或坐中央或列前排，或首席发言或最后总结，这是我们很多研讨会上的场景，开会如此，报刊发文章、出版社出书也常按此办理，这对憨头憨脑的年轻人就颇为不利，开会发言只好"訚訚如也"，未必能侃侃而谈，写文章也只好温吞如也，不得"标新立异"……多年来我国高校、研究机构近亲繁殖严重，更容易滋生或强化上述的种种弊端，同一师门的两代或三代同堂，"师生情结""面子观念"，一日为师，终身为父，不是"吾爱吾师，吾更爱真理"，而是相反。一代代学人在如此的环境中治学，再缺少挑战权威的勇气和力量，不同观点争鸣与碰撞的机会较少，学术个性日益萎缩，人生中短短的黄金创造期一闪即逝。

我们处在日新月异的时代，同时也面临各种具有挑战性的问题，我们亟须创新、跨越，这就要敢于在前人的基础上前进。年轻人更应该解放思想，有一股闯的精神、冒的劲头，要知道，"蛇尾在前"不仅是可能的，而且说不定在一些领域会越来越成为潮流呢。

（原载《中国青年报》2008 年 2 月 10 日）

什么是知识分子的快乐

一个知识分子的快乐是什么？你一定会说是发表论著、晋升职称的时候啊，伴随于此就是领稿费、加工资，于是有钱可以优游于书市，邀一二知己喝上几杯，如果那论著在大大小小的评奖活动中获奖，那就更意味着作品获得了社会的承认，如果是国家级，那不就是作出突出贡献了吗？接下来……

我丝毫不否认这些快乐，但是，当我回想自己的经历、独处自问时，我却格外珍惜、渴望：被理解或被欣赏的快乐。

古人的写作，是少有稿费或评奖的，但涌现了那么多精美的诗文，那时有怎样的文化氛围呢？

> 欧阳公记成，远近争传，疲于摹打。山僧云：寺库有毡，打碑用尽，至取僧室卧毡给用。凡商贾来，亦多求其本，所遇关征，以赠监官，可以免税。（见《滁州志》）

《醉翁亭记》是欧阳修的名文，这是文章写成时洛阳纸贵遍受欢迎的情形。

当欧阳修得知此消息时，内心一定充满喜悦，手捻胡须，朗声大笑。那一年，他才四十余岁，此后，又有不少名文从他笔端流出。社会各层对其作品的欣赏珍视，是对作家的最好奖赏，是文化发展提高的重要推动力。

欧阳修的时代离我们太遥远了，不想也罢。看看现代人的情形。

20世纪30年代，钱穆在北京大学教书，据他晚年回忆，"大凡余在当时北大上课，几如登辩论场。上述老子孔子两氏不过其主要之例而已，闻有北大同事之夫人们前来余课室旁听，亦去适之讲堂旁听，退后相传说以为谈资。"

激烈的学术争辩并不罕见，有意思的是，一场近乎枯燥的学术辩论，竟吸引家庭妇女的关心，不能不令人悬想，那时有怎样的一种文化氛围呢？俗话说：有女士的地方，辩论一定会更激烈。钱穆、胡适两位闻听此讯，或侧视窗口外的女士，一定在课堂上让声音更洪亮。

现在文化学术界的上上下下都在焦急地呼唤或期待精品、大师，文化作品不能以数量长短来论，这本来是常识，粗制滥造的东西，再多又有什么用？不仅无益，反而有害。

怎样才能出精品？现在是商品经济社会，而且自古就有重赏之下必有勇夫一说，一些人的思路又多集中于金钱刺激一途，重大课题、大大小小的评奖……文化学术界一时颇为热闹。知识分子过清苦的生活已经很久了，在公正的前提下，改善生活或让一部分人先富起来，无可厚非；适当组织些评奖活动，给科研人员鼓鼓劲，热闹宣传一下，也无不可。但是，如果科研单位的主政者以为做了这些就万事大吉，大师、精品就会出现；研究人员整天想着申报应付课题、评奖，坦率地说，我们又走到歧路上去了。从文化史上看，文化学术的繁荣，某一门类达到极致，都离不开适宜的文化土壤或文化氛围，金钱并不是唯一的决定因素，作者对人生社会的深刻体验、潜心锤炼及社会人士的欣赏推重，倒是更根本些，这是文化史上的常识或规律。

一位大家说："必须有'精品意识'，才能有'精品'。现在是商品经济时代，艺术是有偿劳动，是要卖钱的。但是在进入艺术创作时，必须把这些忘掉。""老是想钱，制造出来的不会是精品，而是凡品……生年不满百，能著几双屐，不要浪费生命。"这些话我深以为然，他说的是艺术，但同样适合于其他文化领域。没有源于真情实感的创造，没有扎实的功底，堆再多的钱，搞再多的庞大工程，有再多的热闹形式，怕也出不来精品、上品。这是不难定论的。

社会发展到今天，人生的选择确实丰富多了。职业上的一些传统观念已经被颠覆，但我认为，从事文化探索或追求是符合人类本性的，也为人类所必需。当一个人拿着他用心撰写的文章向人展示时，得到的反应不该总是：能挣多少钱。当同样的反应不断向他袭来时，他心中一定有一种悲哀。要繁荣文化学术，改善知识分子工作、生活条件当然还有很多工作要做，同时，不要忘记，营造良好的文化氛围，呼唤知识分子的责任感和使命感，从而调动出内在的激情。

一个时代有一个时代的所好，高雅也好，流俗也罢，一成风气，短时间难变。真正的知识分子当有自己的坚守与信念，在寂寞中探索，能有所发现或创造，便是最大的快乐，当这一发现或创造，能被人理解、欣赏，便是对他最好的奖励。在学界不断翻涌的风潮面前，但愿我们不要离这一朴实的道理太远。

（原载《中国青年报》2004 年 11 月 8 日）

文化竞技场上的生死搏斗

对文化工作者来说，蒲宁的"散记"很值得一读。这篇文章集中从一个文学爱好者成长为作家的角度，生动、凝练地记述了作者几十年的所见所闻，书商、编辑、文学青年、文坛名人……各式各样的人物、一些鲜为人知的逸事，都写到了，给人的启示或联想是异常丰富的。

蒲宁开始发表作品的稿费如何？这是我想知道的小问题。他的第一部诗集1899年由"蝎子"出版社出版。出版商对作家比《死魂灵》中那个吝啬成性的地主还吝啬。一次，他几乎一大早就来到蒲宁住处谈判出书的事，直到傍晚才离去，与作家讨价还价，把价钱拼命往下压，终于达到目的，蒲宁一挥手，仅以300卢布的价格就把第一部诗集给了他。300卢布的购买力如何呢？作家自己冷静地回答了："成交后，他从口袋里掏出一串珍珠项链给我看，是他刚买了送给他未婚妻的：'成色很好，对吗？碰巧买着的，便宜得等于白送，才2500卢布……'总之，'蝎子'出版社从不用稿费来惯坏它的作者。"看到这里，你会苦笑，中外都差不多，我们这里十几年前不也流传着顺口溜："写书的不如编书的，编书的不如卖书的，"现在稿费有一点提高，但不是很大。

稿费这么低，一批又一批人走上文学或文化征途的动力，只能主要从内在精神方面去理解了，"这些人命途多舛，催人泪下。他们是贫穷的，对文学爱好得着了魔"。一次，在莫斯科一家旧书店，蒲宁与卖书的驼背老头简单聊了几句，当老者知道他喜欢写诗并有作品发表时，话就多了："……哪怕只是写写诗，也得好好地用脑袋瓜去写。应当有献身精神。您读过萨迪的《蔷薇园》吗？我送本给您留念。这本书中有真正黄金的句子。您尤其要记住下面这一句：'在任何珍宝旁，都有一条守候该珍宝的百头凶蛇。'您得好好去体味这句话。我就把这句话作为送您去文学竞技场的临别赠言。如今的作家都变得渺小了。什么原因？因为他们以为单靠赤手空拳就可以轻而易举取得珍宝。这是不可能的。文学竞技场上的搏斗是生死搏斗。这搏斗是永恒的，没有尽头的，直到进入棺材。这个见解同我引的萨迪那句话是息息相通的，您知道这见解是谁讲的？是亚历山大·谢尔盖耶维奇·普希金本人……"多好的赠言，真是一个文雅的老头！如果有一天，你在书店里翻书，一会儿售书者站到你旁边，能说上类似的一番话，你能不肃然起敬、记忆深刻吗？"如今的作家都变得渺小了"，这话令人深思，当代文坛、学坛等领域的不少人物，不也让人心生此感？虽然时光流失国家不同，老者的话道出了部分原因。

　　1895年，蒲宁到彼得堡，从此在文学圈里的熟人便迅速增多。人见得多了，他感觉到不少人身上有"文人相轻"的毛病，一些人是在从事"生死搏斗"，但不是用在文学创作上，而是用到人际关系上了：谁和谁是不共戴天的敌人，有人一谈到某人，就极尽挖苦、讥讽之能事……俄国人的名字长，这人与那人的恩怨三两句话也交代不清，那些十分刻薄的话，就不去引了。也有例外，"只有涅米罗维奇·丹钦柯一个人从不骂人，从不为这种事费神。有一回，他跟我说：'尽是胡说八道，只有一件事不是胡说八道，那就是：写作再写作。你们年轻的作家们，看看你们也心疼，你们只消一挨到稿纸就胆小得像雨后过街的猫。有什么好怕的，你们应当去买上 480 张稿纸，整整地一刀，然后坐下来，别离开座位，直到写完最后一张。'"这段话与前面卖书老者的话也是相通的，执笔者的竞争——如果也有竞争的话，是论著，不断地写，不断地探索，才有望超越自己、超越同辈，从而达到新的水平，而对论著的评价，犯不上自吹自擂，更用不着挖空心思打击别人抬高自己，论著是否提出了新的问题或观点，是否表达了真实的情感，达到了什么水准，都非个人或小圈子所能论定，最权威的判官是众多的读者和时间。这该是朴实的真理。

在蒲宁成长为一个作家的道路上，这些话或道理他都记住了，在文学的征途上奋力前行，1933 年他获得诺贝尔文学奖。我们呢？看来也要生死搏斗了，选哪一个方向用力，就看每个人自己了。一条通往高峰，一条滑向深深的泥潭。

（原载《中国青年报》2003 年 6 月 8 日）

种树人

看了几年《文摘报》，我印象最深、最欣赏的是一篇题为"老卫种树"的文章，久久不忘。

情节并不复杂，记述北京郊县一位卫姓妇女承包荒山种树的故事。在她的带领下，全家人都上山，把所有积蓄也都投进去了。克服重重困难，荒山慢慢地变绿……

看完，我首先想到北京这些年恶化的生态环境。自然界已多次警示我们，需要更多的人像老卫这样投入地种树，这是造福当代、遗泽子孙的事，拼命去干，值得。我的思绪又进一步飞腾，从事各行各业的人，如有老卫的劲头，无论智愚，都会有所收获的。

文章朴实自然，这朴实是作者精心经营的结果。文内的小标题也很有意思，用上了与树密切相关的木、林、森三个字，据《辞源》略加释义："木：树，木本植物的通称""林：成片的树木""森：树木丛生貌"。标题引人想象，好像老卫那片由少到多、由矮到高的树林，又像是作者表达着希冀……

不能不佩服，这是神来之笔！

报纸看完，便放到一边。过了一段，想拣出保存起来，一是自己可以重温，另外，有机会也准备复印推荐给别的朋友。但是找了多次，怎么也找不到。

确实找不到了，有点怅然若失。但老卫种树深刻在我的脑海，时常回味。

1月12日，是北京图书定货会的最后一天。一位开书店的朋友给我一张票，我上午赶过去。展厅里有点乱，一些出版社已在撤展台了。我匆匆忙忙看着，在百花文艺出版社、人民文学出版社、三联书店等展台买了不少书。

我坐上回家的车。有点堵车，车走得很慢。我随手从提袋里抽出一本书，《中国当代作家选集丛书·刘恒》，翻翻目录，"……报告文学：老卫种树"，不禁一阵惊喜，迅速翻到标示的页码，扫了一眼，正是我读过、后来想找而遍寻不得的那篇文章呢。

我合上书，坐在那里想，这是不是一种缘分？同时暗笑，看此文时，全未注意作者是谁。出自刘恒之手，怪不得呢！他这些年写了不少打动读者的作品，《贫嘴张大民的幸福生活》便是其中之一，改编成电视剧，那影响自然就更大了。

回到家中，自然要翻看一下买来的书，先拿起《刘恒》卷，我并未重温那篇熟悉的文章，看了"自序"和"跋"，都很简短。

集子编罢，自己也叹气，灵动超拔之作真是难求啊。硬要找她出来，说她到哪儿到什么时候都不会让我气馁，窃以为《狗日的粮食》应该算一篇。别的东西就不好说了。

职业如此，只做到这个样子，无论如何都说不过去。

既没有武士之勇，也没有匠人之勤，更没有禅者之明，在浅轻微薄的收获面前，我必须为日后待做的事情重新发誓了。天一亮，吃罢了早饭，要赶紧上路啊！

这些年，刘恒实在是像老卫种树一样经营着自己的文学园林，因为勤勉，全身心地投入，已有可观的回报；在有了一些收获时，他并没有忘乎所以，目空一切，而是感觉成绩还很微薄，念念想着"赶紧上路"。我是赞同乃至喜欢这种态度的。对于这样的作家，我们可以期望并祝愿：他的文学园林一定会丰茂起来的！

放下《刘恒》卷，拿起何兆武的《苇草集》，读了其中两篇，何先生不是大红大紫的学者，几十年来扎扎实实、尽己所能地从事学术工作，翻译不少西方哲学经典著作，有益于学林。每次买他译的书，我都有一种踏实可靠的感觉，他的译笔是可信的，是不会胡乱翻译糊弄读者的。他的晚年之文有才识、有感情，越写越精到。我认为，何先生的学术成就是高的，不是轻易就可以企及或超越的。但他在谈及自己的学术工作时也是异常谦虚，称书内文章乃"近年来打杂的一些急就篇，大多是为了偶然应急胡乱写下一些自己的感触和联想，没有一篇是多年积累和深思熟虑的成果。这样写法诚然有失严肃，但也许有它的好处，那就是写起来可以更本色一些、更自然一些，免除了拘谨和装腔作势"。本色自然，做到此又何尝容易？

读何兆武时，我想着老卫、刘恒……他们行业不同，但各行各业是相通的，从不同的领域出发，可以走向共同的境界。可以说，他们都是挥汗不止的种树人，展示了共同的精神。

让我们跟随他们上路，培育抵御各种风沙的园林。

（原载《中国社会科学院院报》2001 年 3 月 15 日）

齐白石：认画不认人

　　最近，法国知名艺术网站"艺术品估价公司"（Art Price）发布了 2009 年全球艺术家作品拍卖榜，这份榜单显示：2009 年，齐白石作品销售总额超过 7000 万美元（约 4.8 亿元人民币），高居世界艺术品销售榜第三位。占据榜单头两把交椅的是中国人熟悉的毕加索和安迪·沃霍尔，其作品销售额分别超过 2.2 亿美元。而作为西方人并不熟悉的齐白石的作品，以超过 7000 万美元的销售额排行第三，虽然落后于毕加索和沃霍尔，但在这之前，中国人在该榜单上最高排名仅是 2007 年榜单第 22 位的当代画家张晓刚。

　　这份榜单透露出国际艺术市场的变化和中国经济的繁荣，自然会对拍卖收藏界、艺术授权市场产生一定的影响。我以为更重要的是，可让人们进一步关注欣赏齐白石的作品，思考他的艺术道路乃至中国画的独特价值和未来发展。

　　对于齐白石从乡间木匠到艺术大师的不平凡艺术道路，人们已经总结论说了很多，勤奋认真、独特天赋、善于学习等肯定是他成功攀登艺术高峰的经验。透过他身边弟子的描述，我们可以再一次细细地体味他那一颗纯净真诚的心：不贪慕权势，不欺世盗名，顽强独立，心无旁骛……这些精神或人格都渗透在那些独具特色的作品中。

李可染是齐白石弟子中最有艺术成就的一位，1947年春，经徐悲鸿介绍，他登门拜见齐白石，见面时，李可染拿出自己的二十件作品，向齐先生请教。

> 齐老师有个特点，认画不认人，对来客从不记名字。我第一次从南方来，拿画给齐老师看，他眼睛不看我，把我的画铺到案上看，先是坐看，看着看着就站起来了，他非常爱才，这时他才面向我说："谁是李可染？你就是李可染吧，你的画才是真正的大写意。"他老人家对我很鼓励，对我另眼看待。自此我经常看齐老师画画，回想起来很幸福。

1949年以后，诗人艾青有几次拜访齐白石：

> 一天，我去看他，他拿了一张纸条问我："这是个什么人哪，诗写得不坏，出口能成腔。"我接过来一看是柳亚子写的，诗里大意说："你比我大十二岁，应该是我的老师。"我感到很惊奇地说："你连柳亚子也不认得，他是中央人民政府的委员。"他说："我两耳不闻天下事，连这么个大人物也不知道。"感到有些愧疚。

前辈们记述得都很生动。不记客人名字，不能说是个好习惯，但在齐白石这里，与"认画不认人"结合起来却有别样的意义，李可染、艾青的回忆正好展示了齐白石这一特点的两个层面，评画之时不认人，只论画的水平；身处纷繁的世界，只钟情沉醉于画的世界。"认画不认人"，透露出齐白石的内心准则，摆脱世俗的杂念，专心、自由地思考、评论、尝试……于是有了那些精美的画作与评论上的真知灼见。

与齐白石的"认画不认人"不同，当今我们的文化学术界存在不少相反的情形：也算是文化单位文化人的聚会吧，茶座的主题不是自己领域的进展，而是谁当了院长、主任，谁因得罪了哪位领导而落选……再以各领域的一些评论而言，视人而发，与作品的实际相去甚远，评论沦为关系学中的工具，或碍于情面，评论温吞化……

齐白石的道路昭示我们，一个文化工作者能达到什么高度，金钱等外在的条件固然重要，但个人内心的纯净真诚终究更为根本，由此，才可有真正的发现、坚持和创造。

（原载《中国青年报》2010 年 4 月 12 日）

你有海明威、卞之琳那样的勇气吗

> 你站在桥上看风景，
> 看风景人在楼上看你。
> 明月装饰了你的窗子，
> 你装饰了别人的梦。

这是卞之琳先生写于1935年10月的一首短诗，题为"断章"。全诗没有一个生僻的字眼，也没有一句复杂的句式。初看，写得明白如话，字面的意思并不难懂，但细细品味又好像不能全懂，越想越觉得它的含义深厚。文学评论家李健吾认为它是在"装饰"二字上做诗，暗示人生不过是互相装饰，其中蕴含着无可奈何的悲哀情怀。诗人本人不同意这种评解，明确地表白"我的意思也是着重在'相对'上"。后来李健吾又说这两种解释，"与其看做冲突，不如说做有相成之美"。

诗无达诂，这首诗究竟表达了什么情感或观念，读者也可以根据自己的人生体验来理解或充实。

令人感兴趣的是，作者自云，这四行诗原在一首长诗中，但全诗仅有这四行使他满意，于是就抽出来独立成章，标题即由此而来。从这首诗后来的影响看，作者的抉择是正确的，这首诗的确是令人过目难忘。

海明威写过成功的长篇小说，也写了许多优秀的短篇、中篇，就艺术价值的比较而言，没有高低之分，彼此无法代替。《老人与海》是他著名的中篇小说，原来是他写的一个长篇的最后一章，长篇小说已经完成了，但他担心前面的4/5会损害后面的1/5，最后毅然把前面的全都砍掉，只作为中篇小说发表。他认为，这个中篇小说的价值比原来计划发表的长篇小说艺术价值要高。果然，作品受到了热烈欢迎和好评，获得了诺贝尔文学奖，成为他的代表作之一。

中外两位文学家创作的故事，很值得一切从事文化艺术创作或学术研究的人们好好品味一番。我们禁不住要赞佩他们在创作上的严谨态度，严格遵循文学创作的规律，不以作品的长度自炫其能。

文化艺术创作和学术研究，最重要的精神是创造。作者有了深厚的情感、新的思想，始可提笔为文，在写作过程中，还要考虑与之相匹的表述方式等，一丝不苟、精益求精……如此，才可能产生高质量的作品。目前我们却可以看到不少相反的情形，以文学界而言，长篇小说创作近几年十分红火，每年都有几百部到上千部长篇小说发表，从报道评论看，大多数都是过眼烟云，乃至除了作者能记住他的小说名，没有多少读者知道。学术界也有类似的情形，一些作者提笔为文，不思锤炼，洋洋洒洒，只是一味求长，求字数多，实则空洞无物，或所言甚少……这便带来虚假的"繁荣"，论部头字数很不少，但真有创见的又不多，有的论著不是把对问题的研究向前推进，而是搞得更乱。对于此类现象，人们讥之为"文化泡沫""文化垃圾"，其危害是显而易见的。

产生这些现象，当然有若干客观的原因。从主观方面看，与作者放松要求，或分不清文化学术作品的高低、优劣标准都有关。前者与职业道德相联系，后者则反映了创作者在文化艺术修养、见识上的差距或欠缺。

公正地说，如果不是东拼西凑，一本书、一首诗，一篇文章等写出来，作者总是花了一些工夫的。人们常说，文章是自己的好，要自己拿笔删掉一些乃至大部分写出的东西，当然是会难于割爱的。但是，如果写作不仅仅是为了挣稿费，不是为了一时的名利，对待自己的作品，是需要海明威、卞之琳那样的态度和勇气的。

近些年，文化学术界不断地在呼唤精品，这是有针对性的。一些从事文化学术工作的人也认识到：一个小说家一辈子能留下一个小说人物就不简单；一个学者能留下有影响的一本书或几篇文章就不错……如果每一位文化工作者都能朝着这一方向努力，文化学术工作就会有真正的积累、提高，也必将迎来文化学术繁荣的局面。这可能是一条迂缓的路，但是坚固可行。

面对琳琅满目的书刊，我常有近于荒唐的想法，把一本书凝练成一篇文章、把一篇文章压缩成短文乃至几句话，经过这样的提炼将会如何呢？也许从中将产生一些给人深刻印象的作品。

（原载《中国青年报》2004 年 9 月 27 日）

不是全部就是全无

"他创造了崭新的电影语言，捕捉生命一如倒映，一如梦境。"安德烈·塔可夫斯基，这位伯格曼眼中"当代最重要的导演"，在其不太长的一生——54 岁，完成了两部短片和七部长片，部部堪称经典，自 1962 年《伊万的童年》荣获威尼斯影展金狮奖以来，塔可夫斯基电影中如梦似幻的诗意特质，以及全然原创的影像，即令人屏息专注，可谓继承了 19 世纪俄国文学的辉煌传统。

他如何一步一步达到这一高度？在陆续写成、具有浓烈自传内涵的《雕刻时光》一书中，他披露了其重要作品的创作灵感、发展脉络和工作方法，并深入探讨影像创作的问题。在这本艺术证言里，我们看到这位艺术家在"一团时间"里雕刻生命，仿佛时间奔驰穿越镜头，烙印于画面之中。

技术问题是小孩子的游戏，我们可以完全学到。但是独立、有价值的思考，却不像是学做某些东西，也不是为了孤芳自赏。没有人能够被迫去挑起过分困难，甚至超乎能力的负担；但是我们别无选择，不是全部就是全无。

一个人去偷东西是为了以后永远不用偷，他仍然是个小偷；没有任何曾经背叛自己原则的人，能够与生命维持单纯的关系。因此，当一个电影创作者说，他首先要拍一部赚钱的电影，如此才有力量、财源拍摄自己梦想的电影时，这纯然是一种欺骗，甚至更糟，是一种自欺。他今后永远不会去拍他自己想拍的电影。（安德烈·塔可夫斯基著，陈丽贵、李泳泉译：《雕刻时光》，人民文学出版社2003年版，第136页）

这是塔可夫斯基的心声，连接着他牢固树立的艺术信条：内涵和良知先于技巧。这一信条不仅对电影工作者，对任何文化工作者都是富有箴诚意义的。

近年来，我们满怀焦虑地不断发问：为什么还没有出现诺贝尔获奖者？为什么几十年各领域没培养出更多杰出的一流人物？外部环境、文化学术制度、教育理念等当然要承担很大责任，但是，当我们把探寻的视角集中在文化工作者的精神或内心，我们不得不说：我们少了些塔可夫斯基那样的坚定果决，而多了些软弱犹豫、"曲线救国"之类。比如，80年代，大家的日子都还比较清贫，经济大潮初起，一些聪明敏捷之士跃跃欲试，下海之前抱持的想法是，用个三年五载，赚够钱再回来做学问，但一般是一去不归，可能早就过上富足的物质生活，悠哉游哉，乐不思蜀，已耐不住做学问的寂寞了。个人如此，一些文化学术单位，比如学校、医院、出版社等也打起金钱创收的主意，往往败坏了声誉。不禁让人感叹，有多少人为塔可夫斯基的话作了注脚！

何况，困扰我们的不仅是金钱，还有更具诱惑力的官位、名誉等。

相比经济，教育、文化有更复杂更深层的问题，无疑，需要更多有理想、有才华的青年投身文化学术的创造工作中。透过历史的经验和教训，我们期望，在他们选定踏上这一征途时，就要逐渐树立高远的志向，坚定地勇往直前，随着外部种种环境的改善，特别是新一代的奋斗，我们的文化各领域才会出现大批的一流人物。

（原载《中国青年报》2010 年 7 月 26 日）

珍视一生中独特的感动

近日，看了一位青年导演的影片，影片不久前在一个国际电影节上获奖。影片有导演的人生体验，也达到了一定的艺术水准，不知为什么，看后我有一个强烈的想法，如果导演晚 10 年再来拍摄此片，当会更精彩。

《老人与海》是海明威的重要作品，海明威本人也认为这是他"这一辈子所能写的最好的作品"。小说的故事情节比较简单，写古巴老渔夫圣地亚哥在连续 84 天没捕到鱼的情况下，终于独自钓上了一条大马林鱼，但这条鱼实在大，把他的小帆船在海上拖了 3 天才筋疲力尽，被他杀死后绑在小船的一边，而在归程中一再遭到鲨鱼的袭击，最后回港时只剩下鱼头、鱼尾和一条鱼脊骨。这是根据真人真事写的。1936年，海明威曾在《老爷》杂志 4 月号上发表一篇不长的通讯，名为《在蓝色海洋上》，就是报道这件事的。15 年后，他一气呵成地写成这部小说。可以推想，这个故事一定在他脑中多次浮现，情节、寓意一天天丰富和完善……

电影《牯岭街少年杀人事件》是我国台湾地区导演杨德昌的代表作，这部电影也是根据一件真实事件改编的。在 20世纪 60 年代初，台北市一名初中生因女友绝情，愤而挥刀，致使女友毙命。事件发生后，轰动台湾。杨德昌与凶手有缘，案发时他 14 岁，与凶手在同一学校读书，按说他对此事的来龙去脉知道得一清二楚，却藏在内心深处长达 30 年之久，到 1991 年杨德昌才把它搬上银幕，对杨德昌来说，讲述故事并不难，难的是如何理解那个时代。这件往事陪伴他度过半生，想必如同编导一部影片一样，一遍又一遍，不知重拍了多少遍，他追求的不是简单展现一件早有定论的凶杀案，更非炫耀炉火纯青的电影技巧，而是在为我们每一位观众担心，不希望我们堕落……

两位艺术家长期孕育的作品取得了巨大的成功。1952 年 9 月，《生活》周刊刊出了《老人与海》的全文，售出了 531 万多份，后来的单行本也很快销到了 10 万册，受到书评家和评论家的一致好评，亲友及读者纷纷来信祝贺。该书终于使海明威获得 1953 年年度普利策奖，并且主要由于它的成就而荣获 1954 年年度诺贝尔文学奖。《牯岭街少年杀人事件》参展第 28 届台湾"金马奖"，力克当年香港的两部同样优秀的影片《阮玲玉》和《阿飞正传》，脱颖而出，夺走最佳影片大奖。

文化艺术史上类似的故事还有一些。这给人以启示：文化艺术工作者有了原始的感动，当然是一件可喜的事，这时似乎也可以拿起手中的工具，记录这感动，更好的做法却是不急于流露、轻易表白，不妨让它沉积下来，慢慢涵养，久而久之，便会有大的收获。珍视自己的感动，还体现在将其变成作品过程中的精益求精，切身的素材，更应多几分慎重、虔诚之心。

目前，我们的文化产品在量上可谓丰富，甚至使人有目不暇接之感，很多作品给人的印象却是"来去匆匆"，经不起时间的考验，即使是一些获国际、国内大奖的作品也不能脱俗，其原因是颇值得分析总结的。说我们的文化工作者完全没有生活体验、感触，只是为了名利而炮制，这是有些冤枉的，但说不少文化工作者在各种因素影响下不能沉下心来，很好地孕育、耐心地打磨作品，应是客观的。这也是很多作品流于一般化的重要缘由。

几十年前，画家傅抱石在一篇短文中有一段话，简直就是说给今天一些人听的：

自近数十年来，因为社会、经济、思想，乃至生活上的种种变迁，艺术上显然的也在赶紧改头换面，使能与商品市场相适应，不但要科学化，而且要标准化，在这种趋势之下，所谓"美"——一种崇高伟大、精力充沛、足以感人的美——就完全被美国印的法币所替代，我们看不到谨严精妙的东西了。同时我们颇以为死去的若干画家，往往经年累月经营一幅画的行为最笨不过，最无出息！（承名世编选：《傅抱石艺术随笔》，上海文艺出版社 2001 年版，第 98 页）

严谨精妙的作品首先需要时间来孕育。把自己的体验、感动或发现，急急忙忙地变成作品，是对进一步深化、丰富的放弃，也是创作资源上的一种浪费。要知道，一生中独特的感动并不是经常出现的。

（原载《中国青年报》2006 年 5 月 7 日）

知"止"即明智

传说从前一个皇帝让一位画家画马，画家说"最少需要三年，方可完成"。皇帝说这太慢了，不行。画家说"最少需要两年"。还不允许。"至少一年，不能再少了。"皇帝答应下来。

过了一年，皇帝到画家那里看，画家当场画出一匹马。皇帝很生气，认为这是欺君，要治他的罪。画家把皇帝领到一间屋子里，只见满屋子都是被废弃的画稿，上面是他画的马。皇帝不说什么了。

徐悲鸿以画马闻名，不知他是否有类似上面的经历？据李可染回忆，徐悲鸿在与他谈话时曾说：平生很喜爱荷花，可是从来不敢去画它。假若真正要画的话，就需要买10刀、20刀纸，把这些纸都画完，才可以真正地画荷花。

徐悲鸿年长于李可染。不用细细去考证，徐悲鸿讲这番话时，已是中国画坛的领袖人物，作为著名画家，谈及常见的绘画题材却明言不敢画，这不发人深思吗？

其实，传说、前辈画家要表达的道理不难理解，面对一项创作，要有一个较高的标尺，有一定的虔敬谨慎之心，多方面认真精心地准备——其中当然包括时间和心力的付出，方可达到较高的水平；草率从事，难以发挥自己的最高水平，更谈不上创新突破，说得严重点，是对文化艺术的亵渎。

就绘画而言，中国绘画的一个特点是必须有千锤百炼的笔墨功夫，方能体现出艺术的巨大魅力，很多著名画家在这一点上勤勉地追求。荆浩在太行山上画松，"凡数万本，方如其真"。不断观察，不断描写，达到成竹在胸，艺术家的负担就轻了，创造性方可显示出来。现代山水画大家黄宾虹最好的画大多是在他89～91岁创作的，其造诣确实达到了炉火纯青。他曾画了足有三担的画稿，画上不落一字，更不写任何落款，纯为磨炼艺术而练习。对艺术精益求精地追求、不汲汲于一时的名利才可做到甘于寂寞。

孙犁曾云："文艺工作，也应该'行伍出身'，'一刀一枪'地练武艺，挣功名。"他在给一位青年文学爱好者的信中说："盖叫天等老一代艺人是扎扎实实练功的，我看《粉墨春秋》，创作、读书，主要是持之以恒，用一分力，就会有一分收获的。"这是文化工作者的正途，应有的努力方向，看罢让人热血沸腾，心生昂然向上之志。行武之人，功力未达，出外去混，轻则受伤，重则丧命，所以多知道下功夫苦练。文化学术之事，糊弄一下，粗糙一点，初看对个人或没有那么严重的后果，实则没有真诚严谨之心，脱离文化学术的正道，想要取得真正的成绩已无异于缘木求鱼。粗制滥造的"成果"，如同建筑行业的"豆腐渣"工程，对文化学术事业的戕害也是不可小视的。

面对当下有些浮躁的文化学术界，提倡或在文化学术管理制度上适当允许知"止"（不敢画、不敢写、不敢指导，等等），该不是无的放矢。文化学术研究需要扎扎实实地工作，不是靠拿着金钱大哄而推动的，后者也可喧闹一时，但泛起的多是泡沫，这样的事例或教训已经不少了。比如，学界普遍实行的课题制，一些人受名利之心的驱动，口里喊着"出精品"，热心于或勇于拿课题项目，一些大课题是多人集体项目，拿到之后，又少不了开会讨论，有的旷日持久……直到交卷。过于求快求量，没有深厚的积累，缺乏深入细致的研究，没有沉下心来对成果进行修改和锤炼，这样的成果发表出版，经不起时间的考验也就不奇怪了——尽管也曾有喧嚣一时的场面。再如，研究生的培养，近些年出现颇多的问题，其中之一是有的导师指导学生过多——竟多达五六十个！这样的事是如何变成现实的？让人匪夷所思。据说，更有的导师在最后论文答辩会上竟无法确认某人是不是自己的学生，可想平时交流指导能有多少！如此指导下的学生又如何能成为优秀人才？

出现这类问题，原因当然是多方面的。个人也不是全无责任，面对一项有利益甚至是巨大利益的课题项目，自己知道功力未达，委婉拒绝或暂不着手，认真准备，图之他日，当不失清醒明智之举。这样的知"止"，又岂可以落伍视之呢？

（原载《中国青年报》2012 年 9 月 24 日）

读书与著述

　　浏览一些古今学者有关读书与著述的言论，可以看到两种好似矛盾的倾向。一方主张慎写特别是慎发表，如黄侃重基本功，告诫学生 30 岁以前不要轻易在报刊上发表文字，他自己更是声明"50 岁以前不著书"。另一方主张勤写多写，朱光潜介绍过自己边读边写的治学方法，认为带着研究问题读书，可以读得更认真、精细。任凯南曾对学生说，你们在 30 岁以前，应该大胆发表一点东西，好坏没有关系；不然的话，过了 30 岁就难得有勇气拿出自己的东西了。他自己就终生没有出过一本著作。

　　这些言论各有不同的着眼点，不能简单机械地断定孰是孰非。读书与著述是一个复杂的问题，需要研究人员汲取历代学者的经验，认真、辩证地处理。

　　读书是学者的一项基本功，抛开学者成长过程中对经典的学习、鉴赏不说，进入某一项专题研究，更要搜集阅读大量书刊，在此基础上，方能归纳、总结、提炼出新的问题和观点。古今学者在这方面倾注的心力常常是惊人的。顾炎武在写《天下郡国利病书》的过程中，单就查阅的地方志及奏疏文章，就有一万二千多卷；写《肇域志》，也是广集博采各种史料，历时 20 余年。在搜集史料的过程中，他尤其重视原始资料，如档案、实录、邸报等。强调多读书，不是要人做材料的奴隶，而是为了博观约取，使研究有更开阔的视野、更坚实的基础，以避免"陈言加空话"的弊端。

学术研究不仅需要广集博览，还要学者沉下心来，认真细致地读，做到好学深思心知其意，这样，即使是在人人常见的材料中，也能发现新的问题，从而道人所未见。钱钟书曾通读《全唐诗》五遍，一部《全唐诗》多达九百卷，作者二千二百余人，作品近五万首，通读一遍就要很大的毅力，何况是五遍。唯其如此，他的著作才能在广征博引古今中外文献后，提出自己的独到见解，令人叹服。

一个人读书多了，自会有一些心得体会，这表明你在一天天进步，但有了心得体会不要急于流露，不妨让它沉积下来，慢慢涵养，久而久之，便会有大收获。古往今来，凡是学术上大的收获无不经过长时期的浸沉。当然，平时需要将心得体会记录下来，写成札记乃至论文，写的过程也是思想整理提高的过程。长期只看不写，可能养成眼高手低的毛病，写作一事，只有在写的过程中，体味甘苦，才可不断提高。黄侃的声明，显示了他对著作高标准的追求，并不是说他专等50岁以后再著书，他一生中大量的批注、札记证明他一直在一砖一瓦地准备着。

什么时候写，是青年卓异还是大器晚成，这不是问题的根本，关键是对著述应有高标准的要求。

没有新见解就不要写文章，否则就是浪费纸张，有了创见写文章，也不要下笔千言，离题万里，套话、空话少说或不说为宜。为了达到较高水平，文章写成，先不急于发表，而应认真修改、补充，使其进一步完善。陈垣的文稿常常是反复修改，要改到四五遍才能定稿。文章出来，他总要请三种人看：专家、同辈朋友、学生，他请人看，真心地要求从内容到文字提出意见，意见不怕多，但偏不许说捧场话。吕叔湘的文章既有高度的学术性，又娓娓道来、深入浅出，他说："写文章有两个理想：一是谨严，一个字不能加，一个字不能减，一个字不能换；一是流畅，像吃鸭儿梨，又甜又爽口。"要达到此理想，离不开潜心锤炼。我们还可以看到，不少著作家对自己的文稿以近乎苛刻的态度一直不断地修改，著作出版，已在他们身后。

上面所述本来是做学问的基本道理，可这些道理正为一些人所轻忽、淡忘。由于各种原因，一些研究人员不能沉下心来，认真读书积累，提高理论素养，做细致的研究工作。一些人在自己已有的成果上停滞不前，一本书或文章，改头换面又发表出来，有自我抄袭的趋向；有的学者不认真了解本学科的发展史，旧的题目还在做；一些人缺乏认真负责的态度，只追求速度，引文不核对，论著存有不少常识错误……于是，我们看到，学坛表面热热闹闹，成果数量惊人，似乎足以令人自豪，但真正的创见并不多。类此局面如不改变，我们这个时代将会是著述数量最多，而传世之作最少的一代。

古人对著述是看得很重、很严肃的，列为"三不朽"之一，历代的著作家，凡是有传世著作的，都是集中他们的全部精神乃至生命来写的，"春蚕到死丝方尽，蜡炬成灰泪始干"，正是这种精神的写照，蚕是用它的生命来吐丝，蜡烛是用它的生命来发光。积一生之力，所留常常只是薄薄的一册，即使这样，能够传世的，也只是其中的少数。"予读班固《艺文志》、唐四库书目，见其所列，自三代、秦、汉以来，著书之士，多者至百余篇，少者犹三四十篇；其人不可胜数，而散亡磨灭，百不一二存焉。"欧阳修的感叹透露了著述的艰辛及传世的不易。文化学术史上简单的几行，都是需要用汗水和心血来写就的！

文章传世——这样的要求或许是太高了。文章能否传世，要接受读者与时间的考验，不能强求。我们退一步说，当拿起笔时，总是因为心中有新的问题或想法，欲表达出来，与人交流，引起讨论，写的文章文通字顺，没有或尽量减少常识错误……类此的标准应该是我们必须坚持且可以达到的。

由于文言变白话、职业的要求等原因，近代以来读书人的著作量是明显增加了。对于著述，已不能简单搬用古人的某些标准、做法，但是，古人对著述的那种呕心沥血、精益求精的劲头，还是需要我们时常回味，并化为行动的，只有这样，我们才有望写出真正一流的论著。反之，在名利之心的驱使下，以轻率的态度，仓促炮制，以为再配以大量的炒作，就可以进入精品的行列，不用太长的时间就将证明，这些做法与真正的文化建设是背道而驰的。

（原载《社会科学报》2003 年 10 月 9 日）

因深虑而拒绝

记得美国前总统小布什上任伊始曾提出一个方案：减免遗产税。按说，那些富豪们该赶紧拥护，至少也会默不作声。但出人意料，比尔·盖茨、巴菲特、洛克菲勒家族、索罗斯等120个大牌企业家联合抵制，他们在《纽约时报》发表文章，标题为"请向我征税"。其中讲到，美国这个国家的伟大就寄托在我们有一个长久的竞争力，这种不向我们收遗产税的办法将使我们的下一代不劳而获，而我们的下一代不劳而获将使得美国的竞争力长久丧失，因此我们不能同意。

2009年，欧盟委员会想对欧洲166种科学史、技术史和医学史学术杂志进行评定，编一份能为欧洲科学基金参照的"核心期刊"目录，即欧洲人文学科期刊索引。不料，初选目录一经提出，立即遭到63种杂志编辑部的联名抵制。在以"处在威胁之中的杂志"为题的公开信中，编辑们写道：这份目录没有经过充分协商，只是由一些武断、不负责任的机构编制出来的。然而，伟大的学术著作可能在任何地方、以任何语言发表。真正具有原创性的研究往往来自边缘、异端或名不见经传的角落，而非早已固定和格式化了的主流学术期刊上。他们强调：杂志应是多样性、不同种类和各具特色的，编制这样一个目录，将使杂志内容和读者的意见变得无关紧要，故商定除不参与这一危险和被误导的运作之外，他们还要在科学史和科学研究领域里反对和拒绝这种时尚的管理和评介。公开信最后写道："我们恳求欧洲人文学科期刊索引将我们这些杂志的名字从目录中去除。"

数量如此众多的集体抵制，自然使欧洲人文学科期刊索引难产。就欧洲近代学术史发展来看，为那些边缘乃至异端及不合时宜的研究争得一席之地，坚决捍卫学术研究的多样性，自觉追求学术研究的多样性，是文化学术繁荣的根本原因之一。他们也格外珍惜这种权利。

上述两件事领域不同，但又有一些相似，这些著名企业家和敢于直言的编辑因为深虑，坚决拒绝了到手的名利，引人长思。

就文化学术界来说，"核心期刊"评定之事在我们这里已行之有年矣，甚至进一步区分为"国家级""省部级"，列入"核心期刊"的杂志和主管单位多引以为荣，在封面或封底的显要位置闪亮标明，没有列入的当然千方百计要挤进，与之相应，那些无职无权的学者，评职称乃至申报课题，都被要求在核心期刊上发表一篇或若干篇论文，大家忙得团团转。听说，甚至一些高校研究生院的奖学金制度也规定，研究生的学术成果作为申请奖学金的重要依据只认定在"核心期刊"上的作品，而有些专业或研究方向只有一本核心期刊，还未出茅庐的研究生在上面发文章的概率又有多大呢？学校很功利，研究生便难免跟着浮躁。在这个过程中，由于利益的强大驱动，就出现了若干不正之风乃至剽窃等不轨行为。但少有人从根本上反思这些极端化行政考评的不合理性或危害，更鲜见拒绝者。

我们的社会正处于转型期，仍然面临不少艰巨的任务：贫富差距正在逼近社会容忍的"红线"，由此已引发诸多尖锐的矛盾；发展文化学术以提升国家的软实力创造力，是我们的重要课题，在解决这些问题时，需要主政者有高远眼光、深虑意识，为了国家民族，也为自己和后代的长远利益。作为社会不同行业或岗位上的一员，也要明白，有时舍便是得，得便是失！

循此而行，自然有更多的人要对某些潮流或不合理的事大声地说一声"不"！社会、文化学术界某些正在恶化的不良势头才会出现向好的"拐点"。

（原载《中国青年报》2010 年 7 月 5 日）

切切不可一切一刀切

现代著名哲学家、逻辑学家金岳霖在专业研究之外，兴趣颇广，对对子是其中之一。这一爱好从少年一直保持到晚年。

据金先生回忆，1949 年后，他与毛主席一共吃过 4 次饭。最后一次是 20 世纪 50 年代末或 60 年代初，这一次可以说是湖南同乡的聚餐，在座的主要客人是章士钊和程潜两位老人。章先生话很多，"谈话中提到苏联，章先生说'西邻责言勿理也'，或'勿顾也'，或'非礼也'。我听了之后愣了一下，没有说什么。他们都是乡先辈，我不想多说话。散后，在归途车子里想到章先生那句话不是可以对'东里子产润色之'吗？当其时若想到了，说出来，主席一定会大笑起来。可惜我想得不够快，失去了当面作对联的机会。"（金岳霖著，刘培育整理：《金岳霖回忆录》，北京大学出版社 2011 年版，第 134 页）

其实，金先生的反应是够快的。在这方面他确有天赋，造诣颇高。

20 多年前，我在中国人民大学读书。1986 年年初的一天下午，我与一位长我 10 多岁的学兄在东风楼宿舍里谈天，不知不觉谈到一些哲学名人的逸事。他说曾听他父亲讲，金岳霖先生晚年拟过一上联，"切切不可一切一刀切"，但苦于拟不出下联。翻译家王太庆曾拟一下联，"人人争做正人正己人"，似尚不能令人感到浑然一体。

这位学兄的父亲是一位著名的哲学教授，曾在北京大学哲学系工作，所述金先生拟的上联应是可信的，是否曾亲耳闻之于金先生，亦未可知。

金先生与对联，他自己的回忆，别人的回忆和研究论述已不少，但此联似尚少有人道及。

金先生所拟对联，用语平实无华，看后即难以忘记，其中的含意是引人回味的。意思也并不复杂：凡事都需要一定的标准或准则，这是当然的，金先生并不否认；他反对或忧虑的是过度的一刀切，一刀切的危害是不可小视的。

金先生针对何事、何种具体现象而拟此联，年代久远，难以做切实的考证了，但也不是一点踪迹没有。在晚年的回忆文字中，金先生提到，他到中国科学院哲学所不久，一位青年同事曾大声说："我发现知识分子不能办事。"起因为何？不得而知。这话或许给金先生不小的刺激，"我没有多少知识，可是，早已被安排在知识分子之内，而我又什么事都不能办，就证实了他的话。但是，还是要承认有非常之能办事的知识分子，陈岱孙先生就是这样一个。"前面的判断轻轻地被否定了。抗日战争胜利后，清华大学回到清华园以前，梅校长派陈先生回北京做恢复清华园的工作。清华校园受到日帝军队的破坏，糟蹋得不像样，教员的宿舍也成为养马的房子。陈岱孙先生居然在短期内把清华校园收拾到原先一样，重办大学。"这就说明，真的知识分子是可以做工作的，可以办事的。"一刀切，是很容易被证伪的。

几十年过去，此联仍让人有强烈的共鸣。那是因为现实生活中，仍存在一些"一刀切"现象或问题，未能得到很好解决。

21世纪什么最重要？人才。各地区、各行业、各单位都在制订措施标准，或选拔培养，或大力引进，积极效果当然有，其中一刀切的问题很突出。

某大城市有一年在选拔干部时宣布了一条要求，就是当批提拔官员以30岁为上限，多一个月也不行。本意是要干部年轻化，但是标准过重表面，操作过于粗糙，既伤害了许多干部，也造成事业的损失。事后证明，这批选拔出来的官员淘汰率很高。该政策一贯彻就是几年，当时一批40岁左右的官员未能入选，等日后发现方法有问题的时候，当时40岁的人已经超过45岁，年龄过线，被使用的概率大为下降。这样就浪费了一批成熟的人才。

为创建国内或国际一流大学，一些高校在紧锣密鼓地引进人才，前一段一则微博，引起人们对高校招聘人才的关注。

这则微博写道："现在一流高校基本不进'土鳖'博士，'海龟'还要美国一流大学的。二三方阵的高校也在抢'海龟'，但对'土鳖'，不论博士哪儿毕业，本科一律要求是'985'或'211'院校，否则没门。这既反映教职人员短缺，也是翻版的GDP竞赛。教育血统论否定中国高等教育，否定后天努力。其实更应该以成果论英雄，管你是谁，只要成果达标即可。"这种选聘人才的做法，是严重的学历歧视，反映出高校的人才选拔评价方式还比较僵化落后。有些高校之所以重视洋博士，对土博士提出"三个985"要求——三代学历，要求本科、硕士、博士毕业的学校都是"985"高校，首要考虑的是要制造"好看"的人才数据。近年来，高校在宣传本校的师资队伍构成时，总会列举出"海龟"数据、教师中博士比例数据。按照这样的选才标准，大学对应聘者根本不用认真考察，而只需拿学历的"尺子"去"量"即可。

在人才选拔上，简单以年龄、学历一刀切来衡量不靠谱，那以发表的论著来论如何？重数量、轻质量，重论著刊发地的级别而少内在的评判等，已是这些年学界突出的现象。在这种氛围下，报刊上的短文章受到极端轻视。在各种原因的推动下，有些论著臃肿冗长，已走到异化的地步。真希望我们的文化学术评判不要那么极端地一刀切……欢迎厚重的论著，也允许精练的短章，这样可能更有利于文化学术的繁荣。不应忘记，鲁迅产生重要影响的杂文大都是发表在报纸副刊上的短文。

现实世界的事物是丰富多彩的，存有各种差异性。要避免一刀切，就要调查研究，具体问题具体分析，这样一来，问题的多重性就呈现出来，工作自然就繁重了，但不这样，又何谈文化学术的创新？又如何把工作干好呢？

（原载《中国青年报》2014年3月17日）

惦念一张画

金岳霖先生晚年回忆：

上世纪三十年代前后，"我在清华教书不是一、三、五的课，就是二、四、六的课。我总是头一天晚上就到了学校，一、三、五居多，遇到这样的时候，我有一段时间总是到燕京大学去找黄子通先生。我们虽然都是教哲学的，然而谈的不是哲学。他有些中国山水画，其中有一张谢时臣的，他自己最得意的是董其昌，我最喜欢的是谢时臣的。有机会就要去看看它。因此，我同黄先生也成了朋友。"（金岳霖著，刘培育整理：《金岳霖回忆录》，北京大学出版社2011年版，第168页）

邓以蛰先生收藏的画也非常多，山水画尤其多，"我一有机会就到他家看山水画，邓先生懂山水画，如请教的话，他也乐于讲解。"

因为喜欢一张画，就想着常去看看，一来二去，与画的主人成为朋友。给我们什么感觉呢？冯友兰先生在悼念金先生的文章中，曾称之为嵇康式的魏晋人物。魏晋人物与魏晋风度相连，比如，人们经常提及的他与林徽因、梁思成一家的情谊。上面所述，也是一个小的侧面，供我们和后人追想金先生的内心、情趣。

海外学者陈之藩先生也有类似的经历。

他在台南教书时,在一位朋友的研究室里看到一张画。画面很简单:只有一种颜色,浅的蓝像天,略深的蓝,一定是海了。看这画时,就好像经由一扇明净的窗向外望到天与海。天是十分之七,海是十分之三。

我坐在这位朋友的研究室里等他回来,他回来了,也没有与我谈话,我也知道他回来了,二人是共同欣赏这画吧。

"我不解,为什么这张画如此简单,而力量这么大!"我好像自言自语地向他说,又好像是在问他。

而这位又是诗人又是医生的朋友说:"我不论在外面碰到什么麻烦,回到屋里来,看到这张天与海的窗,心情就会立时沉静下来。"这类的窗子在这种角度下的风景,在台南是不难找到的,而这张画比真的风景还要真实。

画比真的风景还要真实,这是很高的评价呢,要画到怎样的水平才当得起这句评语?有机会当找来观赏观赏。

后来陈之藩先生居住香港,常去台南,一来去看这位朋友、聊天;还有是去看这张画。又过了几年,他无意中才知道这张画的作者是俄裔美国画家罗斯科(Rothko),抽象表现主义的代表人物。

两位名人的逸事,除了给人古朴淡雅的感觉,还有别方面的启示。金先生是著名的逻辑学家、哲学家,在中国 20 世纪哲学史上有重要地位；陈先生是电机工程领域的著名学者，同时又是散文名家，在港台地区有一定影响。他们跨出专业，对一幅画或绘画长久深情关注、欣赏，显示了从容的生活态度、较高的艺术修养，对他们的人生、学术创造应发挥着潜在的促进作用。

有必要提一句，这两位名人有过交集，1947年，陈先生在北洋大学已上到二年级，突然又考入清华大学哲学系，自然在家里和朋友中引起轩然大波。待他到清华，金先生几句棒喝，"哲学变成了宗教才有力量，可是既成了宗教，就不是学问了。""今之哲人，似无一移风易俗者！"他"昏沉的再回到北洋大学"。两人的对话颇有机锋，意味深长，有兴趣的读者可找陈先生的"哲学与困惑"一文来看。

近些年，我们的文化学术界非常急迫地呼唤创新、超越，然而不少研究者的素养、基础明显有些单一，从一个方面制约着水平的提高，虽然如急行军般研究、撰写，但成果离创新距离尚远。文化学术的发展繁荣，自有规律。在最高层次上，文化学术各领域是相通的，可以相互启发促进。对专业外的某些学科领域，有从容学习、欣赏的经历，对我们情感的丰富、人生的创造实有帮助的。

"火炉一砌，老朋友的画就挂上了"，在一篇哲学论文里，金先生曾这样写到。一个高雅的场景！这里说的画就是邓以蛰先生的画。

朋友因一张画或一张唱片等聚到一起，清茶一杯，欣赏评论，新见迭出，有时各有所好，甚至不免还要争

论一番，战罢相视而笑，这也应成为我们生活中的一部
分啊！

（原载《中国青年报》2016 年 1 月 25 日）

张冠李戴早日休

很多年了，经常到单位旁边一家书店逛逛。在店内随意地翻看新书，最后买上几本，是一种放松享受。书店里几位店员较熟悉了，见面都热情地招呼。

最近书店要搬迁到离原址不远的另一处房子，一直在装修。前几天路过，见店门开着，我走进去，服务员笑着说，试营业，还没正式开张，看看吧。我环视了一下，店内装修环境较以前又上了一档次。四面木质书架直到屋顶，很气派，书已上架，书架上还挂了很多中外名人的照片，五寸大小，增添了浓浓的文化气息。中国的，有近现代的鲁迅、胡适、陈寅恪、钱穆等，特异之处，也摆放了一些当今著名学者照片，大多是本单位的，有生活中熟悉或接触过的老师朋友，看着有亲切之感。

我的目光停在两幅照片上：一位蔼然老者，留有长长的胡须，上一幅戴着眼镜，下一幅没有。上一幅下面贴着白纸条"熊十力"，下一幅写着"马一浮"。我笑了，两幅照片都是马一浮呀。也没有多考虑，叫过服务员，对她们说明：这是一个人，你看那脸型……她们很谦虚随和，不以为忤，"谢谢您告诉我们，不然过几天开张剪彩，就闹小笑话了，还有领导要来呢……"边说边取下。我说：那一幅还可用，改一下名字，挂到别处就是了。

有些名人虽去今不远，但对一般人来说已有些陌生。

近些年，据说进入了读图时代，图书报刊都注意配上图片，与文字相配合，以使读者收相得益彰之妙。其中一个问题，常见张冠李戴的错误，制造混乱，传播了错误的知识。

这些年自己读书读报，遇到过一些这类错误，茶余饭后偶尔与师友谈及，很多都忘记了。举两个印象较深、也算典型的例子吧，前几年在书店里，翻到一本书《志摩的诗》（立信会计出版社 2012 年版），封面上印了作者的半身照片，我一看，这是胡适留美时期的照片啊。这可是封面，慎重起见，我认真看了几遍，没错，是胡适。编者如没有特别的创意，肯定是用错了。胡适、徐志摩，同时代的人，是朋友，长得又有几分像，潇洒才子的样子，易于相混，这样说来，似可原谅这一失误，但严格说来，这是一个不小的失误，这比书中某处错一两个字的消极影响要大得多，此书第 1 版就印了15000 册，流向全国各地，不知后来是否重印。胡适在天之灵或许会对徐说：你的书用我的头像，肖像权怎么说？至少该请客吧。徐苦笑一声，也不示弱：我辛苦写的作品，你在前面"露脸"，跟着沾光，这又怎么说？当然这是笑谈。不关两人的事，是编者的失误。

十几年前，我买过一套北京师范大学出版社出版的《汪曾祺全集》。到家后，兴匆匆翻看，第一册封三页印有汪先生的照片，竟是倒着的！照片很有艺术家的风采，但装订成这样，让人心里很别扭，大打折扣。第一反应当然想拿回书店退换，但转念一想，算了，留作独特的纪念吧。只是委屈了汪先生，头一直倒着。

这类错误，如米饭中的沙砾，是要败坏读者胃口的；错误过多，从一侧面反映了近些年文化学术界的浮躁，说到底与不认真、马虎相连。严重的要影响出版单位的声誉。试想，编者、出版者如果连胡适、徐志摩照片都搞混，这本书的质量还能可靠吗？倘作者、编者认真起来，勤于查证资料，多请教专家，这类十分明显的错误是完全能够避免的。这正是：

　　张冠李戴帽乱丢，

　　古人无奈今人愁，

　　读者指点叹懈怠，

　　几时认真沙砾除？

（原载《杂文月刊》2016 年第 6 期）

二

人类该停下贪婪的脚步，看看我们的处境，想想别的族群，想想"后来人"——子孙后代的命运，我们能否被唤醒或深深地震撼？

困惑、内心的挣扎也是人生的一部分。让我们沉下心来，直面自己的心灵，循着良知的指引，自己选择，勇于承担，走出一条或不是坦途却沐浴人性光辉的路，从而推动社会汇入人类文明的大潮，奔腾向前。

朴实的志向

看《论语》，可以发现，孔子与学生在一起时，有时会问他们的志向，大概是想以此来观察并激发他们吧。最为人称引的该是孔子与子路、曾皙、冉有、公西华谈论的那一次。"暮春者，春服既成，冠者五六人，童子六七人，浴乎沂，风乎舞雩，咏而归。"这情景确实令人神往，无怪乎孔子情不自禁地喟然叹曰："吾与点也！"

不过，近两三年来，我常常想起并回味的是另外一段。

孔子与颜渊、子路两人在一起。孔子说：何不各人说说自己的志向呢？

子路一向心直口快，抢先说：愿意把我的车马衣服同朋友共同使用，坏了也没有什么不满。

颜渊说：愿意不夸耀自己的好处，不表白自己的功劳。

学生的志向都说了，子路转问孔子道：希望听到您的志向。

"我的志向是，老者使他安逸，对朋友有信任，年轻人便关心他。"（"老者安之，朋友信之，少者怀之。"）

以孔子后来在社会上的地位，这里表达的志向初看是简单、平易的，但平易之中蕴涵着伟大。这一志向，体现了鲜明的儒家色彩，重视家庭、家族，注重在人与人的关系中确立人生的价值或意义。值得注意的是，这一人生志向不是封闭、狭窄、僵化的，它给听者乃至一代又一代后人留下了广阔的创造空间，是可以而且应该不断开扩、丰富的。

就拿"老者安之"来说吧，这里的老者，按照孔子、儒家的思想，当然首先是自己的父母祖辈，但又不局限于此，你还可以而且应该扩及自己的家族，"老吾老以及人之老"，从而让你的爱通向广大的社会，当一个人朝着这一方向迈进时，这是多么宏大的志向！

在孔子的思想里，"孝""安之"的内容主要是对老人的物质赡养、恭敬之心。孝的道德规范，曾在古代中国社会起过极大的作用，而且随着时代的发展而发展。孝具有一定的时代性，对孝道应加以分析，从中吸取有益的合理成分，同时还要剔除其不利于发展人性自由、平等的糟粕。"父为子纲"所讲的是绝对服从的孝，当然应予以否定。"三年无改父之道"之类不符合时代的具体规定也要取消，发扬爱敬父母的意义。孝的道德加以适当的改造，仍应保持下来，孝敬父母可以说是起码的道德，如果一个人不爱敬父母，也就丧失了做人最起码的条件，他还能爱别人爱祖国吗？这是浅近朴实的道理、识人的标准。

今天，要实现"老者安之"的理想，还要面对社会现实，在孝道的具体规定、实现形式上有所调整或有新的创造。在物质匮乏的时代，不可否认，物质赡养是孝道的一项重要内容。随着社会的发展、物质财富的丰裕，城里的老人已多有退休金，经济上可能已不是大的问题，但可以充实其他方面的内容、或面对新问题而有新的创造。比如，由于实行计划生育，一对夫妇同时要照顾四位老人，再加上工作的流动性，过去某些行之有效的尽孝规定，事实上难以实行，子女尽孝与养老社会化这样的新课题，已提上日程；传统社会知识更新比较缓慢，老年人相对于年轻人，具有经验、知识的优势，而进入当代，社会变迁日新月异，新事物层出不穷，电脑、互联网、基因、克隆……对这些，老年人是陌生的，年轻人在自己努力跟随时代前进的同时，也有责任帮助老年人了解这些新事物，与时代一同前进，这也该是孝道的具体内容……

"朋友信之，少者怀之"也同样需要而且可以充实新的规定。"信"作为传统美德，在古代的朋友之间，更多的是一诺千金。进入当代社会，朋友间除了内在诚信外，共同做事，特别是从事经济活动，也不排斥契约等。

孔子不可能看到今天的变化和问题，但他也没有限定人们，不要面对时代的发展，而为了更好地达到安之、信之、怀之的理想，倒毋宁说他鼓励人们发挥创造力。

回味孔子的志向，还会惊异过去思想家表达思想的方式和语言的凝练。

想一想称为世界三圣的释迦、基督、苏格拉底的一生，在那里就发现奇特的一致。这三个人，是没有一个有自己执笔所写的东西遗给后世的。而这些人遗留后世的所谓说教，和我们现今之所为说教者也不同。他们似乎不过对自己邻近所发生的事件呀，或者是些对人的质问之类，说些随时随地的意见罢了，并不有组织地、将那大哲学发表出来。日常茶饭的谈话，那是他们留给我们的大说教。

倘说是暗合吧，那现象却太特殊。这十分使人反省：我们的生活是怎样像做戏，尤其是我似的以文笔为生活的大部分的人们。(有岛武郎："以生命写成的文章")

孔子不也是这样吗？正是在日常茶饭的谈话中，包含了深刻的哲理。同样的论题，换今天的教授、学者，又如何呢？如果不写一本《志向论》一类的著作，那也要写一篇长文吧，第一、第二、第三……方方面面都要论述到，全面而清楚。这当然也是需要的。但不知为什么，拿这样的论著与《论语》比，让人感到少了味道，不那么"可爱"，也难以留下深刻的记忆。

思想家、哲学家总是要说或写点什么的，是否说的多却适得其反呢？我们已很少从这个角度去思考。历史上大的哲学家常常是凝结自己的人生体悟，然后轻轻地给人指示一个大方向，把背后的许多东西留给读者，却具有了穿越千古的力量。这实在是我们要反省的：思想创造的路该如何走？

哲学家犹如永恒的革命者，"是刺激人类大脑和神经的酵母；或者说是天才。他们否定在他以前提出的见解，同时创造新的学说；或者是个相信自己力量的谦虚的人，他们燃起淡淡的有时几乎是看不见的火苗，照亮通向未来的道路"(高尔基语)。在人类正经历深刻变化的时代，哲学应有新的创造：平易而深邃、凝练而丰富、可以通向大众的心灵、照亮他们的人生之路……

我曾在不同场合同中年朋友谈到对孔子志向的理解，并说：一个人能做到这三"之"，虽不一定是圣贤，但一定是一个好人了。他们听了，都表示赞许，而且不停地重复："老者安之……"像是要在心里记下孔子的叮咛。然而，一次，我向一位年轻人谈起，听罢他却质疑：按照孔子的说法一个人都在关系里，都是义务，那他自己呢？听了他的话，我一时默然。青年人已更多地接受西方观念的影响，比如个性解放等，这是他自然有的疑问，同时也昭示我们现在面对的挑战，如何在社会的变迁发展中让人们既了解、继承我们的传统美德而又与时俱进，如何实现东西方观念的合理融合……再进一步，"人之所以为人者"的内在本质究竟是什么？

（原载《思想政治工作研究》2004 年第 11 期）

135

"在心灵中建立更庄严的大厦"

走在我们的城市道路上，你不难感受建设的迅疾步伐，一片片熟悉的房屋建筑推倒了，代之而起的是正在工作的吊车或已建成的高耸楼群，行走其旁，人仿佛都变得渺小了；白天你坐在家里工作，不时传来或强或弱的电钻声、敲击声，不用问，这是左邻右舍正忙着装修他们的房屋……

经济发展，部分人富起来了，要搬往更大的房子，要把住宅装修得更漂亮、舒适，这是一件值得庆贺的事。但当人们更多地把心思、精力、金钱投注到房屋上时，这件事便具有了一定的象征意义。

不容否认，物质生活与精神生活的失衡在我们的社会严重地存在。让我们透过建筑看过去：在一些规模很大的小区内，高楼林立，饭店酒家、美容店、按摩店、洗衣店、歌舞厅在街边道旁都不难找到，而图书馆、影剧院等文化设施却难觅踪影；如果你再有机会走进那些装修华丽的房屋，可以发现，不少家庭只有很少甚或没有书刊，透过这一点，不难推想房主的精神、文化生活。

在房屋装修上，成千上万地投入，毫不吝惜，而购置书刊方面几百元的支出，却吝于出手。何以如此呢？受一切都以金钱来衡量的风气影响，在不少人心目中，文化还不太值钱。但是，文化又岂是金钱所能简单衡量的呢？

尤金·奥尼尔是美国 20 世纪著名的剧作家。晚年他更多地关注美国人物质生活和精神生活失衡的问题，他一再向人们呼吁不要为追求金钱和物质生活享受而丧失灵魂（精神）。

奥尼尔曾预言，美国人由于过度追求物质生活享受会给自己带来不良后果。他不无感慨地说：我们像世界上所有其他国家一样，走过一段自私而贪婪的道路。我们谈论美国梦，而且要向世界宣讲美国梦，但是什么是美国梦呢？在大多数情况下，不外乎是追求物质享受之梦罢了……我们过去在这个国家为自己的灵魂争取到良好的价值——也许为此付出了很高的代价——但是，你会认为人们经过了这么多年，历经千辛万苦，现在我们人人都会有足够的理智懂得人幸福的整个奥秘就概括在那句连孩子都懂得的话里吗？一个人就是赢得了全世界，而丧失了自己的生命（灵魂），又有什么益处呢？

在《更庄严的大厦》一剧中，奥尼尔刻画了一个具有诗人气质却陷入商海汹涌波涛而十分苦恼的主人公的形象，他成天没完没了地讨价还价、计算开支、估计利润，还要筹划怎样战胜敌手，到后来深感厌倦地感叹道："在这种生活里，财神是上帝，金钱是衡量一切价值的标准，这不是我本来要选择的事业……有时我感到心灵堕落了，成了自己的叛徒。"

他尽管成了富商，内心那种清除世界上贫富不均现象而使人人丰衣足食、和睦相处、没有嫉妒和贪婪的理想并未完全泯灭，在凝视着妻子计划穷奢极侈地兴建宅邸大厦的蓝图时，不禁脱口朗诵出：

> 悠悠岁月飞快消逝，
>
> 抛却往昔那穹顶低矮的陋室，
>
> 在我心灵中建立更庄严的大厦吧！

奥尼尔的剧作无疑是要激励人们探索思考真正的生存意义，追求人生更高的境界。

与奥尼尔同时代的科学家爱因斯坦说："满足物质上的需要，固然是美满的生活所不可缺少的先决条件，但只做到这一点还是不够的。为了得到满足，人还必须有可能根据他们个人的特点和能力来发展他们理智上和艺术上的才能。"当爱因斯坦讲这番话时，他是将其作为大家一致同意的目标和价值，而把思考的重点转向达到这一目标的可靠途径。现在，人们却不难看到，在市场经济浪潮中，已解决温饱或富起来的不少人远远偏离乃至忘记了此一目标，不停地追逐于物质金钱、消费，钱包是鼓的，但头脑却是瘪的……在此意义上，奥尼尔的呼吁便具有了穿越时空的力量，犹如是对我们发出的，我们不要忘记，人还有广阔的精神世界等待开拓。

与物质世界相较，人的心灵、精神世界是更丰富、更精微的世界，在那里建立的大厦具有更持久的魅力。"在心灵中建立更庄严的大厦"——应该成为每个人心中高悬的目标。

（原载《中国青年报》2005 年 10 月 2 日）

宏大的魔术

连续两年，我国台湾地区演员刘谦在中央电视台的春节晚会上都有精彩的魔术表演，这也带动了大陆的魔术热。魔术给人们带来了快乐，也刺激着人们对这项技艺的好奇心。

记得去年夏天到台北开会，热心的主办者在欢迎晚宴上邀请了一位魔术演员到每一桌为大家表演助兴，并介绍说：他是刘谦的师兄弟，在台北很有名气，一晚上要赶演好几场的。

演员三十来岁，同刘谦是一个年龄段，只是个子要高出许多，一米八几的样子。他就在我们身边表演——如此近距离地观看，对我们来说还是第一次。大家都有些兴奋，全神贯注，希望自己能从中发现破绽或线索，揭开谜团。表演结束后，大家纷纷说出自己的发现和猜想，演员微笑着，看他镇定的神情，我们知道自己并没有揭开谜底。

世间还有另一种魔术。乔斯坦·贾德在《苏菲的世界》里这样描绘：

这世界就像魔术师从他的帽子里拉出来的一只白兔。只是这白兔的体积极其庞大，因此这场戏法要数十亿年才变得出来。所有的生物都出生于这只兔子的细毛顶端，他们刚开始对于这场令人不可置信的戏法都感到惊奇。然而当他们年纪愈长，也就愈深入兔子的毛皮，并且待了下来。他们在那儿觉得非常安适，因此不愿再冒险爬回脆弱的兔毛顶端。唯有哲学家才会踏上这一危险的旅程，迈向语言与存在所能达到的顶峰，其中有些人掉了下来，但也有些人死命攀住兔毛不放，并对那些窝在舒适柔软的兔毛的深处、尽情吃喝的人们大声吼叫。

他们喊："各位先生女士们，我们正飘浮在太空中呢！"但下面的人可不管这些哲学家们在嚷些什么。

这些人只会说："哇！真是一群捣蛋鬼！"然后又继续他们原先的谈话：请你把奶油递过来好吗？我们今天的股价涨了多少？番茄现在是什么价钱？你有没有听说戴安娜王妃又怀孕了？

数十亿年才变得出来，古今生物都成为其中的一部分，真可谓最宏大的一场魔术了！只是与对舞台上魔术的痴迷不同，我们不能不承认，当今绝大多数人已丧失对宇宙魔术的好奇。由于种种理由，人们都忙于世俗的功名和日常生活的琐事，对于这个世界的好奇心受到或多或少的压抑，就像那些微生虫一般，爬进兔子的毛皮深处，在那里或劳碌奔波或怡然自得地待上一辈子，从此不再出来。

面对当今世界的种种危机和问题，毫无疑问，需要有人义无反顾地踏上探索的旅程，需要他们大声地呼喊，以使人们恢复某些正在丧失的重要能力，调整人生的追求，找到合理的人生前进方向。这当是哲学家的使命或责任。"我们正飘浮在太空中呢!"这样的呼喊也许过于温柔了,那就代以更有力的呐喊。只有真诚的哲学家们不断探讨宇宙人生的大本大源,并把新的感悟传达给大众,贯彻到人们生活中的各个方面,我们的世界才能日渐美好起来。

(原载《中国青年报》2010 年 6 月 14 日)

站远一些来看

我的少年时代正是"文化大革命"时期。学校教育虽未停止，但已被严重打乱，今天组织学生下地劳动，明天请贫下中农来校忆苦思甜……学生所能接触到的书籍更是极端贫乏。那时，我的理想是参军当兵，身穿绿军装、到远方去……当兵的愿望很强烈。

我读高中一年级时，某一天，中学里有了招兵的消息：小兵，而且是空军。可以想见，我多么激动，马上就报了名。

过了一段时间，政审合格的报名者，全都集中到县医院参加体检。那是我第一次参加体检，量身高体重、测血压……一项一项地通过。

我拿着体检表来到眼科体检室，医生是一位中年妇女。她让我站到桌子旁，打开一本厚厚的书本模样的东西让我辨认、并说出上面有什么。我凑近去看，只见上面五颜六色、密密麻麻，但实在看不出有什么。医生看到我急切的样子，和蔼地说："不要急，站远一些来看。"听罢这话，我把身体离得远些，看出来了：五角星、马、狗……"好了，没问题"，医生边说边提笔在体检表上写下"合格"。

我没能当上兵，在其他体检项目上被刷了下来。

从那以后，我又参加过若干次体检，每到测试辨色这一项时，我都会想到那位大夫的话"站远一些来看"，轻松过关。随着年岁增长，生活经历的增多，对这话更有了不同的联想。

一位朋友从北京经卡拉奇辗转去欧洲访问，回来后聊起观感，他特别讲到：当飞机飞临喜马拉雅山上空，其时月光如昼，见逶迤的群山如儿童在冬季堆起的雪堆，忽然有悟。他想，假如不是飞在2万米的高空而是走在山脚下，心中必有李白"蜀道难"的惊叹，而深感个人的渺小，更看不到群山的全貌。

类似的感想又岂止在空间上呢？很多人在晚年或临终前回首往事时，发现自己一生走过了太多的弯路，大好的年华在是非恩怨的争斗或彷徨中白白浪费了。比利时《老人》杂志曾在全国范围内，对60岁以上的老人开展了一项题为"你最后悔什么"的专题调查活动。调查结果很有意思：70%的老人后悔年轻时努力不够，以致事业无成；67%的老人后悔年轻时错误地选择了职业；63%的老人后悔对子女教育不够或方法不当；58%的老人后悔身体锻炼不足；56%的老人后悔对伴侣不够忠诚；36%的老人后悔未能周游世界；32%的老人后悔一生过于平淡，缺乏刺激；只有11%的老人后悔没有赚到更多的金钱。60多岁的老人，已是夕阳晚照，回首往事，对自己能够作出较为客观清醒的判断。

看罢这则材料，不禁令人想起法国牧师内德·兰塞姆的名言：假如时光可以倒流，世界上将有一半的人可以成为伟人。他一生有1万多次亲临临终者面前，聆听他们的忏悔，上面的话正是他对那些忏悔的高度提炼。

一个人不一定等到晚年或临终时，再去回首往事，那时毕竟有些迟了。在人生的任何一个阶段，你无妨与眼下的生活拉开一点距离，回看已走过的路，总结人生的经验和教训，或想象有一天站在生命终点回味人生时，自己能有的自豪或遗憾，这可以让你更清晰地看到自己应该在生活中紧紧抓住什么、走向哪里。如果这样作太容易引起伤感，至少你可以倾听老人们的终生遗憾，帮助自己站远一些来思考人生。

在观察世界时，空间时间上的站高、站远，尚是比较容易的，一个人更要努力站在心灵精神的高峰观察人生，此时，"站远一些"，就是对世俗名利、眼前利害的超脱，对真实人生的体认，对事物发展趋势的把握……为了达到这一境界，需要不断加强修养，克制私欲。被名利私欲等束缚手脚、遮住眼睛的人，是无法登高望远的。

《大般涅槃经》云："善男子，譬如画师以众杂彩画作众像，若男若女若牛若马，凡夫无智，见之则生男女等相。画师了知无有男女。菩萨摩诃萨亦复如是，于法异相观于一相，终不生于众生之相。何以故？有念慧故。"人生处世应该以悟道的情趣观察大千世界，犹如站在高空透过迷云幻雾若牛若马的种种异相，看到人生世事前进的必然趋势，从而勇于排除干扰诱惑，对准人生目标正道直行。

（原载《中国经济时报》2005 年 9 月 12 日）

从生命的"火灾"中抢出什么

人的生命是一场正在猛烈燃烧的"火灾"，一个人所能做的，也必须去做的就是竭尽全力从这场"火灾"中抢出什么来。

说这番话的是谁？比尔·盖茨。不难想见，他正是抱有此种心情，在事业上不断探求，取得了骄人的成绩，成为IT行业的英雄；正是抱有此种心情，在事业的巅峰，他拿出大量的资金资助与贫困人群有关的事业，开始了人生另一方向的锻造……

这是一个令人震惊的描述。细细回味，可以引出如下论断。

人生短暂，转瞬即逝。自古至今，人们于这方面的感慨、咏叹实在是太多了，"人寿几何？逝如朝霜。时无重至，华不再阳。""人生复能几，倏如流电惊。""长绳难系日，自古共悲辛。"……意识到人生的短暂、不可重复，可能引出难以抑制的消极感伤，但更应该引出或加强人生的紧迫感，抓紧时间一往无前地做有意义的事，绕开或拒绝生活中浮华、无聊的事，从而不让时光白白流逝，等生命之火将尽时，留下过多的遗憾或悲哀。"盛年不重来，一日难再晨；及时当勉励，岁月不待人。""莫倚儿童轻岁月，丈人曾共尔同年。"……一位老画家曾说：时间这东西是很容易骗人的，你常常觉得手里还有很多，可突然有一天发现时间却不多了，而很多事还没有干。前贤的这些人生体验与告诫，应时刻回响在我们耳畔，珍惜生命的每一天乃至分分秒秒，积极奋进。

把生命想象成一次燃烧，便可发现，有人尽可能让生命之火燃烧得更旺、更亮，最后炼出熠熠生辉的东西，有人却如点不着的湿柴般在那里冒烟，最后化为随风而散的灰烬。如果我们不是绝对的虚无主义者，总该给自己悬一个目标：在燃烧中炼出一点有价值的东西。

什么是有价值的东西？古人立德、立言、立功"三不朽"的训教，仍不失为我们的大方向，现代人的具体选择更是异常丰富的。你也许是一个地方、团体的领导，那就充分发挥自己的才智，创造性地工作，在该地方、团体的发展中，刻下切实的痕迹，若干年后，你的名字还能让那里的人们赞佩地提起，这其中必然包含一定的品德、事功；如果你是一个文字工作者，有一天你的文字变成铅字，印上了书刊，拿到了稿费，这当然是令人高兴的进步，但不要满足于此，无妨想想学无止境、立言的艰辛，看看你那个行业前人已达到的高度，沉下心来，积聚全部的精神和才力，写出最有创见的论著，让自己的论著影响更广更久，若干年后，仍有人翻阅你的论著，得到某种启发，这也就接近或达到立言的水准了；也许你是一位十分普通的人，那也不必灰心，以敬业之心干好本职工作，"老者安之，朋友信之，少者怀之"，做到这些，也就是你一生切实的收获……

让我们常怀这种"火灾"意识，尽可能将生命之火点拨得更加明亮，像一团熊熊的火焰那样活着！燃烧自己，也照亮身边的人。朋友，是一次熊熊的燃烧啊，你在发光吗？

（原载《中国青年报》2004 年 1 月 4 日）

追随良知的指引

当良知与官位发生冲突时，你会选择什么？在人们的社会生活中，官位已经成为很多人衡量人生价值高低的重要标尺。每个人都知道官位的功能，官位能让人更好地继续存活在这个世上。但良知呢？我们什么时候才会想起这个看似重要却又脆弱的东西，在一些选择关头听从它的指引而奋力前行？

1976 年 7 月 28 日，唐山，那个撼动了整个华北大地的十几秒，那个带走了 24 万条生命的震颤，成为永远铭刻在中国人心中的伤痛。在大地震中，有一个鲜为人知的"青龙奇迹"——距唐山市中心仅 65 公里的青龙县，在大地震中，47 万人却无一人伤亡。

根据作家张庆洲的梳理，我们看到了一个创造"青龙奇迹"的脉络：国家地震局以汪成民为代表的一批人坚持认为大震临近，但他们的意见没有受到重视，在一次会议上汪成民把"7 月 22 日到 8 月 5 日唐山、滦县一带可能发生 5 级以上地震"的信息捅了出去。青龙县科委主管地震工作的王春青听到消息后，火速赶回县里，把"危言耸听"的消息向县领导汇报。县委书记冉广歧顶着被摘乌纱帽的风险拍了板，7 月 25 日，青龙县向县公社村三级干部 800 多人作了震情报告，要求干部必须在 26 日之前将震情通知到每一个人。当晚几百名干部十万火急地奔向各自所在的公社。青龙县的百姓几乎全被"赶"到室外生活。

7 月 28 日地震真的来了，青龙房屋倒塌 18 万间，但 47 万青龙百姓安然无恙，无人伤亡的青龙一度成为唐山的后方救急医院，还派了救援队，拉着食品、水赶往唐山。

20 多年后，冉广歧接受采访，当被追问"您作为一把手发布临震预报，到底有啥压力"时，他的回答发人深思："说实话吧，我也有老婆孩子，也有自己的事业。我心里头，一边是县委书记的乌纱帽，一边是 47 万人的生命，反反复复掂哪。毛主席的话还真给我壮胆了，共产党员要具备'五不怕'啊，不怕杀头，不怕坐牢，不怕老婆离婚。不发警报而万一震了呢？我愧对这一方的百姓。嘴上可能不认账，心里头过不去——一辈子！"

看到这段文字时，我内心感到一种强烈的震撼。一位县委书记凭着一颗良心，挽救了数十万人的生命！良知犹如一道光，引导人走出危险的困境。从责任的角度，当然"有事当没事"循规蹈矩更安全，即便有责任，那也是"集体领导负责"，轮不到自己负责。但一旦拍板错误，"散布谣言"，在那个年代，摘掉乌纱帽可能都是轻的。

官员手握公权力，也握着甚至决定着百姓生死的信息，在灾害来临时官员担负着重要角色。近年来，一些官员长期的官僚生活，令他们在民生疾苦面前已经很麻木了，干工作凭着自己一套"趋利避害"的逻辑做判断，做取舍，这使得他们可以有一套游刃有余的逃避责任的办法，却未必敢担当起最优的决策选择。

"嘴上可能不认账，心里头过不去——一辈子！"这朴实的话语告诉我们，制度规章当然重要，而日常生活中官员最基本的良心教育与守护，不能在强化"责任"的时候被忽视。在某种意义上说，大灾来临时，官员的良心也是一种巨大的力量！

假如我是一个学校的校长，在唐山地震纪念日之时，我一定请冉广歧老人给学生讲讲当年的事情，这是极宝贵的思想道德教育的教材，在亲耳聆听中，学生的心灵会受到一次不同寻常的熏陶；假如我是影视工作者，一定开始收集材料、采访更多的当事人，拍出电视剧或电影，形象地向人们讲述那场巨大灾难中的故事，揭示其中的各种冲突，与观众一起思考良知与规章间应有的张力，这不正是反映唐山大地震的一个独特视角吗？……谁说当代生活中没有重大题材呢？欧美影视界对一些社会事件的迅捷反应，常令我感喟……

总有一种力量让我们抖擞精神，总有一种力量驱使我们不断寻求正义，总有一种力量让我们泪流满面。这种力量来源于我们的内心，希望我们不要丧失这种力量！

（原载《中国青年报》2009 年 5 月 18 日）

敬佩白求恩

在中国，提起白求恩哪个不知？

一个外国人，毫无利己的动机，把中国人民的解放事业当作他自己的事业，这是什么精神？这是国际主义的精神，这是共产主义的精神，每一个中国共产党员都要学习这种精神。

一个人能力有大小，但只要有这点精神，就是一个高尚的人，一个纯粹的人，一个有道德的人，一个脱离了低级趣味的人，一个有益于人民的人。

毛泽东这些赞扬白求恩的话，很长一段时间，人们几乎是倒背如流，即使到今天，很多人恐怕也没有问题，可见白求恩在中国影响之深广。我相信，那幅他正在给伤员动手术的照片，也一定长久地刻在许多人的脑海，清癯、坚毅、沉着……而不远处可能正进行着激烈的战斗。白求恩同志曾说："我们来中国，不仅是为了你们，也是为了我们……我决心和中国同志并肩战斗，直到抗战最后胜利。我们努力奋斗的共产主义事业，是不分民族也没有国界的。"在战场上，手术台上的帐顶被气浪震得乱动，大家劝白求恩去隐蔽。他坚决地说："前线的战士，能不能因为空袭而停止作战？我们的战斗岗位就是手术台，一定要坚守阵地。"这些话今日读来，仍让人感动。

一个外国人，不远万里来到中国，把中国人民的解放事业当作他自己的事业，拼命忘我地工作，最后牺牲自己的生命。对这样一位国际主义战士，我们怎能忘记？中国人民没有忘记这位伟大的朋友。毛泽东《纪念白求恩》一文对他崇高的精神给予了高度的表彰，影响着成千上万的中国人；在华北大地有以白求恩名字命名的大学，矗立着他的塑像……白求恩是真正不朽的。

斗转星移，白求恩逝世暨毛泽东《纪念白求恩》一文发表已60多年了。几十年来，我们对白求恩的赞扬宣传，尽管把握了本质，但白求恩丰富的内心世界还有待进一步挖掘。仅从零星的信息中便不难想到此点。

白求恩不仅是著名胸外科医生，他还是位勤于写作、文笔冷峻优美而浪漫的散文作家，他在抗日战火中写就的那些散文，逝世后被人们收集起来，竟有十几本之多；他擅长写小说，已发表的小说有数十篇；白求恩喜欢摄影，他是带着相机和胶卷于1938年6月由延安到晋察冀边区的，在那里，结识了沙飞——人民军队的一位专职新闻摄影记者，两人很快就成为挚友，他俩同心协力、密切配合，拍摄了不少晋察冀抗战、优待俘虏的照片，他们千方百计向延安、向大后方、向敌占区、向侵华日军、向国外发稿，让全中国、全世界都了解中国的八路军仍在顽强地坚持抗战……

一位医生有那么多的爱好，先不说他文学艺术作品水平的高低，他的多才多艺不很令人佩服吗？我敢说，那些在战火中写下的文字、拍摄的作品，对于深刻理解他的情怀境界、爱与恨，一定是一扇明亮的窗口；对于研究抗日战争，也会有一定的史料价值。较之日益泛滥的无病呻吟、粗制滥造的作品要深沉、有益得多。

白求恩的作品有翻译、整理、研究吗？如果还没有，是该认真地开始了。哪怕先翻译、整理一两个选本，也是可以的，那样，在人们的心目中，这位国际主义战士的形象将更加丰富多彩，我们的心可以和他贴得更近。我们期待着！

我是很早就学习并背诵过《纪念白求恩》的，最近，翻出《毛泽东选集》认真地读了一遍。毛泽东讲的实在精彩，当然首先是白求恩的事迹生动感人。共产党员，如果都能像白求恩那样切实去做，我们的建设事业会进行得更快更好，这是无疑的。

白求恩同志毫不利己专门利人的精神，表现在他对工作的极端的负责任，对同志对人民的极端的热忱。每个共产党员都要学习他。不少的人对工作不负责任，拈轻怕重，把重担子推给人家，自己挑轻的。一事当前，先替自己打算，然后再替别人打算。出了一点力就觉得了不起，喜欢自吹，生怕人家不知道。对同志对人民不是满腔热忱，而是冷冷清清，漠不关心，麻木不仁。这种人其实不是共产党员，至少不能算一个纯粹的共产党员。

重读这段话，不禁感慨万千。毛泽东对"这种人"的抨击是尖锐、严厉的，一语道出了关键。古往今来，一个人或团体，如果言行不一，不论是多么冠冕堂皇的名目，都会失去吸引力和人心。

每个共产党员都应以白求恩为榜样，经常衡量自己，鞭策自己，力争成为一个高尚的人、有道德的人、脱离了低级趣味的人，一个有益于人民的人。

（原载《中国青年报》2005 年 2 月 15 日）

诗可治病

　　欧阳修与梅圣俞是文学事业上的好伙伴、好朋友。欧阳修很欣赏梅圣俞的诗，曾在很多地方发表赞赏推许的言论，如赞誉梅圣俞的诗有极强的感染力，"其体长于本人情，壮风物，英华雅正，变态百出，哆兮其似春，凄兮其如秋；使人读之，可以喜，可以悲，陶畅酣适，不知手足之将鼓舞也。"

　　最令人称奇的是下述文字：

　　　　予友梅圣俞于范饶州席上赋此《河豚鱼》诗，余每体中不康，诵之数过辄佳，亦屡书以示人为奇赠。（《书梅圣俞〈河豚鱼〉诗后》）

　　梅圣俞的一首《河豚鱼》诗，在生活中竟成了欧阳修的万能药，每当他身体有什么不舒服时，诵读几遍此诗就好了。他还把这一经验转告别人，书此诗以赠。真是奇事！

　　信其有还是信其无？我倾向于信其有。笼统一点说，这或许是欧阳修喜爱梅诗、长期诵读，精神作用于身体的结果。只是他的这一经验对别人是否有效就不得而知了，有兴趣的读者可以找来此诗一试。去宋朝久远，已不可能得欧阳修的手书，"药效"当然要减。

　　说一首诗能治身体上的病，这样的事可能难求，言之过实就有神秘色彩了，但我们说诗对于人的精神心灵有很大的慰藉、鼓舞作用，怀疑的人当不多吧。

我存有林庚先生的著作《诗人屈原及其作品研究》，20世纪50年代初出版，几年前在北京隆福寺中国书店买的，促使我买下此书是因为书的扉页有原所有人写的一段文字：

> 1960年11月20日，东四派出所叫我到天堂河农场参加劳动，住大兴县魏庄，生活很艰苦，到（1961年）4月19日因患浮肿及心脏衰弱病，离场回家休养，此后多暇，拟精研楚辞，因购此以为参考之用。
> （19）61.4.19

字是用铅笔书写，流畅有力。短短的一段文字，可视为那个时代的小小侧影，购书人到离首都不远的农场劳动，不及半年，就因患浮肿等病而归，可以想见当年生活的艰苦。令人敬佩的是，这位购书者从农场回来的当天，就拖着病体到书店寻觅精神食粮，买下与诗歌密切相关的书，计划"精研楚辞"。尽管物质贫乏，身体染病，尚不忘努力治学！购书人读了此书、读了楚辞有什么收益，此后的人生命运如何？因材料缺乏，我们不得而知，也不必推求了。逆境中仍想到诗，仅此一点，就足以令人难忘了。

中华民族是一个很早就富有诗意、审美力的民族，历朝历代涌现了灿若群星的优秀诗人和难以计数的诗歌爱好者、欣赏者，产生了许多与诗有关的各式各样的故事，中国也被称为"诗的国度"。毋庸讳言，在当代社会转型过程中，很多人精神浮躁，越来越远离诗歌，生活中已少有诗意，以致有人疑虑：诗人、诗歌的时代是否一去不返了？

我们可以说：诗歌的时代永远不会过去，诗歌的作用也是无法否认的。从以上两则不太为人所知的逸事，我们可以看到，对诗歌的喜爱深藏在人的内心，虽生活艰辛，也不能放弃，喜爱至极，可以产生多么有意思或奇妙的作用。汶川大地震后，很多人以诗歌的形式，表达对受灾同胞的同情，对中华民族万众一心的赞同，以及对未来的美好展望。据不完全统计，汶川大地震一周后，互联网上就涌现了几万首抗震诗歌。可见普通民众心中蕴藏着多么丰富强烈的诗情，一有机遇，就会如长江大河般汩汩地流淌。

当今的关键是如何营造氛围、创造条件，启发引导更多的人走近诗人及其作品，一旦读者与诗见面结缘，沉浸日久，就会对当代人提高审美力，调整心态，恢复我们曾经有过的那种崇高、潇洒的生活态度产生积极的作用。

公共汽车、地铁一向被视为城市的流动窗口，有多方面的展示功能。目前，我们可以看到车厢内外除了少量公益广告，就是五颜六色的商业广告了，人们视为当然。可否在车厢内辟出一点地方张贴一些著名的诗歌？古代的、现代的乃至反映当代重大事件的优秀作品都可。公园、社区等地也可有类似的举措。说不定哪首诗就触动了一些人的心灵，从此与诗结缘，改变心态与人生。

诗可治病——当然主要是在精神情感的意义上，如有读者有类乎欧阳修式的体验，也说不定，那将是新的逸事了。

（原载《中国青年报》2008 年 11 月 17 日）

铁匠诗人

在给青少年阅读的古诗选本中，常可遇到《小儿垂钓》一诗：

> 蓬头稚子学垂纶，
> 侧坐莓苔草映身。
> 路人借问遥招手，
> 怕得鱼惊不应人。

这是唐代诗人胡令能描写儿童生活情趣的诗作。唐诗中，描写儿童题材的诗作很少。这首诗勾画小儿垂钓的神情动态活灵活现，富有生趣，堪称佳作。

有的选本还有他的生平介绍：

> 唐贞元（785～805）、元和（806～820）时期人。少时家贫，曾为手工匠，以修补锅碗盆缸为业，人称"胡钉铰"。传说，有一天一个仙人来到胡令能家，脱光胡令能的衣服，不打麻醉药，先割开他的腹部，把一卷书放在血肉中，缝上后，又割开胸部，把一卷书放在心脏旁，缝上后只见满地鲜血，仙人离开，胡令能从此便会写诗了。因居列子之乡，故常祭祀列子，又受禅学影响。后隐居莆田（今河南中牟县）。

看到这些介绍，禁不住想，有了这样的诗人可以想见当

时的风尚，才见得唐诗创作基础的丰厚。一位手工业者而好
写诗，道路不会是平坦的，所谓的传说该是他痴迷于诗歌创
作的一种曲折反映吧；看到、想到了什么而决定隐居？隐居
后靠什么维持生活呢？这些问题都有些意思，但只能悬想，
没有确定的答案了。

《全唐诗》存其诗四首。诗写得通俗易懂，而且生活气息
很浓。再看《喜韩少府见访》：

> 忽闻梅福来相访，
>
> 笑着荷衣出草堂。
>
> 儿童不惯见车马，
>
> 走入芦花深处藏。

简短的文字写出了诗人遇有官员来访的欣喜心情，同时
也显示诗人在当时有一定的声望和影响。这是隐居后的生活
吗？不知道。

胡令能的工作敲敲打打，近乎铁匠，到清朝末年，真出
了一位铁匠诗人。

张登寿，湘潭县姜畬镇乌石岭人，名晃，字正阳，号乌
石山人，他出身贫寒，幼入蒙塾，即能韵语；后习铁工，他
打铁时，不像一般铁匠那样，在炉火上悬一个饭锅，而是高
高地悬一本书，一边打铁，一边读书，居然在熊熊炉火之旁
读完了四书五经。这位张铁匠尤爱诗词歌赋，常常作些诗，
在炉旁吟诵，自我欣赏。某夜见桃花盛开，即兴吟诗："天上
清高月，知无好色心。夭桃今献媚，流盼情何深！"张氏诗学
孟郊，颇有造诣，被称为"铁匠诗人"。

当时有位前辈叫陈鼎，对他说，要想诗有长进，必须投王闿运先生门下。一个大雪天，张铁匠戴着斗笠，穿着破旧的衣服，冒着雪走了几十里路，来到湘绮先生任教的昭潭书院。这时王闿运正在宴客，湘潭县的官绅名流济济一堂。门房见张皮肤糙黑，衣裳破旧，便不让他进。张瞪起大眼说："我是乌石山张铁匠，非见先生不可！你不让我进，就把我这本诗稿送给先生看。"门房便代他将有斑驳的手指黑印的诗稿送进去。王闿运早已风闻张铁匠之名，遂在席上翻看诗稿，才读了几首，便叹道："果然是吾乡一位真正的诗人。"于是出门将张铁匠迎了进来，请他上座。那些官绅生怕铁匠身上的泥水污坏了他们的狐皮袍子，都离得远远的。

从那以后，张铁匠不再打铁，跟着王闿运吟诗填词。张登寿的诗名渐渐洋溢乎湖南。

后来他自己偏隐瞒这出身，怕人说他做过铁工。光绪末年，他到日本学习法律，回来在山西沁县做过知事。他俨然做了官，唯恐人们不知道他是士大夫阶级，专夸他的资历。这时他也不大作诗，当日在冶炉旁那样真挚的作品也不再有了。所以在王门弟子中，他对后人可以说已是陌生的一个。

一个人本职工作谋生、服务社会外，还心有诗意，提笔写诗，可称有意思的人。随着科学技术进步、社会的发展，人们的闲暇时间会日益增多，解决了生存问题，吃喝游玩之外，静下心来，提笔抒发内心情感的会多起来吗？希望是如此，医生诗人、农民诗人、银行家诗人、警察诗人等不断涌现，诗歌作品会日益丰富的。

（原载《中国青年报》2015 年 12 月 15 日）

金钱到底能买到多少幸福

自古以来人们就追求着幸福。而金钱与幸福是什么关系——历代的宗教家、哲学家指示过不同的思考方向，普通人也以自己的人生做着各种尝试，组成形形色色的生活画卷。

据《华盛顿邮报》报道，美国权威研究机构对收入与幸福之间的关系进行了一次最大规模全球性调查，得出结论：金钱真的可以买到幸福——至少是一种幸福。

这项对 132 个国家的超过 13.6 万人进行的调查发现，无论是年轻或年老、男人或女人、居住在城市或农村，有较多收入的人更倾向于说他们对生活总体满意。但调查也显示，很多人判断幸福的一个关键因素即正面情绪——更多地受到金钱之外因素的影响，如感觉受尊重、掌控你的生活以及在危急关头有朋友和家人可以依赖等。

有意思的是，这项调查结论与国人近年常说的一句话很接近：钱不是万能的，但没有钱是万万不行的。

金钱是重要的。在商品经济社会，金钱多少决定着一个人的各种需求能否实现，甚至决定着能否产生某种需求。曾有一个时期，我们在金钱观念上走入误区，简单地把金钱与资本主义、罪恶联系在一起，认为"越穷越光荣"，"割资本主义的尾巴"，人们讳言金钱，不敢也不能致富，最后导致人们的物质生活、精神生活极端贫乏。改革开放很快冲破这一观念误区，在勤劳致富、致富光荣的新理念引导下，人们的收入有了很大的提高，物质、文化生活有了很大的改善，我国国民生产总值已跃升世界第二位。但是在物质财富上我国底子薄人口多，与发达国家仍有较大的差距，再加上分配不公、两极分化等问题，部分人的正当需求由于收入不高还远远无法满足。这说明，我们还要继续努力打拼，创造财富，提高收入，为幸福生活奠定更坚实的物质基础。

然而，不容忽视的是，物欲主义和消费主义，当下正深刻影响到国人的生活，特别是20世纪90年代中期以来，在市场经济大发展和全球化浪潮中，世俗化大潮开始侵蚀到人们的精神生活领域。一方面，物质日益强大而膨胀；另一方面，精神的萎缩状态正在加剧。在这种"内忧外患"的夹击之下，人们被裹挟其中，身不由己，心力交瘁。人在不知不觉中被消费主义的狂欢所陶醉，变成了"经济人"。人的欲望被激发之后，犹如打开了一个"潘多拉盒子"，时时都会有不满足和危机感。一些人更是视金钱为一切，为获取金钱不择手段，铤而走险，走上违法犯罪的道路。

如今，一个人手握金钱达到享乐的途径会有很多，幸福感却可能成反比，因为金钱并不是万能的。很多人都感到困惑：那个叫"幸福"的东西到底在哪里？

1816年，黑格尔在海得堡大学演讲辞中感叹当时的世道：时代的艰苦使人对于日常生活中的平淡琐屑予以太大的重视，追逐现实利益的动机曾经大大地占据了精神生活的全部，使得人们没有自由的心情去理会那较高的内心生活和较纯洁的精神活动，以致许多较优秀的人才都为这种艰苦环境所束缚，并且部分地被牺牲在里面。他希望，"除了政治的和其他与日常现实相联系的兴趣之外，科学、自由合理的精神世界也要重新兴盛起来。"黑格尔号召"人既然是精神，则他必须而且应该自视为配得上最高尚的东西，切不可低估或小视他本身精神的伟大和力量。人有了这样的信心，没有什么东西会坚硬顽固到不对他展开"。

是的，我们应该时常停下匆匆的生活脚步，重新思考一下幸福与金钱的关系，在不断改善物质生活的同时，应该给精神心灵以更多的关注。毫无疑问，如果没有合理的精神追求，没有文化自觉，人在进退失据的状态下必然身心扭曲，问题丛生。就个人而言，我们应该在心灵的层面上解决好自己的归宿感问题，努力实现内心的平和丰富，面对诱惑超然，面对挫折泰然，并在对时代的正确认识中增强责任感。在社会层面，我们应该创造一个公平正义的环境，在文化多元的基础上，更好地形成文化的和谐，从多方面创造以人为本的文化生态，真正鼓励和满足人的精神追求，提升人的幸福感。

（原载《中国青年报》2010 年 8 月 30 日）

"三季人"

在孔子家乡曲阜一直流传着这样一个传说：

有一天，孔子的一个学生正在门外扫地，来了一个客人问他："你是谁啊？"他很自豪地说："我是孔老先生的弟子！"客人就说："那太好了，我能不能请教你一个问题？"学生很高兴地说："可以啊！"大概要出什么奇怪的问题吧？客人问："一年到底有几季啊？"这种问题还用问吗？"春、夏、秋、冬，四季。"客人摇摇头说："不对，一年只有三季。""哎，你搞错了。"

"四季！""三季！"

两个人争执不下，最后决定打赌：如果是四季，客人向学生磕三个头；如果是三季，学生向客人磕三个头。

学生心想，自己这次赢定了，于是准备带客人去见孔子。正巧这时孔子从屋里走出来，学生上前问道："老师，一年有几季呀？"孔子看了客人一眼，说："一年有三季。"这个学生快吓昏了，可是他不敢问。客人马上说："磕头磕头！"学生没办法，只好乖乖地磕了三个头。

客人走后，学生迫不及待地问孔子："老师呀，一年明明有四季，您怎么说三季呢？"孔子说："你没看到刚才那个人全身都是绿色的吗？他是蚂蚱，蚂蚱春天生，

165

秋天就死了，他从来没见过冬天，你讲三季他会满意，你讲四季吵到晚上都讲不通的。你吃点亏，磕三个头，无所谓。"

朝菌不知晦朔，蟪蛄不知春秋。囿于自然的生命，人、动物、植物对一年四季、时间的感受有巨大的差异，本无足怪，可笑的是把自己狭隘的经验绝对化，否认其他。

对于一般人来说，上面的道理不难明白，但进入人的精神世界、价值观领域则极容易引起纷争。人生的体验、追求，千差万别，何为正当合理，何为残缺畸形？要作出恰当的判断选择，就不是容易的事。

哲学家冯友兰对人生境界曾有系统的分析，在1943年出版的《新原人》中提出"四境界说"。

冯友兰认为人之所以异于禽兽，即在人有理性，人有心的知觉灵明，因此人能觉解。由于人对宇宙人生觉解的程度不同，宇宙人生对于人的意义也就不同，人的境界也就不同。严格地说，没有两个人的境界是完全相同的。取其大同而言，他认为可把人生境界分为四种：自然境界、功利境界、道德境界、天地境界。

自然境界的人是按照他的本性和习惯行事，过原始生活的人、小孩子、愚人的境界都是自然境界。"功利境界的特征是：在此境界底（的）人，其行为是为利底（的），所谓为利是为他自己的利。"功利境界中的人，其行为可以万有不同，但最后的目的总是为他自己的利。"道德境界的特征是：在此种境界中底（的）人，其行为是行义底（的）。"道德境界中人的行为，都是以贡献为目的。不论人处于什么地位，从事什么工作，都应"尽伦尽职"，只要做到"尽伦尽职"，就达到了道德境界。"天地境界的特征是：在此种境界底（的）人，其行为是事天底（的）。"此种境界中的人，不但了解社会，知道人是社会的一部分，应对社会有贡献，而且要了解宇宙，知道人是宇宙的一部分，应对宇宙有贡献。天地境界中的人知天、事天、乐天、同天、超乎经验、超乎自己，达到物我一体、内外不分的同天境地。

　　人生境界有高低之分，觉解多者，其境界高，觉解少者，其境界低；自然境界需要最少的觉解，是最低的境界；天地境界需要最多的觉解，所以是最高的境界，在此境界的人可称圣人。人生境界的不同，并不是人们所做事的不同，而是由于人们对所做事的觉解不同。同是"洒扫应对""担水砍柴""事父事君"，觉解之，可达道德境界，达天地境界，成为圣人；不觉解，虽做此事，则并无此境界。圣人并不需要做与众不同的事，"圣人有最高的觉解，而其所行之事，则既是日常底（的）事。此所谓'极高明而道中庸'。"

　　一年四季轮回，人生境界也有四。有意思的巧合！芸芸众生中又有多少"三季人""二季人"乃至"一季人"？

　　由于历史和现实的各种原因，消极乃至腐朽的人生观还有不少的市场，权力崇拜、拜金主义、享乐主义等被一些人奉为人生信条，可怕的是，奉持这种观念的人，为攫取权力、金钱，常常无所畏惧，乃至不择手段，走上违法犯罪的道路，给社会也带来巨大的危害。你要是对他们讲，人要有一定的精神追求，做人要有良知，他会摆出看透人生社会的样子回答：瞎扯，最重要的还是权力、金钱，有了权力、金钱就有一切……类此言论是否也如"三季人"否认一年有四季一样可笑呢？

人要生存，自然有世俗物质的一面，为金钱、房子等而奔波，但是，不应忘记，通过多种形式的学习体悟，不断扩大自己的视野，提升人生的境界，其中重要的环节就是从功利境界到道德境界的跨越，这是人的神圣使命。政府社会更应创造条件，鼓励引导人们朝此方向努力。面对当今社会道德严重滑坡的种种现象，不能不说，这是全民族一项十分紧迫艰巨的任务。

（原载《中国青年报》2012 年 8 月 7 日）

慈悲心

（一）

太阳西沉，悬在远处的高楼上。几棵大树下的空地上，有几个四五岁的小朋友在玩耍，他们打闹、追逐着……家人在远处一边看着，一边聊天。

刚刚下过雨，地面潮湿，空气清新，草木挺拔丰茂，几只蝙蝠、燕子在天空忽高忽低地飞来飞去。

一个小孩在一棵树干上发现了什么，兴奋地喊道："蜗牛。"她拿下来，然后放到地上。其他几个都跑过来，蹲下看。一会儿像小蝴蝶一样散开，四处寻找，"这儿有一只"，"这儿也有一只"，很快就捡了十几只。显然，蜗牛受到了惊吓，两只触角收缩到壳里，一动不动，好像死的一样，有小孩拿草茎去触蜗牛的硬壳，想让它们动起来。蜗牛不动。

几个小孩看了一会儿，不耐烦了，"爬呀，怎么不爬呀？也不说话。"一个抬起脚，踩向蜗牛，"咔嚓"一声，一只蜗牛变成"肉饼"。他抬脚又要踩，最早发现蜗牛的小孩拦住他，生气地说："别踩！别踩!"一个大人走过来，劝解道："对，别踩！蜗牛也是生命。好好玩。"阻拦的小孩理直气壮地说："蜗牛也是生病。"大人笑着更正："是生命，不是生病。"几个小孩都笑了，齐声说"蜗牛也是生命"……

——这是夏季城市、乡村里常见的游戏场景。其中的蜗牛也可能是蚂蚁、毛毛虫、小猫、小狗等。

小孩游戏，评论不可过苛。如果认真一点，说其中隐含了一点人性、人生趋向的不同，也不为过。

（二）

弘一法师是一位感情丰富的人。从小就同情"下等人"，爱及小动物。出家后，更是慈悲及蚁。他曾为《护生画集》中一幅"蚂蚁搬家"的画题诗：

> 墙根有群蚁，乔迁向南冈。
>
> 元首为向导，民众扛糇粮。
>
> 浩荡复迤逦，横断路中央。
>
> 我为取小凳，临时筑长廊。
>
> 大队廊下过，不怕飞来殃。

有一次，他到丰子恺家里，子恺请他在藤椅上坐。他把椅子轻轻摇动一下，然后慢慢地坐下去。子恺起初不敢问，后来看他每次都如此，就斗胆起问。他回答说："这椅子里头，两根藤之间，也许有小虫伏着，突然坐下去，会把它们压死。所以先摇动一下，慢慢地坐下去，好让它们走避。"

又有一次，也是在丰子恺家，丰子恺谈到自己的一个女儿，说她从小不敢杀生。法师称赞"很好"，接着又说："这地上蚂蚁很多！"子恺暗暗惊叹：法师的想法和注意，究竟与常人不同、比常人周到。

这是法师做人认真至极的表现。弘一法师关心爱护蚂蚁小虫，出发点是他的慈悲之心。他的心，正如《华严经》上所说："于一切众生，当如慈母。"他的修持，已经到了自然而然的境界，随时随处都做得那么周到自然，无一点勉强。

（三）

近期，社会上发生的极端暴力事件一次又一次令我们震惊，感叹唏嘘。社会各界也在事件报道后多方面反思，寻求防范的方法和措施。

无可讳言，我们的社会还存有各种问题。就广义的教育而言，多年来对人的教育和考量重技能知识而轻道德，有时也讲要重德，但还没有找到切实的方向和培育方法，社会还没有形成良好的人生向善的氛围；一些媒体为了金钱利益，降低乃至丧失了人文操守，渲染着暴力色情，打打杀杀，"娱乐至死"……有人曾统计，在《喜羊羊与灰太狼》全集中，灰太狼一共被红太狼的平底锅砸过 9544 次，被喜羊羊捉弄过 2347 次，被食人鱼追过 769 次，被电过 1755 次。电视、网络上有太多不适合孩子看的东西。今年 4 月，连云港市一个小孩模仿动画片《喜羊羊与灰太狼》中的情节，将小伙伴绑在树上"烤全羊"，致其严重烧伤。此事引起众多家长的关注。在这种环境下成长起来的人，再加外在的诱惑或刺激，出现极端暴力倾向，便不是多么奇怪的事了。

毋庸置疑，"过滤"、改造我们的文化，在家庭、学校、社会教育中，注意培育人们特别是孩子的善良慈悲之心，树立生命宝贵意识，不杀生，是消弭暴戾之气，减少极端暴力事件的根本举措之一。虽然看起来有些迂远，但实在是建设和谐社会不可缺少的一环。

慈悲善待自己，也慈悲善待一切众生，很多的灾祸会大化小、小化无，这是真正的消灾，把原来狭窄的心量扩大，扩大到无量，就是真正的在消灾。

（原载《中国青年报》2013 年 10 月 28 日）

你在过什么样的生活

听德语，觉得这一课有趣。上网查查，找到了原文，也找到了一个中译本。觉得中译本不好，就动手改了改。发给大家看看。

——前几天一位大学同学在同学论坛上发了一个帖子。可谓不辞辛劳。

我的这位同学有语言天赋，再加学习刻苦，英语甚好，现在，五十岁已过，对语言仍有浓厚的学习兴趣，跟我们说，退休后准备学习意大利语，研究歌剧。学习的劲头，令人鼓舞。

下面就是"这一课"的内容，格林的童话或寓言：寿命。

上帝造了世界，正打算给万物定寿命，驴来了，问道："主啊，我该活多少年？""30年，好吗？"上帝说。"哎呀！主啊，"驴答道，"这可够长的。想想我活得多累呀！从早到晚驮着重担，把一袋袋粮食拖进磨坊，好让人们吃上面包，而他们为了让我打起精神，永远是鞭打脚踢。给我减掉一些吧。"上帝大发慈悲，给驴减了18年。驴欣慰地走了。

接着狗来了。"你想活多长？"上帝问，"驴觉得30年太长了，但你会满意吧！""主啊，"狗回答说，"这是你的意志吗？想想我得跑多少路啊，我的腿坚持不了那么久。一旦我不能叫了，牙也掉了，从一个角落跑到另一个角落，除了呻吟，我还能干什么呢？"上帝觉得狗说得也是，给它减了 12 年。

这时猴来了。"你一定愿活 30 年吧？"上帝对它说，"你不必像驴和狗那样干活儿，而且你总是很开心。""哎呀！主呀，"猴答道，"表面看是这样，实际上可不是。就算天上掉米粥，我也没勺子吃。我总得干滑稽事，扮鬼脸，逗人发笑。人们给我个苹果，我大咬一口，结果是酸的。多少时候，欢乐的背后其实是辛酸！我可忍不了 30 年。"上帝仁慈，给猴减了 10 年。

最后来的是人，快乐、健康、活力十足，请上帝定寿命。"你该活 30 年，够了吧？"上帝说。"太短了，"人大叫道，"我刚盖好房，在自己的灶台点上火，我种的树刚开花结果，我正想享受生活，却要死了！主啊，让我活长点吧！""我把驴的 18 年加给你。"上帝说。"还不够。"人答道。"狗的 12 年也给你。""还是太短。""好吧，我把猴的 10 年也给你，但不能再多了。"人很不甘心地走了。

于是，人活 70 年。头 30 年是人的日子，过得很快。这时，他健康、开心，乐于工作，享受生活。此后 18 年是驴的日子。重担一个接一个压在肩上。他辛苦耕作，养活他人，忠心效力，唯一的回报是鞭打脚踢。然后是 12 年狗的日子。他蜷伏在墙角，嘟嘟囔囔，牙也掉了。

这段时间过后，是 10 年猴的日子。这时的人，头脑糊涂，行动傻气，成了孩子们的笑料。

前一段有点沉寂的论坛热闹了：

"太好了。收藏。感觉自己还在过驴的日子。按理应该过狗的日子的。"

"我还没有退休，孩子还没有成亲，老人还健在。但是我的牙已经掉了几颗，头脑也有时犯糊涂。所以我现在是驴、狗和猴的日子夹在一起过。为了配合这种境况，我决定晚上睡觉前，啤酒、红酒和酸奶混在一起喝。"

不难看出，两位学兄在按年龄对应自己的角色。压力大了，是要失眠的。

"按理说，我现在过的是猴的日子，感觉上却是人的日子，而该是人的前 30 年日子大部分倒有点像是猴的日子——被人嫌弃、歧视、讥笑的日子，当然，中间的驴日子在感觉上是相符的。"这位学兄因家庭出身在青少年时受到歧视，"文革"结束，获得解放，顺利考入大学，参加工作，如今已光荣退休，过着丰富而悠闲的生活，故有如此感慨。

每个看到寓言的人都可能对号入座，看看自己在过什么样的生活。仿佛对着一面镜子，照出自己的容颜，这该是有意思的。不同年龄段的人在感觉上会有些差别，五六十岁以上的人，难免有一点悲凉的感觉，当然也不乏相反的，都是正常的。

寓言揭示了人好生恶死的特性，自然生长或衰老、无奈的侧面。但也不止于此，平铺开来，不拘于年龄，我们的精神、心态可能属于某种类型的，像人？像狗？像猴……

我们国家正处于社会转型期，加速追赶发达国家，好像是急行军，不可否认，相当多的人压力巨大，升学、购房、看病、养老、雾霾、水危机……加在一起，好像足以把人压垮。太多的压力和一些人为制造的无谓攀比、竞争，使很多人好像远离了梦想，像被蒙上双眼埋头拉磨的驴、轰鸣着转动不已的机器。社会弥漫的压力甚至已传导到中小学生、幼儿园的孩子，背着沉重的背包，机械地背诵记忆，应对一次又一次考试，听一位朋友说，他十几岁的孩子，放学一进家门扔下书包，大声喊着"累呀，我累"……看到或想到过早失去童年应有快乐的儿童，让人喟叹！

最初发来帖子的同学看了大家的回复，又发来像是总结的话语："驴也好，狗也好，反正人的日子是过完了。时代不同了，我们可以设计新的人生轨迹，人之后，可以是真人罗汉，甚至不妨成佛成祖。"当然，这是更高境界的追求。到老年，仍有学习新事物的热情，该是表现之一吧？注意看看，生活中不乏这样的前辈和朋友，他们是生活的开拓者，跟上他们的脚步！

面对不太长也不太短的人生，面对生活中可能遇到的种种压力或挑战，面对每个人无法逃避的结局——身体衰老和死亡，我们也无须太悲观，首先把我们的每一天都过好，使其有价值而快乐，奋力在生活道路上去追求，逐渐改善身边的环境。过什么样的生活，主要还在于我们每个人的选择和创造。"只要有爱就可以做很多事情。"即使不再过"人的日子",即使面对各种压力,我们仍然可以活得尊严而精彩!

(原载《中国青年报》2014年1月13日)

李可染耐人寻味的幸福

出生于 20 世纪初的李可染，奋力向学，到 40 年代已是声誉渐起的画家，得到徐悲鸿的赏识。1947 年春，经徐悲鸿介绍，他登门拜见齐白石。晚年的李可染深情地回忆道：

> 见面时，拿出自己的 20 件作品，向齐先生请教。
>
> "齐老师有个特点，认画不认人，来客人从不记名字，我第一次从南方来，拿画给齐老师看，他眼睛不看我，把我的画铺到案上看，先是坐看，看着看着就站起来了，他非常爱才，这时他才面向我说：'谁是李可染？你就是李可染吧，你的画才是真正的大写意。'他老人家对我很鼓励，对我另眼看待。自此我经常看齐老师画画，回想起来很幸福。"

这里，李可染用了"幸福"二字，耐人寻味。

这是当今追星族那种痴迷和满足吗？有些相像，但这应是一种更高层次的精神享受。

此后，李可染为齐白石研墨理纸 10 年之久，在平淡的交往、默默静观中，学习画艺，感受着前辈大师的人格……

比如，齐白石作画，喜欢题"白石老人一挥"几个字，给人的印象好像是画得很快。但李可染告诉我们，齐白石在任何时候作画、写字都是很认真很慎重，并且是很慢的，从来就没有如一些人想象的那样信手一挥过。受了齐白石的影响，李可染改变作风，也画得很慢，画风变得厚重了。

齐白石曾对李可染说，他一辈子只有两次十天没画画。有一次是自己害了大病，躺在床上十天不能起来。第二次是他母亲去世，悲伤过度，十天没有动笔。他说，天道酬勤，要相信大自然的规律是有益于勤劳的人的。他一生克勤克俭，90多岁还画画。

1947年，李可染还同时投师黄宾虹。黄宾虹收藏了几百张画，满屋子都是书画。一谈话就要"促膝"。有一次黄宾虹给李可染看他藏的字画，他用一个小滑轮把画一张张拉上去挂起来，边看边评论，足足看了两天。黄先生说，"这些画都是我的朋友，一个人交朋友多，见识才广，别人有长处，我就吸收。"

有意味的故事还有很多。从前辈那里得到的若干提示，感受到的精神，推动着年轻的李可染在艺术的道路上努力前行。20世纪50年代中期，李可染畅游全国各地写生，一路生活艰苦。但他以苦为乐，勤勉从事，迎来了自己绘画艺术的高峰。李可染晚年自称是苦学派，在与弟子的谈话中谆谆告诫他们要勤奋，对国画艺术要充满信心，等等，其中一定交织着前辈的艺术、人生经验。

李可染在山水画上取得突出的成就，固然来自他的天赋、勤奋，但不得不说他是幸运的，在艺术成长道路上，先后遇到了林风眠、徐悲鸿、齐白石、黄宾虹这样重量级的人物，得到他们的指点帮助，这确实是幸福的事，甚至有些"奢侈"。能得到其中一位指点就很幸运了，而他亲历这么多大家，真让人羡慕嫉妒恨！

华夏文化遗产基金会会长耿莹曾在一次访谈中忧虑地说："从'文化大革命'到改革开放这些年，中国人丢掉的东西很多，比如，把诚信弄丢了，不过我坚信一点，这个东西过几代人，我们还能捡回来。但是，另外一个东西，也许是我杞人忧天，那就是我们的文化，可能不太容易捡回来了。中国人的文化信念，我很担心被破坏得再也不能恢复了。"从一定角度说，文化断裂是我们面临的严峻问题。以中国绘画而言，我们不能不承认，当今已少有齐白石、黄宾虹那样水准的大家！欲求李可染式的幸福经历难矣。齐白石、黄宾虹等，会是中国绘画最后的辉煌吗？戏剧、中医等领域也面临类似的问题。

所幸越来越多的国人在呼唤文化的发展，企盼文化在塑造人心方面发挥更大的作用。那些大家的论著作品还都在，需要有年轻人沉下心来，研读体味，心通贤哲，走上通往高峰的正确道路，一代又一代的人去闯，去创造，文化复兴之梦才可变成现实。

人生的幸福有很多，因各种机缘，得以求教于大家，自己全身心投入文化艺术的学习创造，无疑是其中之一，而且，应是深沉绵长的一种。

（原载《中国青年报》2015 年 8 月 24 日）

人生的"翅膀"

在西方，自远古以来就流传着一个传说：

鸟类最初被创造的时候，是没有翅膀的。上帝将造好了的翅膀放在它们面前，对它们说，"来，戴起这些翅膀，试着飞飞看。"

那时的鸟类有丰美的羽毛和悦耳的歌喉；羽毛在日光下放出炫目的光，它们能唱悠扬的乐歌，只是不能翱翔空中。上帝吩咐它们戴起翅膀的时候，它们还不大愿意。但是，不一会儿就服从了，用嘴尖啄起翅膀来，安在肩膀上。

肩头上的担子似乎很重，走路比以前要费力的多，摇摇晃晃，有一些竟摔倒了，鸟类不禁抱怨，"我们原来过得很好，干吗要戴上它？"过了几天，它们把翅膀展开，觉察了利用翅膀的方法，试着起飞，刚飞一点，就纷纷栽倒在地……过了一段时间，有些鸟渐渐喜欢上了飞翔，那种感觉实在奇妙，它们结伴起早贪黑地练习，越飞越远，越飞越高。最后，竟能飞到高空中鸟瞰大地的景象了，一切都是那么的不同——重担变成翅膀！

这是有意味的象征。

我们也如那些无翅的小鸟。工作和挑战仿佛是命运给我们预备的飞向云天的翅膀。很多时候，我们会甘于现状，得过且过，望着生活中出现的重担畏缩不前；但是，只要我们迎接挑战，挑起那担子，坚韧地前行，心中存有高远的目标，它们就可能变成我们的翅膀，借着它们，不知不觉，飞向了新的人生高度，展现出不同的格局。

古今中外、世界各地那些真正的个体、群体英雄都是这样炼成的，他们都有过一段艰苦甚至是黑暗的岁月，让人敬佩的是他们挺住并走过来了。

新加坡是一个国土面积仅有600多平方公里的岛国，四面被大海包围，岛上没有河流或湖泊，淡水资源十分匮乏。为了解决这个问题，新加坡早年北水南调，根据建国前与马来西亚签订的供水协议，由马来西亚柔佛州经新马长堤调水引入新加坡。但新马两国多年来纷争不断，供水曾经是马来西亚把握谈判主动权最为有力的筹码，也曾经是新加坡人最为难言的苦楚。新加坡不甘于长期被动不利的处境，锐意进取，开发应用膜技术，实现海水淡化与废水资源化，2012年9月依法终止了与马来西亚的第一份供水协议，并高调宣布未来第二份供水协议到期后不再续约。

新加坡通过长期的不懈努力，不但圆满解决了困扰国家可持续发展的水问题，而且化危机为商机，从一个受人供水制约的岛国转化为国际瞩目的环球水务枢纽，在世界各地吸引了大量优秀的人才，在水技术与管理方面开发了世界级的先进资产，不但实现了水源供应的自给自足，而且向世界各地提供以膜技术为核心的自来水净化、污水处理、海水淡化与废水资源化解决方案，把最大的劣势变成最大的优势。实现的飞跃让人惊叹，更给人鼓舞！

我们今天仍面临一些严峻的挑战，得过且过，漠视或拒绝生活中的挑战，就是拒绝一次人生的升腾。勇敢地挑起重担，努力激发释放潜能，重担就可能变成助我们高飞的翅膀。

（原载《中国青年报》2016 年 3 月 14 日）

想想"后来人"

作家赵本夫曾到新疆旅行。后来，记者记述他谈起旅行中印象深刻的事：

> 他曾走进一个牧民家的帐篷。这是一个四口之家，夫妻俩带着一儿一女，加上一头奶牛，四口人轮流放这头牛。家里不富裕，用城里人的标准看相当贫寒，可是对素不相识的客人赵本夫，主人拿出了最好的食物，像亲人一样贴心地招待。

> 在塔克拉玛干大沙漠腹地，他跟着主人走路，行进中吃了一个西瓜，这当然是很舒服的享受。他随手把西瓜皮扔了，主人却把它捡回，精心地扣放在地上。主人解释说，这是沙漠的规矩，留给未来的落难者，兴许就能救一条命。(赵本夫："我的小说卖的是血不是水"，载《时代邮刊》2015 年第 9 期)

叙述简单平实。尽管主人不富裕，可能没受过多高的教育，但他的行为显现他是有教养的君子。

主人的淳朴善良令我感动，难以释怀，有要与人分享的冲动——事实上，我看后即拉着一位小朋友讲给他听，听罢他忽闪着大眼睛，像是陷入沉思，"班上老师再让我们讲故事，我讲给小朋友们听。""好啊，他们很可能没有听过，小朋友听后也会感动的，故事有些独特……"

各个民族的人在进化发展中，为了生存发展，为了成为一个人，都以善良、仁爱为核心，形成方方面面的规矩——风俗习惯、道德等，一代又一代去践行、丰富。沙漠规矩形成的最直接原因当然是民众千百年间在恶劣自然环境生活而有的领悟、善心的推展，可贵的是这一规矩关注考虑的是别人、陌生人，甚至是饥渴的动物。一块西瓜皮说不定就能拯救一个生命。需要专家研究说明的是，这类规矩如何穿越岁月、经历社会变迁被坚守到现在？其中一定有值得借鉴的经验。

在社会激烈变革或转型时，一些规矩可能被打破或发展，学习形成新的规矩，其中的是非曲直是复杂的。不能否认，有些规矩的破坏，是让人痛心的。比如，千百年来，吃饱对普通民众来说是一个不小的奋斗目标，要付出辛勤劳动和汗水才能获得的，食物来之不易，节俭便是规矩，在餐桌上，我们目睹过祖父母辈把掉到桌上的米粒毫不犹豫地捡起送进嘴里，他们也曾谆谆教诲晚辈，要珍惜粮食，浪费是一种罪过。让人叹息的是，随着物质的丰饶，奢侈浪费不断在城乡蔓延，餐桌上节俭的规矩在一些人那里被打破了，在大小饭店、学校食堂，都不难见到饕餮后剩余的食物，其中有缺少监督制约的公款的大吃大喝，也有富裕起来的个人浪费，一盘饭菜尝了一口，也许不那么可口便随手丢弃……古老的诗教"粒粒皆辛苦"被抛掷到云霄天外。据报道，近年我国每年仅在餐桌上浪费的食物约合 2000 亿元，相当于 2 亿多人一年的口粮，想到我国还有上千万人在贫困线上挣扎，为每天的吃喝奔波发愁，不能不让人痛惜。

在一定意义上说，对食物的珍惜程度可以看出一个人的文明程度，现在许多人包括一些有权者、富人浪费严重，对食物都不珍惜，其他方面的浪费挥霍可能更肆无忌惮了。几年前，在聚会中，听朋友讲，一位大公司经理在郊区买了一处别墅，令人惊奇的是拿到钥匙就推倒了房子，原来他只是看上那块地方，对房子不满意，要重新设计修建，新建的房子用了很多外国建材。听罢，我暗暗感叹，这真应了那句"有钱就是任性"，为了个人享乐或虚荣，如此的折腾、挥霍金钱财富，造成多少污染浪费？事后想起，他心里可有一丝不安？

无可讳言，太多良善规矩被打破使世界有"沙漠化"的严重危险：环境污染、道德危机、信仰危机、贫富差距严重、享乐主义流行……

我们生活的这个世界，

就像一个垃圾场。

人们就像虫子一样，你争我抢。

有人减肥，有人饿死没粮！饿死没粮……

二十多年前，摇滚青年何勇的奋力呐喊好像还在天空回荡，真实有力！一些人贪婪地追逐金钱、财富、权力，占有、享乐，他们奉行的是另一套价值观，"我死后，管它洪水滔天"……

为了永续发展、人类命运共同体，人类该停下贪婪追逐的脚步，看看我们的处境——雾霾笼罩、食品安全难保……想想别的族群，想想 "后来人" ——子孙后代的命运，我们能否被唤醒或深深地震撼？

> 当你做早餐时想想别人，
> 别忘了喂鸽子。
> 当你与人争斗时想想别人，
> 别忘了那些想要和平的人。
> ……
> 当你入睡点数星辰的时候想想别人，
> 还有人没有地方睡觉。
> ……
> 当你想到那些遥远的人们，
> 想想你自己，然后说：
> 我希望自己是黑暗中的蜡烛。

(达维什：《想想别人》)

沿着良知的指引，坚守祖先千百年传承下来的善良规矩，形成应对新挑战的规矩，一点一滴去行动，才能有力地阻止世界的 "沙漠化"，守护好人类的 "绿洲"，人类也才有久远光明的未来。

前些年拍摄的电影《天下无贼》，根据赵本夫的小说改编，我看过。很遗憾没有读过他的其他作品。私见以为，前面他的经历故事，略加敷陈朴素写出，一定会有感人的力量。在境界上比我们耳熟能详的唐诗 "悯农" 可能还要高些。为什么？后者描述农民劳作的辛苦，告诫人们粮食来之不易，扩展些，要惜物；而前者除了惜物，更体现了绵绵的仁爱之情！作家的使命之一就是要呼唤这种情感，这是推动世界朝着美好方向发展的支撑点之一，需要不断地去呼唤、去强化。

（原载《东方早报》2016 年 7 月 26 日）

难以逃避的选择

在一个小城，住着两位哲学家，一位是有神论者，另一位是无神论者。

平日里他们会到处游逛，跟人们谈话，或激情洋溢地发表讲演，两个人都一直努力要说服城里的人，以增加自己的追随者。他们使城里的人常感到迷惑。有时候，一个人会听其中一个哲学家讲话变成有神论者；然而在另外的日子里，他会碰到那个无神论者，又可能会被说服而相信无神论……诸如此类的事层出不穷——城市的很多人都对他们感到无所适从，有些厌烦了，全城的人都被搞得很混乱，生活简直过不下去。

人们想要过安稳平静的生活，很多人对有神论和无神论并不十分关心。但是，两位哲学家非常具有说服力，这种混乱变得太过分了。

于是有人提议："让他们两个人去辩论，不管谁赢，我们就跟着他，跟随胜利者总是稳妥的。"

大家觉得这个提议好，可以彻底解决混乱问题。于是人们聚集起来对两位哲学家说："今天晚上是满月的夜晚，我们要看你们两个辩论——哪怕是彻夜不眠，最后，不管是谁赢，我们就跟随他。我们总是跟随胜利者的。"

在明澈的月光下，两位哲学家开始辩论。他们都有非常专业的逻辑修养，攻防是一流的，你来我往，辩论越来越激烈，听的人们一时难定输赢。

第二天早上，整个城市陷入了更大的混乱。

原来他们互相说服了对方！那个无神论者变成有神论者，而有神论者变成无神论者！

市民们的难题依然存在。

看罢这则寓言，有人或许会哈哈大笑：两位哲学家信仰不坚嘛，一场辩论就改变了立场！但是，我们可以赞赏两位的辩才，虽然结果有些出人意外；我们还可以试着同情地理解，两位哲学家通过辩论，看到想到了问题新的方面，有了新的认识，从而转变立场——只要是真诚的这应是容许的，也是异常果敢的举动。这从一个侧面说明，哲学的根本问题本来就不像黑白的判断那么简单，当然更不是那么容易统一的。两位的立场换位在一定意义上昭示了问题的复杂性。

哲学家冯友兰曾云：专业哲学家的哲学，一定重视论证证据，其结论是"走进去"的；普通百姓的哲学观念得之于口耳相传的传统，仿佛是"跳进去"的。这话在一定意义上揭示了专业人士与百姓的区别，但也不可绝对化。普通百姓得之于口耳相传的观念，并不全是盲目跳进去的，一定有自己的人生体认支撑，与哲学家、宗教家倡导的观念，也会有或隐或显的互动。

宇宙、人类从哪里来，又走向哪里？人生有意义吗？如果有，意义何在？人如何从有限走向无限？心灵精神是不断向上追求还是安于世俗红尘？什么社会体制有助于发挥人的潜能并通向和谐……这些问题仍或强或弱地撞击人的心灵。当今世界上，宗教家、哲学家们仍以各种形式到处游走、游说……不言而喻，观念分歧还是巨大的，人们仍在困惑中。

困惑不仅来自哲学家已有的不同理论，更源于人们自己对某种观念指导下展开的现实生活的体验观察。在人生的行进中，人们选择、可能放弃、再选择……类似的事在生活中上演着。有时回看他们有过的选择，差异之巨大，也不亚于两位哲学家的立场换位呢！是什么让人们说服内心，作出巨大的改变？这是不能简单回答的。

我们的依赖心是如此之重，许多事想着最好由其他人决定，我们只要循着方向前行就好了。也许，有些事这样也无不可，但要知道，涉及人生社会特别是内心信仰的大问题，过分信赖名人，搬弄经典，终究是替人数宝。明心见性还是自己修证的好，那才是属于自己的真实受用。

不可否认，困惑、内心的挣扎也是人生的一部分。让我们沉下心来，直面自己的心灵，循着良知的指引，自己选择，勇于承担，走出一条或不是坦途却沐浴人性光辉的路，从而推动社会汇入人类文明的大潮，奔腾向前。

（原载《中国青年报》2014 年 12 月 1 日）

三

　　我们已经很热烈地呼唤、追逐财富了，但我们不是更应该呼唤、珍视责任心，让每个人方方面面、大大小小的热情和才智都迸发出来吗？那样，我们得到的将不仅仅是金钱，而是更全面的发展、快乐和幸福！

天堂的秘密

　　我居住的小区附近有一所小学。早晨或下午4点半左右，经过学校，可看到门口人头攒动，不用问，都是接送学生的。多数人开着小轿车，也有骑电动三轮车或自行车的。学校门外本是一条宽阔的马路，但由于人、车聚集，挤在一起，过往的车辆只能像蜗牛般一点点缓慢爬行，尖厉的喇叭声时时响起……

　　人们收入增加了，为提高生活品质，纷纷买小轿车，进一步加剧城市道路本已严重的堵车现象。一些居住小区和附近道路，到傍晚都停满了车，没那么多停车位，只好占用绿化地和道路，有的楼门口前也停满了车，人们出入只能曲折而行。小区的环境遭到破坏，更严重的潜在威胁还在于，一旦有紧急情况，消防车、救护车都难以进入……

　　上述场景在大城市已比较常见，之所以出现，有种种客观的因素，孩子小，不接送，安全如何保证？一些人上班远，公共交通质量低，不买车怎么行？再说要提高生活质量，又买得起。但循此方向发展，城市必然出现日益严重的问题：环境污染、道路拥堵、人心疲惫……

　　改善或解决这类问题，需要拓展思路，有一些新的思考和尝试。

　　若干年前，我在日本一座城市访问研究。偶尔在街边会看到一小队行进着的高矮悬殊的学生队伍，大的十六七岁，小的则是小学生样子。一次与日本朋友聊起，他解释说，这是学校与家长根据学生居住情况组织的上下学互助队，每天有固定的行走路线，早晨队伍行进到哪个学生家附近，学生就汇入队伍中，一直到学校。等放学时也一样。一般由高年级的学生带队，不需要家长接送。

　　"那不担心路上的安全吗？""在学生经过的路口，有学生的家长——一般是学生的母亲手拿小旗，在队伍经过时协同指挥车辆。学生家长轮流值班。汽车司机见到学生队伍，一定会避让的。"当时听了，暗自感叹他们组织的严密，连学生上学都组织得井井有条，每天出发、到达学校、经过某个路口的时间都是大致不错的。经过这样的组织合作，节省了大人的一些时间精力，小孩通过这类活动，从小也锻炼了时间观念、集体精神。

　　我们的中小学可以进行类似组织吗？

　　或许是有感于环境污染严重、行车难，北京有人发起"顺路搭车""拼车"等活动，听说由于安全等原因，效果还不太理想。这类尚不太成功活动的意义或许在于，人们不满于现状，已经踏上尝试的路，希望对环境污染、行车难的问题有所改变。

　　一个方法不太成功，再寻求新的方法。比如，北京四环五环外一些小区，该有上万的居民了，是否可以组织起来，在早晚出行的高峰，提供班车，驶往比较集中的目的地或重要的转乘车站？这该是更大范围的"拼车"。再如，出租车公司除了现有的服务，能不能有新的拓展，为乘客提供包月、包年、节假日远郊接送等业务，乘客、司机互惠互利，让出租车在人们出行上发挥更大的作用，私人买车的愿望也许就不那么强了。

生活中需要我们拓展思维甚至发挥想象力的地方还有很多。

我们曾是熟人社会，一些合作、互助多在亲戚、单位同事间进行，随着社会的发展，人口的流动性加大，不知不觉，进入了陌生人社会，邻里可能多是陌生人。而我们面对的问题远远多于过去，在这种情况下，人们需探求新的合作方式，解决共同面对的一些实际问题，同时，也以新的方式，实现人与人的交往。在交往合作中，人们锻炼着，逐渐养成新时代需要的契约诚信精神、互惠观念、时间观念等。

有这样一则寓言：

一天，菩萨对凡人说："来吧，我让你看看什么是地狱。"

他们走进一个房间，屋里有一群人正围着一大锅肉汤。然而，每个人看起来都营养不良，脸上写着饥饿与绝望。他们每个人都有一双很长的可以够到锅里的筷子，但筷子比他们的手臂还长，自己没法把食物送进嘴里。他们看上去是那样悲苦。

"来吧，我再让你看看什么是天堂！"菩萨把凡人领到另一个房间。这里的一切和上一个房间没有什么不同。

一锅肉汤、一群人、一样的长筷子，不同的是，大家都快乐地歌唱着。

"我真搞不懂。"凡人说，"为什么一样的待遇和条件，这个屋的人如此快乐，而另一个房间里的人却那么悲惨？"

菩萨微笑着说："很简单，在这儿，他们会喂别人。"

寓言虽短，可意寓大。如果不是机械地理解，我们可以明白：在当今纷繁发展的世界中，人与人的合作尤为重要。热情地关心和帮助别人，对别人行善，与人真诚合作，就身处天堂；不懂得满足别人的需求，只是想着自己，甚至以伤害别人为代价来实现自己的目的，就会身处地狱！

人是有理性的动物，不应该在沉沦的道路上走下去。身处天堂还是地狱，就由我们自己来决定。让我们行动起来，拓展更多有效的合作。

（原载《中国青年报》2013 年 8 月 5 日）

称呼的没落

改革开放了，一切都在变，称呼也不例外——我们总不能喊着师傅、大爷、大嫂等走向国际舞台，更不能要求外国人来中国也适应我们过去的习惯。总之，与国际通行的规则接轨，称呼慢慢在改变。

先生、小姐等曾经避之不及的称呼在社会上又渐渐流行起来。当然，这期间便有了或大或小的故事。例如，以前到商店，对售货员，不分男女，是叫"服务员"的，但新形势下，再这样喊，不少售货员便有点儿爱搭不理。生活教育着人，叫"小姐""先生"试试看，效果果然不错。我便这样叫下来，即使遇上看样子已四十多岁的女售货员，也毫不客气地叫一声"小姐"，她满脸欢快地为我拿这拿那，仿佛年轻了十几岁，加入小姐的行列。生活是多么有意思！

忽然，开始有人对我说：现在饭店不兴叫"小姐"了，你喊"小姐"她们不高兴的。据说有一次在一个什么地方还为此打起架来。听完，有点若信若疑，这么快又要变了？不叫小姐又叫什么呢？然而，最近经历的，却让我改变着以前的想法。"小姐"真的不能随便叫了。

住处附近有一家兰州拉面馆，生意不错，我经常去吃，对女服务员当然称呼小姐。直到有一天，看到饭馆门上贴了

199

一张纸，上写几个大字："请称呼服务员"，那背后的话语几乎就是：请不要称呼小姐。拒绝之气可谓强矣。

一次会议后，在单位食堂吃饭。我旁边坐着一位老同志，他与食堂服务员好像较熟，见面打着招呼，简单聊几句。开饭了，餐桌上少了什么，我招呼："小姐，请拿……"喊了几遍，小姐毫无反应。那位老同志提醒我："你喊小姐，她们不高兴的。"

还真是如此呀，小姐的称呼不被欢迎了。那原因呢？似乎也比较简明。改革开放后，我们的社会在进步、发展，同时，腐朽的沉渣也在一定范围滋生、泛滥，嫖娼、卖淫便是其中之一。一些嫖客总是嬉皮笑脸地说找"小姐"，卖淫的也以"小姐"自居，从事肮脏的交易。在这种情况下，谁愿意与之为伍呢？那些愤然拒绝小姐称呼的服务员女士，不是理所当然吗？

现实生活中的丑恶现象不能遏制，丑陋行业的从事者一定要与"小姐"相连，小姐这一称呼的命运还真是难说呢。其实，面临类似考验的，已不止这一个，比如教授、博士、大师……有报道说，某高校一个系的教师中，已不是教授有几个，而是不是教授的已没有几个，这样的"飞速发展"当然是可笑的。所以，有教授悄悄对学生说：你们以后千万不要喊我教授。个中的原因也不难想象，阿猫阿狗都当上教授，真正的教授也就想从那个行列中逃出了。

词语一旦形成便有一定的规范性、稳定性，同时它又是可变的，现实生活的变动会改变它的含义，这是我们在从古至今的历史中可以看到的，其间的规律、经验教训也是应该为语言学家认真总结揭示的，这对于规范当代语言的发展颇有意义。但是，谁都知道，要做到名副其实，防止词语含义的异变，又远不是语言学家的事。

还回到小姐的问题。不用翻辞书，小姐，本是对未出嫁女子的尊称。然而现在对年轻女子不称小姐，又称什么呢？前几天在外边吃涮羊肉，旁边坐两位小伙子，咿呀不断，聊得正欢，一听就是南方人，其中一个招呼服务员"小妹"，声音飘到我耳边，显得格外新鲜，我注意了一下服务员的反应，并不热情。我端着酒杯想："小妹""小姐"离得太近，脱不了干系，我佩服发明者的小聪明，但可以断定是不会为大家认可的。

好端端一个称呼被玷污了，真为天下女子不平。如上所云，面临这个问题或考验的，也不止一个呢。是改变现实还是另立名称？如何演变，且拭目以观。

（原载《中国青年报》2003 年 12 月 7 日）

蚂蚁追星

追星是当今社会一种很普遍的现象，据说，在中国已有很庞大的追星族队伍。这些追星族对心中偶像那种疯狂的热情，那种不吃不喝的执着，那种虔诚的崇拜实在让人惊奇。追星族以少男少女为多，其表现和结局也是形形色色……

某歌星开演唱会，"粉丝"们总会提早几个小时甚至大半天到场，为的只是尽早见到他们的偶像；演唱会上，尖叫声一直从开场到散场，震耳欲聋，大有盖过歌手的歌声之势，一场演唱会下来，"粉丝"们的嗓子没有个把星期是恢复不了的，有的"粉丝"还会突然冲上台去，摆个姿势与偶像合影留念，甚至还会"抑制不住"亲吻一个，实在是太过热情了；追星族为了自己的偶像，往往会"竭尽所能"，为了见一面可以一路穷追不舍——曾经有一篇报道写过，一些"粉丝"为了追某影星而一路乘飞机、坐火车汽车，为的只是一睹她的真容！有些"追星族"一提到自己喜爱的明星，就会兴奋，滔滔不绝，有说不完的话，崇拜、激动之情溢于言表，一口气能把明星的一切讲个巨细无遗。

过分地追星浪费了钱财精力，影响耽误学业，甚至有的追星族为了偶像而自杀。

近日，那个超级狂迷兰州姑娘震动了全国。13 年来为了一见偶像刘德华,她做尽正常人想象不到的"壮举",包括放弃学业、放弃交友、放弃工作,全力投入做一个"职业追星专家",实在令人费解。更匪夷所思的是,痴情姑娘的父母甘愿陪女儿追星,卖屋不要紧,卖肾不足惜,借高利贷亦无怨无惧,总之要凑足旅费让爱女去港会华仔。跟众多"粉丝"一齐同会偶像成不成?不成。狂迷之父因为不满只有同会而没有私会,愤而留下 12 页遗书跳海身亡。顺便多给女儿一个私会华仔的堂皇理由:完成亡父的遗愿。

追星追到跳海,手法之极端令人震惊。超级"粉丝"13年迷恋落得一无所有、家破人亡,给社会再一次敲响了警钟,盲目追星已成为一个严重的社会现象,它带来的负面影响实在不容忽视。

青年人崇拜歌星、影星、球星等,是常见的现象,有的是欣赏,有的则是迷恋。随着年龄的增长、思想的成熟,迷恋的程度会降低。而长期过分沉迷追星便是一种病态,如何使他们"适可而止",就需要成年人的指导。作为家长应教育子女,将对偶像外形的迷恋,转移到欣赏他努力奋斗的内在美和才华,鼓励他们学习偶像的勤奋,转化成推动子女成长的动力,最后让他们建立自信。

面对追星引发的悲剧,令我想起这样一则寓言:

东海里有一只鳌,它头顶着蓬莱,在碧绿的大海中漫游。它飞腾上升,冲入云霄;沉没下潜,深入重泉。

有一只红蚂蚁听到这件事,非常高兴,就与一群蚂蚁相约在海边,想要看看这只鳌。过了一个多月,鳌始终潜藏着没有出来。这群蚂蚁刚要往回走，碰到暴风，掀起巨浪，涛高万丈，海水沸腾，海岸隆隆震响。这群蚂蚁说："这回鳌快要出来了！"

又过了几天，风息了，海岸也不震动了，海面上隐约有一座大山齐天高，有时向西漂游着。这群蚂蚁说："鳌头顶大山，这和我们头顶着米粒，在地上悠然自得地爬行，回来潜伏于洞穴中，有什么不同呢？这正是物我各自适宜之理，自己本来就如此，我们为什么要奔波几百里，劳累身体来看它呢？"

寓言中的几只小蚂蚁听说有新奇事便想去看看，类似于追星，经过苦苦等待（一个多月，痴迷程度也不亚于今之"粉丝"），看过之后，却灵光一闪，幡然醒悟，认识到自己的力量或特长，显得很聪明可爱。

寓言具有深刻的象征意义。一个人乃至一个群体都需要尽快完成这个历程——尽管这不是简单的过程，找到自己的潜力和努力的方向，从而走自己的路。

（原载《中国青年报》2007 年 4 月 15 日）

冲之香油

　　朋友敦于旧谊，来京办事，电话相约见面。吃饭聊天，相见甚欢。待步出酒楼，街道上已是灯光摇曳，朋友从车中又取出两盒东西，说是土特产。盛情难却，携之而归。

　　回家打开一看，一为核桃，一为香油。突然，看到一个包装盒上印有红色商标，定睛仔细地看："冲之香油"。我乐了。

　　有必要简单解释几句，商标上的冲之，便是我国南北朝时期南朝著名的数学家和天文学家祖冲之，他的祖籍是河北省涞水一带，他把圆周率的计算精确到小数点后第7位，直到15世纪阿拉伯数学家卡西才算得小数点后16位的圆周率，为纪念祖冲之在圆周率计算方面的杰出成就，人们把密率称为"祖率"。祖冲之对天文学亦有重要贡献，他编订出《大明历》，最先把岁差引入历法。他还是一位博学多才的科学家，研究制造改造过若干机械工具，甚至还写过小说。他的主要数学著作为《缀术》，唐代时曾被作为数学专科学校的教科书，并传播到日本、朝鲜等国，惜乎已佚。

　　祖冲之不仅是我国历史上杰出的科学家，而且在世界科学发展史上也有崇高的地位。我们当然应该纪念他，珍视他的宝贵遗产。这是无疑的。

　　把祖冲之与香油放在一起，总让人有点异样的感觉，对这位大科学家尊重吗？不可否认，这也是近些年热火朝天上演的"文化搭台，经济唱戏"大潮中的一个小的例证。

　　当然，这样的感觉也可能显得保守了。厂家在考虑商标时，为经济效益，自然要取响亮易记的名号，作为一个地方小厂，乡贤祖冲之的大名是首先会被想到的，如果符合商标法，也不好强力禁止。退一步说，这总比某地发行彩票硬在上面印上孔子的语录还要高雅些。

　　最近，收到河北省另一历史名人董仲舒家乡举办纪念研讨活动的邀请函，因有事不能出席，心有所感，在回信中便写有下面几句话，意在鼓励：

　　　　前些年很多地方搞活动流行一句口号：文化搭台，经济唱戏。在地方经济还很落后的情况下，让文化搭搭台，也是可以的，或者说也是无可奈何的事；但这类活动不能长期仅仅盯着经济、金钱。看了你们的邀请函，我有一点不知确否的想法：你们是要经济搭台，文化唱戏了。从邀请函上看，你们有认真的准备，为会议代表的研究讨论也将提供很好的条件。对文化与经济的关系我们还应有更深层、辩证的理解，并在实践中积极地探求，让文化产生良好的社会效益和经济效益……

　　回到"冲之香油"，既然已经打出这样的商标，那就先叫吧，只是希望厂家经营者意识到身上的责任，时常温习一下祖冲之的事迹，以他的科学探索精神经营油厂，假以时日，由小到大，让产品走向全国——应该立有这样远大的志向呵，谁让你叫"冲之香油"呢？在这一过程中，厂家可以出资反哺文化，比如，就我所知，涞水县建有冲之中学，是河北省内知名的中学，厂家或可出些资，联合共建，把冲之中学办好办强，为国家和地方培养更多人才——这当是祖冲之更愿意看到并感到欣慰的，老先生也不枉为经济搭台出过一回大力。

让我们再发挥一点想象力，如果有一天出现冲之大学或冲之科学研究院之类的机构，该是更恰当的。

（原载《中国青年报》2011 年 3 月 28 日）

中空的"巨石"

傍晚散步。经过一家医院门口，见几位工人正在草坪安放一块巨石，灰色、一人来高、三米多宽的样子，正面靠中心处刻着四个红色大字："大医精诚"，没有落款，看字体像是一位中年养生学家书写的，前几年常在媒体上露面的。

"好啊!"我心里暗暗赞叹。这些年在经济大潮中，一些医院只追求金钱，有些医务人员已淡忘自己的职责，使医生这个原本在百姓心中很神圣的职业大打折扣，导致医患关系紧张，乃至时有打架杀人恶性事件发生。前一段时间看报，南方某城市出台一项规定，要求医院配备长棍和催泪喷雾剂以应对患者家属的暴力举动。看到这类报道，让人内心无比沉痛，这是社会病态的反应，医院本是看病救人的地方却时有惨剧发生，成为暴力冲突的场所，这样的氛围或场景与构建和谐社会的理想是严重背离的。立这样一块厚重巨石，是对每天上下班经过这里的医护人员职业道德的一种召唤，也算是这家医院对患者沉甸甸的承诺。

我走近去看。几位工人为摆放巨石，调整着位置角度，看他们搬放，并不费力的样子。一会儿他们把石头推倒了，我绕到后面看，巨石里面竟是空的，实际只有一层壳，原来巨石也可以如浇铸一样铸造！这还是第一次看到。

从那以后，走在街上，再看到一些公司机关门前摆放的巨石，也就禁不住想，怕也是中空的"巨石"呢。有时想上前敲敲确认，终于止住了。真的、假的又如何？

当今科技发达，人的很多愿望或虚荣心都可比较容易地得到满足，一青年肩膀瘦削，要在女性面前展示健壮的身姿，自有服装公司想出主意，把衣服的肩垫得又高又宽；丰胸时髦了，一些年轻或已不太年轻的女士奋不顾身地到美容院，开刀填充，迅速完成；头发本已斑白或是全白了，想显得年轻，理发店有各式染发剂，轻而易举就把头发染得乌黑发亮……时代在发展，当代人享受着种种便利，对类似的种种现象，已不好简单说是好是坏。但还是难免让人感叹，来得太容易或多此一举，乃至还与不诚实相连呢，要想有健壮的身体，何不去健身房花点力气扎扎实实地锻炼？

改善医患关系，重树医护人员的崇高形象，解决百姓看病贵、看病难的问题，仍是我们社会一项艰巨的任务。我有时想，医院再采取"立石""立碑"的宣传手段时，倒无妨寻一块真正的巨石，十几个或更多的人齐声喊着"嗨哟——嗨哟——"的号子，挥汗如雨地搬运摆放，向社会宣示最大的诚意。至少在这一点是实实在在的，给患者以信心。在城市中出现这样的场面，怕也要有新闻卖点呢——真正的石头来了！这年头，"真"不知为何竟变成稀缺的东西。

退一步说，现在资源紧张，为节约成本，弄一块铸造的石头，刻上医院的院训之类，宣传一下，已无须苛责了。只是医护人员的爱心不能是空的，一些改善医患关系的措施，应该尽快真抓落实才好。

社会的其他方面何尝不是如此呢？

（原载《中国青年报》2012 年 5 月 28 日）

山核桃的沉浮

北方山里多产核桃。一位农民在村边种植的一小片核桃树挂果了。

到了秋末，农民忙着采摘、整治。他发现一颗树结的核桃与普通的核桃不同，拿一个敲开一看，里面的核桃仁小小的，不像普通的核桃仁那么饱满，他自言自语道：这是山核桃，没多大用。

带核桃到集市上卖，普通核桃 5 元一斤，买的人不少；那一小袋山核桃同样的价格，半天也没人买，降到 3 元一斤，还是没人买。农民把山核桃倒入普通核桃中，想混在一起卖出去，但买核桃的人多把山核桃从秤盘中挑出来，放到旁边。卖不出去的山核桃，农民最后只好把它们敲碎，当劈柴烧了。

一年、两年、好几年都是这样。农民有时走过那棵山核桃树，拍拍树干，心里恨不得把它砍掉。树叶哗哗地响着，好像在表示不能为农民带来金钱收入的歉意。

有一年，村里来了一个外地人，说是要收购核桃，各家各户转着看，但他对普通核桃兴趣不大。当他来到那位农民家的院里，看到堆放的山核桃时，眼睛一亮，疾步走上前，拿起一个，在手里把玩着，又对着阳光仔细端详。

"这核桃怎么卖？"

"你说吧。"

"一元一个。"

"好！"农民马上答应着，心里暗喜。完后一点钱，往年几乎卖不出去的山核桃竟卖得了高价。

第二年，那个外地人又来了，农民试着提价，两元一个，那人毫不犹豫地买走了；第三年、第四年……来买山核桃的人多了，价钱不断上涨。

农民坐不住了，按着村里高人的指点，跑了一趟大城市的文玩市场。进到店里一看，摆放着的核桃与自家树上结的很像，还有文绉绉的名称：狮子头、官帽等，价格标签却高得吓人：800元、1200元……他听店员讲，近些年，城里人兴把玩核桃，为了健身和收藏。农民好像明白了，接下来，他卖出的核桃中也有了几百元一个的；他悄悄扩大了山核桃的种植面积……不几年，农民用卖山核桃挣的钱盖房买车，成为村里的首富。

看着农民发家致富，村里不少人也种植山核桃树。又过了几年，这个村成了山核桃的有名产地，每到秋末，村口停放着来自各地的车辆，人声鼎沸，都是采购山核桃的。

那棵山核桃树自然成了名树。农民不敢怠慢，每天小心地守护，为它搭起沙网，防止冰雹砸了果实；在树的旁边安了摄像头，防止被人偷盗……到了收获交易季节，有一次还有记者来采访，请他谈谈怎样通过种植山核桃致富的，最后还让他站在树边，拍了一张照片。在山风的吹拂下，树叶哗哗地响着，好像在欢歌。山核桃树是幸运的。

万物受时地、社会时潮风尚等因素的影响，有遇或不遇，当其不遇时，贱价低售甚至是白手送人，少有人问津或不知珍惜；一旦时来运转，人们又会高价搜求，珍之如璧。类似山核桃的事不时在上演周转着……

傅抱石是我国现代画家中的大家，在山水、人物画方面有突出的成就，他的画作，如今在拍卖市场多拍到上千万乃至过亿元。但据一位美术史家讲，20世纪60年代在我国台湾地区，傅抱石有的画几十美元就可在画店购得。几十年间，惊人的变化令人感叹！

20世纪复旦大学有位王欣夫先生，爱书成癖，精通文献学。有时不惜靠典当来购书，几十年下来，积聚不少有价值的书。"文革"开始不久，欣夫先生去世。夫人搬到子女家住，复旦的房子就放着这些珍贵的书籍，工宣队进校后发现，责问为什么不住人而放书，要收走房子。无奈之下，家属拟以王欣夫先生的名义捐一部分书给复旦图书馆，但图书馆不肯收，一位图书馆领导人反问道："这些书到底有没有用处？"后来还是因为上面有了指示，复旦图书馆才勉强收下一部分，以5角钱一本计价，付款给王家。倘是现在，一定会是另一番热闹景象了，人们出于各种目的争着保存、拥有这些图书。

这似乎是无可奈何的事。但是，人们永远应该培养锻炼眼光见识，努力去发现世上值得珍视的一切，哪怕只是一个山核桃！虽然难以做到如影随形般迅捷，但应该努力穿过各种障碍，把发现的时间缩短一点，再缩短一点。

各式各样的"山核桃"，顽强地坚守吧，经受各种考验，迎来自己的时运，到最适宜的地方去发光发热。

（原载《中国青年报》2013 年 1 月 14 日）

"手势做惯"难改

看喻血轮《绮情楼杂记》，读到一则有趣的笔记：

> 曾任三十三军师长之张克瑶，原为理发师出身。昔隶张宗昌部下，任旅长，所属官兵，俱知其出身，常窃诮其后，为张所闻，大怒，立召集官兵训话，力辩其非理发师。但训话时，辄以右手置左手掌中，翻来覆去，作烫刀势，官兵见之，忍不住大笑，张亦自觉此明明理发师烫刀手势，焉用辩，遂亦大笑而罢。自是不再讳言曾为理发师，盖知手势做惯，改之不易也。

> 昔有人雇一厨司，每于主人问其作何菜肴，必说做兼作，如言食肉糜，即骈两手作剁肉状，如言炒肉丝，即以右手作炒动状，主人厌之。一日，未问之先，命仆反缚其两手，意其更无法作手势矣。讵主人才一开口，彼即俯身作游泳状曰："今日作渗汤鲒鱼也。"盖其手虽不能作势，而仍以身作势也。主人知其习惯难改，笑遣之。此与张克瑶不忘烫刀手势，同一可笑也。

读罢确令人一笑。生活中各种难改的手势，还可举出一些，各有不同的意义。记得《聊斋志异》中有一则短篇，讲一个青年向一位老人借钱，老人答应了。青年来取钱，老人与之聊了几句，又找了一个理由拒绝了。等青年走后，有人问其原因，老人说，看那人手上下的动作是赌博的手势，钱借给这样的人不可靠。不能不佩服老人观察的细致！

扩而言之，一个人、一个群体都可能有难改的、不太雅观的"手势"或习惯。以国人而言，公共场合大声喧哗、随地吐痰、好加塞、好闯红灯……可称我们难以改变的"手势"。多年来，为了改进、克服，媒体大力宣传，公共场合贴有很多提示牌。为制止闯红灯者，一些路口增加协管员进行劝导以维持秩序，最近，北京更是在重要路口对闯红灯者开出罚单。为引导顾客排好队，邮局、银行、地铁等处地面上画了鲜明的白线或红线，但一些人还是不管不顾，争先恐后，挤作一团，有时人也并不多，那也要挤。想想，这与反缚两手，"其手虽不能作势，而仍以身作势"颇有些相似。

不用讳言，一些国人爱看热闹。只要有热闹看，一些人跑得比什么都快。别人打架，看；别人自杀，看；有人调戏妇女，看；有人抢劫，看。看得多了，脑子的一部分麻木了，也就是说只看，只说，而不会上去阻止一些不文明的行为。我们甚至看到这样的报道，有人站在高楼上欲自杀，警察忙着救人，众人围观……看了两个多小时见别人还不跳楼，有人急了，开始骂：想死你就早点死，你完了我还要去学校接孩子放学呢。这样的表现确实是严重的病态了。看得再多，只要有热闹还是想去看。

近些年，国人富裕了，昂然出国旅游的渐多，这些"手势"或习惯也带到国外，偶尔看外国人对中国人的一些评论，"中国人不讲卫生，喜大声喧哗"云云，常令人脸红。当然我们可以辩言，那只是一部分中国人的行为。

个人、群体的一些不良"手势"、习惯等，各有不同的形成背景原因，需要深入系统地分析，通过各种方法加以改进。虽然难改，但也不是不可能。例如，改革开放初期，百姓乘坐小汽车的机会较少，一些外国人就很奇怪，中国人为什么关车门要用那么大的力，总要听到"嘭"的一声才放心，后来明白，那是担心车的质量，怕手轻了门关不紧。在这一习惯背后，有那个时期因很多用品质量粗劣而形成的潜意识。如今，汽车进入平民百姓家，汽车质量也日渐接近国际水平，猛用力关车门的习惯是越来越少见了。

一个小小的不文明习惯，可以折射出一个人乃至一个国家的文明程度。由于历史和现实的种种原因，生活中还有很多不文明的现象。相比外在的手势，内在的若干习惯、"手势"，肯定更难以改变。在走向现代化的过程中，若干不太雅观乃至丑陋的"手势"、习惯，是一定要改变或消失的。那样，我们的生活才更文明。

（原载《中国青年报》2013 年 6 月 3 日）

茶叶蛋的差距

在一家小有名气的快餐店就餐，饭菜之外，还点了一个茶叶蛋。待剥开蛋壳一尝，没有什么味道，与煮鸡蛋差不多。一位服务员在旁边收拾着碗筷，想给她提点建议："茶叶蛋要舍得放点调料才是，不然就成煮鸡蛋了。"想想还是罢了，服务员未必喜欢听顾客的意见。下次不买就是了。

过了几天，与一位朋友闲谈提及此事，他说："没味儿好啊。"见我一愣，他笑着补充道："没味儿，证明其中没加乱七八糟的东西。给你加些伪劣调料来煮，不是更烦人吗？"

朋友平日喜谐谑，这可称别解。然而，是让人有点无奈的别解。近些年，食品行业以次充好、乱加添加剂已不是个别现象，危害着百姓健康，产生了严重的后果。

我想到台湾日月潭的茶叶蛋。

一年夏天到日月潭旅游，还在搭船游湖时，船老大"预告"说："待会儿上岸后，就会看到'日月潭之花'，有位最漂亮的十八岁'辣妹'专门卖茶叶蛋……"听到这里，大家眼睛发亮、猛吞口水，但船老大又适时"补充"一句："我跟各位帅哥报告一下，因两岸一直没开放观光，她已经卖了五十几年了！"

登上玄光寺的小岛就看见一座小木屋，周围的招牌上花花绿绿地写着不少"个性化"的广告词:"阿嬷的古早味香菇茶叶蛋""一颗蛋 10 元台币、两个蛋 5 元人民币",还有 YA-HOO"部落格"的网址⋯⋯这就是传说中"辣妹"卖茶叶蛋的地方。一位短发老太太坐在小窗台里,用夹子夹起一个个浓香四溢的茶叶蛋,分装在小塑料袋中递给游客。还不时拿出钱包换些零钱给一同卖茶叶蛋的家人,一副悠然自得的样子。导游介绍说,这位"阿嬷"从 20 多岁起便在这里卖口味独特的"香菇茶叶蛋",到今天已经有超过 50 年的历史。阿嬷的生意出奇地好,平常的日子每天卖两千多个,节假日能卖到三四千个。

曾有人看着眼红,在附近开了几家类似的小铺,但不久就经营不下去了。也有人找阿嬷讨教配方和制作工艺,阿嬷都一一告知。

原来,阿嬷煮茶叶蛋先要将鸡蛋与红茶、海盐和水用大火煮开,煮熟后捞起凉透,再用小木棍将蛋壳轻轻敲出裂纹,最后将鸡蛋再次入锅,放入香菇和红茶,用文火慢煮 6 个多小时,直至茶叶蛋入味才算大功告成。这样下来,煮一锅茶叶蛋就要七八个小时。阿嬷用料也非常讲究,红茶一定要用大叶的,香菇一定要用椴木的,水一定要用日月潭的湖水。

阿嬷的茶叶蛋蛋白滑溜细腻,蛋黄入口即化,红茶的醇厚和香菇的馨香一起挑逗着人们的味蕾。正因为如此,她的茶叶蛋经久不衰。

而那些自认为学到了阿嬷真谛的人,回去后开始也按照阿嬷的方法煮茶叶蛋。但是不久,他们就嫌麻烦,把鸡蛋和红茶、酱油倒入水中一起煮，然后把蛋壳敲出裂纹了事。所以，不管他们如何向游客吆喝，最终都是撑不了多久就关门大吉。

煮茶叶蛋或为小技，但背后体现着职业精神。有时，成功并没有太多的秘籍，就是对一些细节小事的认真坚守。那些为了提高利润而简化程序之类的投机取巧，到头来只能与成功背道而驰。

（原载《中国青年报》2012 年 12 月 3 日）

怨恨声浪中的感人一幕

　　弗吉尼亚理工大学枪击事件是美国历史上最严重的"人祸"之一，甚至吸引了全球的目光，白宫发言人把校园枪击案形容为一场令"美国人心碎"的悲剧。

　　枪击案发生后，不断有细致、深入的报道和反思。

　　从一开始，人们也有另外的各种担心。凶手被确定是韩国人，部分韩国留学生就担心美国对韩国人的成见会加深。在韩国，"去美国留学的孩子们将不会好过"，"美国签证免签问题是否泡汤了"，"若去美国旅游遭到恐怖袭击怎么办"，"与美国商定的 FTA 是否被取消"……从关乎个人的签证到涉及国家的韩美自由贸易协定，人们的担忧无所不及。

　　这些担忧并非空穴来风，因为枪击者赵承熙被证实是韩国人后，美国网络里不断有充满仇恨的博客文章："不可理喻的韩国人，让他们完蛋吧"，"在韩国是年轻男人必须服兵役参军或当警察，因为是这种环境才出现这样的人"，"我在韩国待了 5 年。我看到韩国政府在学校怂恿'反美主义'。应该给韩国大使馆写信立即制止这种做法"。

　　这些博客有不知情乱发议论的，也有是从外国人的角度看问题的。韩国人因怕被美国指定为"危险的异邦人"而感到不安，担心如阿拉伯人"9·11"后在美国受到无情的检查，以致人权被侵犯。

已经发生的悲剧令人恐惧，而由此可能引发的更大误解及报复更恐怖。

欣慰的是，在仇恨声浪之中人们又听到了一些美国人理智、清醒的声音。"如果是白人开的枪，人们会说这是一个疯子。可在凶手是韩国人的事实被曝光的瞬间，就成了人种问题。希望这件事不要牵扯到愚蠢的人种主义。""一个病态的年轻人的屠杀不应该使我们去抨击双边关系和不同的文化群体。我们不应该将一切政治化，而应该努力保护和治疗那些陷于恐怖和痛苦的人，排在首位的是受害者、受害者的家人和朋友、枪手的家人、他在弗吉尼亚州森特维尔的邻居和他的大学校园。"

沿着这一思考方向，人们看到感人的一幕：

在弗吉尼亚理工大学的操场上，33 个纪念遇难者的花岗岩悼念石摆成一个半圆形，其中包括凶手赵承熙的悼念石。这是因为，他虽然犯下残忍的罪行，但学校和社会此前没能对精神有问题的他提供适当的治疗和心理咨询，人们对此感到遗憾，这样做同时也是为了安慰他的家人。

"你没能获得必要的帮助，知道这个事实的时候，我感到非常悲哀。希望你的家人能尽快得到安慰并恢复平静。巴贝拉。"

"今后如果看到像你一样的孩子，我会对他伸出双手，给予他勇气和力量，把他的人生变得更好。我希望你的家人能克服你的作为带给他们的痛苦。希望你对其他那么多人的生活造成的破坏尽快复原，而这类事也不再重演。希望许多人心中对你的怨恨化为宽恕。大卫。"

这是美国民众写给枪击案凶手赵承熙的一些话。

石头上堆着鲜花、蜡烛、国旗和各式各样的纪念品——从兄弟球队带来的垒球到毛绒动物玩具。在赵承熙的悼念石上，和其他悼念石一样，在剪成 VT（弗吉尼亚理工大学的缩写）模样的橘黄色彩纸上写着"2007 年 4 月 16 日赵承熙"。

人们在悼念石前想着遇难者，不断擦拭着泪水。他们看到赵承熙悼念石前放置的纸条后，不禁露出百感交集的表情。三年级学生雷切尔说："他虽然很可恶，但他的家人真可怜。"

在我看来，这是这场悲剧中，最感人的场面之一。

任何一个类似的惨案发生，人们都会悲伤，进而仇恨凶手，希望复仇，但这不是种族歧视的理由，更不该以恶制恶，由此制造更大范围的新的仇恨。多数美国人在悲伤中，随着对事件的了解、反思的深入，认识到凶手也是受害者，给予宽恕，其理智、胸襟令人敬佩，给人的启迪也是深刻的。

在世界不断上演着冤冤相报惨剧的今天，深入研究宽容文化，无疑是个重要的课题。因为建设和谐家园乃至和谐世界，不仅要消除物质贫困，更要化解、消除人与人之间的误解与仇恨。

（原载《中国青年报》2007 年 5 月 13 日）

由日本电影想到中国足球

周末无事，闲看《蔡澜谈日本·日本电影》。买时以为是系统评论日本经典电影的——现在书店里的书多用塑料膜封起来，买书有点像买彩票。打开一看，是写日本电影界的著名人物：导演、演员、经纪人……有点失望，转念一想，也不能说人家文不对题，这些文章串起来不就是日本电影界几十年的素描吗？且一篇一篇看下去。文章不长，多简练朴实，有几篇写的如精致生动的小品，让人回味，遇到不感兴趣的就跳过去……

许多标准的影迷，都离开日本电影，再也不到戏院去看戏了。日本电影由石原裕次郎、小林旭、胜新太郎的黄金时代，变成了斜阳事业，至今更是一落千丈。日本人做生意有他们一套的长远计划，他们发觉了毛病，知道这个垂死的行业不是一朝一夕可以救活，便下定决心，准备在今后的一二十年内复苏。

也许是这样的吧，就一个中国观众来说，20世纪80年代日本电影《追捕》《望乡》引起的轰动或冲击波，此后似再也没出现过。作为名片的《望乡》近年也是有续集的，但在中国的影响几近于无，没多少人知道。

不知为什么，看着在电影低迷情况下日本人的反应，我却想到中国足球。中国男足不正处于类似的境地？说更惨也不为过。这一段文字实可移赠中国足球界人士考虑。

回想 20 世纪 80 年代初，中国足球队的水平虽不能说很高，但在亚洲实打实地是一流，何尝惧怕过韩国、日本队？那时电视是黑白的，队员的服装、草坪也不如现在这般奢华漂亮，但人们看得激情澎湃，容志行、李富胜、迟尚斌、古广明等球星的风采深深地留在国人的心中。那一拨球星后，中国男足走上了艰难曲折之路，冲出亚洲，走向世界——口号喊得震天响，折腾到今天，说走了一条下滑路，当不是苛评，当年的亚洲一流队已沦落为二流。十几年了，逢韩必败，而且是惨不忍睹，让人忍无可忍，不忍再看。

原因可说出百条千条，缺乏一套科学的长远规划，急功近利，眼睛只盯着国家队、世界杯，该是重要的一条。当初如有一套科学的长远规划，分头扎实去做，一定不会是今天的局面！比如，切实落实邓小平同志足球要从娃娃抓起的指示，早就是题中应有之义，而且要下大力气，如果在我们广阔的城乡大地上活跃着几百万乃至上千万的足球少年，又何愁出不来几个球星、组成一支至少在亚洲称雄的队伍呢？

回顾以往的历史，我们还是不要太急功近利，把振兴想得太容易——这是近代以来我们在很多领域所犯的毛病，就当是做生意吧，无妨学学日本足球界、电影界的架势，沉下心来，把眼光放远，制定一个科学的长远规划，扎实地做下去，终将迎来中国足球腾飞的那一天。

与一般球迷不同，我一直很看重中国男足，哪怕是现在。

理由何在？男足是中国社会、中国男人的一个侧影，中国男足的问题是在我们这片土壤上产生的。其他行业又何尝没有自己的问题或危机？有些行业好遮丑，尽可关起门自我吹嘘，达到或超过了国际水平云云，反正人们不会太当真，即使当真也一时难辨真伪，足球界吃亏就在于这玩意要真刀实枪地碰，在国内"内战"还好忽悠，一到国际大赛上什么豆腐渣工程立马就露馅，再加上韩国、日本的足球突飞猛进，相比之下，中国男足的弟兄们自然要挨骂了。

也好，不再抱什么轻松的幻想，不要自我欺骗，中国足球界如能深刻反思，找准病灶，然后痛下决心，奋起直追，"杀出一条血路"，对国人当有极大的鼓舞作用，对破解其他行业更隐形的问题也会有启迪的。这意义能说小吗？

（原载《人民政协报》2009 年 8 月 17 日）

哲学家金岳霖的创意

哲学家，顾名思义，要研究世间根本性的问题，并有所创造。从这一角度看，金岳霖是杰出的，可以说他浑身"散发着哲学的味道"。他的《论道》《知识论》是中国现代哲学史上的经典作品，对问题分析之精细、论述之深刻，置于西方现代哲学名著中也毫不逊色。

同时，金先生的生活颠覆着世人对哲学家的想象，不枯燥单调，兴趣广泛，充满了情趣，喜欢对对联、喜欢山水画、对古树有兴趣、喜欢栀子花、养过黑狼山鸡、斗蛐蛐、爱吃"大李子"……人们或许说，这与他留学美国归来后一直有优裕的物质条件有关，确实有一点，但更重要的是他内心对生活的热爱。

金岳霖思维活跃，对生活中从事的一些活动，时有进一步完善或提高的想法，晚年撰写的《金岳霖回忆录》记录了一些，很多就是不错的创意。

关于花、树。"我们现在没有国花问题。但是从我们一些人所爱的花说，我认为它是玉兰，酒杯玉兰，不是荷花玉兰。树也有类似的问题，同我们的历史纠缠得最多的很可能是银杏树。我们也没有国树问题。但是就我们看见树就好像看见了我们的古史时，我们也会是看见了银杏树，而不是什么别的树。作为树，银杏树最能代表我们的国家。"有机会认真组织评选国花、国树，该是很有意义的活动，促使人们了解各种树、花乃至我们民族的历史。我也喜欢银杏树，城市道路两侧种植银杏树给人的感觉是不俗，城市的品格好像都提升了。到深秋树叶变黄，在阳光照射下熠熠闪光，透出一种宁静祥和的气氛。如果有评选国树活动，银杏树应是有力的竞争者。

"北京可建好些花林，如玉兰林、海棠林、丁香林（紫白都有）、黄梅林（北京露天安家还要花功夫）。每一林区都要夹杂地种些紫藤，搭起棚架，俾游人喝茶休息。有些'林丁'（即办事员）同时是警察，折枝应成为犯法。

"北京没有露天的大红色的花。我们应该请植物学家想办法让云南大红茶花和石榴花逐步北移，移到北京来。"

树林，人们常说，金岳霖考虑的却是：花林！想象一下，这些富于诗意的创意如变成现实，北京不是更美丽更具特色了吗？推而言之，各地根据土壤气候等条件建立不同的花林，该是多好的事？比如，据古人笔记记载，明朝时，山东兖州一带种植菊花很有名，今天恢复了吗？

关于吃。金岳霖饭局不少，见过场面，关于吃的意见也颇多。他认为，中国菜世界第一，是毫无问题的。"要有意识地创造的比较可以代表全国的中国菜。这不只是汉族的菜而已，而且包括少数民族的特别好菜。有一次，我记得是周扬同志安排的，在民族文化宫吃了一大叠烤羊肉，真是美味呀！……这里说的只是新疆维吾尔族的好菜之一而已，别的民族一定也有他们的好菜，我们也可以加以推广。这样人民大会堂的厨师，天长日久之后，在招待各国元首或其他领导人的时候，就能展出真正代表中国的中国菜。"这应是很重要的意见。中国菜要注意吸收、展示少数民族的烹饪成就，本应是题中应有之意，这方面，我们做的是否还不够充分？

"我回国后，没有吃过鹅。在德国的时候，经常吃鹅。烤鹅很好吃……大的鹅和北京白鸭味会不一样，可是都好吃。我建议北京大量地吃鹅，也建议除直接在火中烤鹅外，也在高温烤箱中烤鹅。"烤鹅在北京饭店里到目前尚不多见。在高温烤箱中烤鹅、烤鸭，或也可一试。有了这些，北京的食品就更丰富了。

"从吃鸡说，北京从前有很好的条件。第一有两种油鸡，一是小一点的，二是大的。小一点的油鸡特别好吃，它容易辨别，差不多全是绛红色的。就家庭说，现在的家庭都是小家庭，小油鸡最适合于小家庭。如果已经绝种，最好想法子进口一些，恢复起来是很快的。

"大油鸡还是有用，用处应该说很大，国家招待外宾，如此频繁，大鸡更是不可缺少的。十只大种鸡的肉可能等于几十只小种鸡的肉，各机关的食堂都可以用大种鸡。"你看，金先生考虑得多周全。

"我又想到一种很特别的果，这种果名叫'火拿车'。它有点像苹果，可是从我的感觉说，比苹果好吃多了。它的名字本身就怪，暴露了它是按声音翻译过来的。好像有一位先生或女士名字叫傅乐焕的写过一篇考证文章，说这水果不只是水果而已，就历史说，它有文物的身份。我们应该搞清楚实际情况究竟如何。如果树还在，只是果太小太少，进入市场不合算，那不要紧。要是树也毁了，那就真糟。这不是纸上谈兵，而是重要的实际问题。如果发现有农民把这种树保存了下来，那确实是好事，要鼓励他保存下去。如果事实上树已经毁了，那我们应该承认，我们做了一件对不起祖宗的事。"有关部门是否已经调查清楚？如果树还在，推广开来扩大生产，让人们品尝到比苹果还好吃的水果，不是很好吗？金先生担心的果实太小太少问题，可以在种植中逐渐改善。另外，小，本身就可以是一种特色或趋势。

关于穿。在生活中，金先生更注重的是衣服。"我认为我们应该恢复宁绸的生产。这种料子不像缎子那样发亮，也不像湖绸那样站不起来。素的男子可以做制服，女人可以做上衣，也可以做裙，并且可以利用有花的宁绸做各式各样的衣服。宁绸也可和别的丝织品一样可以出口。"近些年，人们注意弘扬我们的民族服装，不再是什么场合都穿西装，很好。衣料是基础，宁绸恢复生产了吗？

创意，颇引人关注，它改善丰富引领着人们的生活。一些城市建有创意园，希望有所推动促进，已产生显著的效果亦未可知。要涌现更多优秀的创意，需营造有利于人的创造力发挥的社会环境，培养优秀人才，与发达国家和城市交流，认真学习借鉴别人的经验，同时，我们还有一个方向，那就是注意向前人汲取养分。我们有丰富的历史文献资源，这是我们的优势，其中可能没有创意的标签，但只要我们不机械僵化，有一些是可以从创意角度研究考量的。沿着前人的思考，进一步完善提高或加以转化，就可得到独特的创意，产生巨大的社会价值、文化价值和商业价值。这是催生创意的一条有待开拓的途径。当然要很好地达到这一点，需要打破一些条条框框，创意界要注意与不同学科进行交流。透过哲学家金岳霖的例证，我们不是可以确认，哲学家也可以为创意贡献思想的火花吗？

阿加瓦尔的 1226 封建议信

　　在我的印象中，吉尼斯世界纪录大全记载的多是稀奇古怪的事：一个人结了几十次婚，一个人一次喝了多少瓶酒，一个人的头发又有多长……类此之事，看完淡淡一笑，也就过去了，引不起深刻的印象。最近的一则却不然。

　　据俄塔社报道，现年 53 岁的新德里布匹批发商苏巴斯 – 阿加瓦尔因给国内外各种报刊写了 1226 封建议信，而被载入吉尼斯世界纪录大全。

　　阿加瓦尔的第一条意见刊登在 1967 年。他当时还是一名大学生。他对首都公共汽车许多售票员收了乘客钱后不给车票极为不满。阿加瓦尔把自己的意见写给了《印度斯坦日报》。报纸很快刊登了他的来信以及市政有关部门的道歉信。从此，他向报刊反映意见的激情一发不可收。

　　让我们计算一下，35 年 1226 封建议信，平均一年 35 封。抛开建议的可行与否、价值大小先不说，三十多年坚持不懈，说明阿加瓦尔是一位注意观察、勤动脑筋的人，其热心、恒心着实让人敬佩！从简短的消息中还可以看到，他的行动从一开始就受到鼓励，这鼓励便是有关部门迅捷的回复和切实的行动。

　　也许在一些人看来，阿加瓦尔的行动太普通、平凡，不像一些英雄的故事那么惊心动魄，但我要说，这的确是很值得珍视的。一个单位、地区，乃至整个社会的发展进步，人们的和谐安宁，都离不开这样的热心人。正是在这点滴的改进中，生活才一天一天美好起来。

想想我们自己的经历吧，生活日复一日地进行，有欢乐，也有不满和期望。对那些不满之处，我们是否思考并提出过改进的建议呢？

我居住的小区是十几年前建成的，基本没有考虑住户停车的问题，近几年，买车的人越来越多，这是经济发展、生活水平提高的证明，但也带来问题，一到晚上，道路两边都停上了车，宽阔的路变成窄窄的一条，人们过路都要驻足观察，待确认无车通过才敢迅速地奔过去，老人、儿童过路当然便更有危险。也许，应该给小区管理者提一建议，想办法解决停车问题，尽可能地排除安全隐患。

我坐在公共汽车上，身后有四五位中学生，歪斜地坐在座位上，正旁若无人地聊天，话语中不时夹杂着"国骂"，车上的人都侧目而视，但没人讲话。也许，该走上前去，告诉他们说话注意文明，也许该给主管中学教育的部门写一封信，呼吁注意加强对青少年的文明教育。

我就职的单位里，近年来，已有几位 60 岁上下的同事因癌症等病去世，还有的因病而不能继续从事研究工作，对学术事业来说，损失当然是巨大的。细想这些人的早逝，是令人痛心、震惊的，人文社会科学研究工作者，60 岁，本可以正值创作的高峰期。也许该向有关部门或领导提出建议，认

真研究原因，采取有力措施，以更好地延长学者的学术
生命……

　　生活中类似大大小小的事，你、我都可能闪过一些改进
的想法，有时对相关的部门或人说了，那当然很好，但有很
多时候是选择了沉默。那原因是各式各样的。有时是因为自
己的懒惰、怕麻烦；有时是根据自己或别人失望的经历，一
开始便禁不住想："咳，说了也白说"……前几天，我参加一
位老先生译著作品研讨会，会上有这位老先生呼吁加强某课
题研究的文章，文章最后一句是："我经常提一些毫无反应的
建议，但愿这一次不是。"读到这里，我久久地沉默，我很理
解老先生写下这句话时的焦急心情，同时也想起阿加瓦尔的
经历。我想，老先生提出自己的建议后，渴望得到有关部门
的回应说明，而不是石沉大海般的冷漠。过多的冷漠，可能
让人逐渐选择了沉默。

　　于是，我们有不满、有期望，但又沉默着。生活依
旧……直到积聚起更大的问题乃至灾难发生。

　　什么是健康的社会？可以有各种界定。也许，我们可以
说，一个人们乐于表达自己对改进生活的意见，而那些合理
的建议，又会得到采纳实行的社会，就是一个健康的社会。
人与单位、社区、社会处于良性的互动，在这样的社会里，
可能仍有一些困难，仍然有需要改进的地方，但人们不是无
可奈何，不是选择沉默，而是充满热情地思考、行动！

　　我们已经很热烈地呼唤、追逐财富了，但我们不是更应
该呼唤、珍视责任心，让每个人方方面面、大大小小的热情

和才智都迸发出来吗？那样，我们得到的将不仅仅是金钱，
而是更全面的发展、快乐和幸福！

（原载《中国青年报》2003 年 2 月 23 日）

鞋子的革命

　　一家颇有名气的商场在一楼辟有皮鞋销售区，该有七八百平方米那么大，走到这里，仿佛进入了"鞋阵"，各种品牌，各样款式，应有尽有。

　　环视一下，很多商家都醒目地标出优惠的牌子：七折、半价甚至更便宜，但是逛的人多，掏钱买的人少。看来，买涨不买跌，大小商品的道理一样，经济不太景气，从这里也可见一二。

　　提高质量，降低价格，提供更好的服务，当然是厂家、商家要考虑的问题。在提供更好的服务方面，需要怎样的思考方向呢？

　　跳舞是近三十年社会上重新兴起的事，舞厅不用说了，城市公园、街头早晚都可见跳舞爱好者。不难发现，一些讲究的女性舞迷去跳舞时会随身携带一双高跟鞋，到舞场换上，等跳舞结束再换上平跟的。这样舞姿优雅又不使脚太累，只是增添了带来带去的麻烦。时间久了，女同胞或许会想：要是有一双鞋跟可折叠的鞋，岂不省了带鞋的麻烦。她也许真的就到商场连比画带说地向售货员询问，得到的回答极可能是：没有。真的没听说过。

　　一年、两年、十年，更长的时间都过去了。最早闪过这一想法的女同胞可能早已把它忘记了。

据报道，去年国外已有可变化足跟的鞋子投放市场。由于鞋跟可以变换尺寸，因此这种鞋子可以在高跟鞋和平底鞋之间转换，有了它，女同胞就能高雅地足登高跟鞋出门跳舞或约会，之后舒服地脚穿平底鞋回家。说它是妇女解放的一个小小的象征，不为过吧。

考虑到女性驾车者日益增多，这一发明的意义就更加重大了。为什么？很多女同胞喜欢穿高跟鞋，但事实上穿高跟鞋开车非常不安全，会直接影响踩离合器、油门踏板和制动踏板的动作。而且不管是不是紧急制动，脚滑落踏板的概率都会相对增加，即使没有出意外，也有可能扭伤脚踝。有了可以轻松在高跟鞋和平底鞋之间转换的鞋子，是否可以更有效地避免车祸呢？答案应是肯定的。

有需求，有社会效益，有国外同类产品参考，我们的皮鞋厂家还不迅速开发研制吗？一旦会变化的鞋子出现在"鞋阵"，它的独特作用肯定会吸引女同胞和家人的目光，说不定要掀起一场鞋子的革命呢，那将是多大的市场！

人的需要是十分丰富的，恩格斯曾说："社会一旦有技术上的需要，则这种需要就会比十所大学更能把科学推向前进。"科学技术是这样，在消费方面也是如此，社会一旦有某种消费需求，满足需求的产品也就快要出现了；当然这需要企业家更细致的观察，有发现的眼光和创造性的头脑。

对于消费者生活中的问题、不方便、潜在需求，是否能发现？发现后是否能想方设法解决和满足？检验着企业家的素养和水平。企业所要做的就是积极满足人的正当需求，并不断提高产品质量和服务水平。从满足方面来说有低水平与高水平、粗糙与精致之分，对什么都熟视无睹，什么都马虎凑合，就不会有创意和人们生活的改善。

从企业的当下和未来来看，面对市场的低迷和日益激烈的竞争，在各环节都可能面对瓶颈，也就更需要新的创意来进行突破，打开和占领市场。

鞋子行业是这样，其他行业的产品又何尝不是呢？

（原载《中国青年报》2009 年 7 月 6 日）

牛尿变 "可乐" 的联想

牛年，商家自然要大做牛的文章，各显其能，红红火火………

据报道，印度重要文化团体 "民族卫队" 在位于印度 "圣城" 哈里瓦的总部，利用牛尿研制 "牛饮"。研制者称，"牛饮" 代表了一种健康饮品的趋势，这种饮料不仅比百事可乐、可口可乐更有益于健康，而且可以治疗疾病。他们希望这种健康饮料超越百事可乐和可口可乐，热销全球。

印度教教徒尊崇牛，他们不但喝牛奶，很多人还将牛的尿液和粪便同混合香辛料一起搅拌在饮料中，作为 "健康" 饮品。在某些地区，很多奶制品商店都将牛的粪便和尿液放在牛奶和奶酪旁边出售。印度一家保健食品公司甚至将它们制成麦片粥、牙膏和滋补饮料，称其可以治疗糖尿病和肝病等疾病。此外，印度人认为牛尿具有杀菌作用，有些村民用牛粪作为洁净、防腐材料铺地板。

能把关于牛的创意做得如此彻底，真是令人惊叹。在我们的生活中，牛也发挥着重要的作用，牛奶，要喝；牛肉，要吃；牛皮，要用。但如印度的 "牛饮" 等产品，无人开发。

这当然与文化有关，在印度教教徒心目中，牛是一种神圣的动物，它全身上下都是宝，所以才有这么多相关产品的研发。但严格来说，也与创新意识和能力的强弱有关，我们的眼光还没有看到所谓废物下的商机。如果说，在牛产品的开发上，我们落后于印度与文化观念有关，在其他方面呢？就以橘子、柚子、香蕉、核桃等水果为例吧：人们把果肉吃了，果皮则被扔掉，这是司空见惯的。这些果皮可否考虑开发利用？能否制成果脯、饮料……类似的例子在我们的生活中该有多少啊！

人类正面对日益严峻的能源危机，解决这一问题，在根本上需要价值观上的革命、生活方式的改变，同时，技术的进步、创意新产品也有助于节能环保。

人类早已提出循环经济的发展要求，要求我们努力以新的眼光看待废品，探求种种变废为宝的可能。国内外已出现一些成功的例证。著名洋酒公司保乐力加在中国坚持大规模回收洋酒空瓶，开始主要为杜绝假酒，最近又与全球商用地面材料行业的坦德斯集团合作，由坦德斯在苏州的工厂对碾碎的空瓶粉末进行加工，用于替代传统矿物原料进行地毯制作。洋酒空瓶摇身一变成了地毯，听上去毫无关联的两件物品，因为环保科技的应用而有了奇妙关联。

我把印度开发牛饮的事讲给一位朋友听，他很惊奇。我问：有一天超市里出现了这种饮料，你会喝吗？朋友想了想，又摇摇头。看来现在真有点观念问题，在中国进行类似的开发，好像没有前景。即使这样，我们何不把这些资源提供给印度，或是与印度合作制成各式产品出口印度，有利条件之一，首先就是原料成本是很低的。

　　进入 21 世纪后，社会的方方面面都发生了巨大的变化，我们好像进入了一个没有现成答案的时代。要想在 21 世纪的巨大变化中生存下去，对企业和个人来说，构思创意的能力是最重要的能力之一。创意与企业的发展紧密相连，对企业来说，资金、技术固然重要，但创意将日益发挥重要的作用，它决定企业发展的方向、展示着企业应对各种危机和难题的智慧……创意也将极大地改变、丰富人们的生活。

　　鼓励创新，对创造事业至关重要。一个社会要鼓励人们做有创新智能的人，他们总是对新鲜事物保持着好奇心，尝试着突破常规思想的束缚，说不定有一天就会开拓出一片新的天地。

（原载《中国青年报》2009 年 3 月 30 日）

烧开水引出的问题

　　谁不会烧开水呢，能有什么问题？把灌满自来水的不锈钢或铁壶放到燃气灶上，打开燃气灶，水开关火。有的壶还有水开后就发出提醒响声的设计，那就更简单了。现在，不少家庭使用各式电水瓶，水烧开后，电开关自动就跳了，都很便捷易用。

　　这一年多，我每天就用一个小电水瓶烧水，冲咖啡、泡茶。

　　盛夏阅报，《参考消息》附了两三版健康知识，"三伏天饮水学问大"：张熙增提醒，白开水烧开后，最好再加热几分钟，因为我们的自来水是加氯消毒的，水中的氯在临近烧开时，会产生致癌物质，而再多加热几分钟，会使这种物质迅速挥发，这时的开水对人体才有益而无害。

　　现在养生保健说法众多，多的让人都快无所适从了。看文后的介绍，张熙增的身份是北京保护健康协会会长，所讲应是可靠的，这一小知识与防癌有关，应更广泛传播，让更多的人知道了解。

　　自从看了这一提醒，水开后我不急着去用了，而是试着将开关推上去，想让它再烧几分钟。但是，因为水已经开了，开关迅速跳回，再推上去再跳回。我试着用手把推上去的开关固定住，水哗哗地沸腾，热蒸汽迅速地四溢，喷到手上，受不了，只好作罢。

我想，电水瓶需改善了，比如，水烧开后，有提醒；还有进一步加热的设计，可再烧四分钟或五分钟（当然这也需专家研究，最好将其精确定量化）。

超市里卖电水瓶的柜台，品牌产品不少，我问服务员，有没有水开后可再烧几分钟的产品，他看了看我，转过身翻看了几种，回答：没有，都是水开开关就跳的。

近几年，整个社会都在谈创新，工厂企业也在探讨增加产品竞争力、附加值，尽快走向国际市场等，重要性、必要性不必多说了，关键是如何落实。就以电水瓶为例，报上所讲的烧开水的知识，专家发现该不是一天两天了，我们众多的电水瓶生产公司为什么不能捕捉这一信息，为顾客的健康着想，研究改进产品？要知道，做到这一点的同时也增加了自己产品的竞争力，完全可以成为产品广告的一个闪光点，说不定在这个行业就掀起了小小的风暴，行业公司要重新洗牌呢。但这一切似乎尚未发生。我们的社会环境、公司机制尚有需要大力反思、改进的地方，当是不争的事实。

电影《阿凡达》的热映让人们感受了什么是3D技术，可欣赏更逼真、生动的画面，不过，要戴上眼镜来看，毕竟有点麻烦，也不太舒服，看报道，有的观众还因眼镜的损害赔偿与影院发生纠纷。不戴眼镜也可欣赏3D影视？我们不敢有此奢望。

据日本《读卖新闻》最近报道，日本电子巨擘东芝已推出全球首创"无需眼镜"的3D电视。报道说,过去观看立体电视需佩戴眼镜,令观众觉得很不自在,现在就舒服多了,观众只靠肉眼无论坐在哪里都能够欣赏立体画面。而实际上,今年才刚刚有多家日本大电子厂商推出立体电视,松下和索尼分别在4月和6月推出需佩戴眼镜的3D电视。各大厂家间的竞争日趋白热化,产品迅速改善。

类似的例子不胜枚举。技术的基础水平不同,不能简单对比,但日本公司对顾客需求的那种迅速反应、产品设计从人的需要出发的理念,不是很值得我们学习吗?

对于消费者生活中的问题、不方便、潜在需求,是否能发现?发现后是否能想方设法解决和满足?检验着企业家的素养和水平。企业所要做的就是积极满足人的正当需求,并不断提高产品质量和服务的水平。什么都视而无睹,什么都马虎凑和,就不会有创意和人们生活的改善。

社会在迅速发展,有若干鼓舞人心的宏大目标,也许,从普通人生活的角度来说,我们都希望看到生活变得更安全、便利、精致,不再有那么多的假货,不要有那么多的劣制品,一些差强人意的产品再提高些质量,比如多一两项实用的功能……不要以为这是很小的目标,很容易实现。与百姓生活相联的各行各业需要振奋精神,认真、创造性地工作,提供更高质量的服务才可能达到。

(原载《中国青年报》2010年11月29日)

《愚公移山》不"可怕"

寓言"愚公移山"出自《列子》，愚公移山成功的故事，反映了我国古代劳动人民的伟大气魄和惊人毅力，说明要挑战命运克服困难就必须下定决心、坚持不懈的道理。毛泽东同志在中国共产党第七次全国代表大会闭幕讲话中引用这则寓言并加以发挥：现在也有两座压在中国人民头上的大山，一座叫做帝国主义，一座叫做封建主义。中国共产党早就下了决心，要挖掉这两座山。我们一定要坚持下去，一定要不断地工作，我们也会感动上帝的。这个上帝不是别人，就是全中国的人民大众。全国人民大众一齐起来和我们一道挖这两座山，有什么挖不平呢？

从此，这则寓言变得家喻户晓。愚公移山的精神，鼓舞教育了一代又一代人。尤其是遇到逆境困难的时候，很多人会想起愚公的故事，坚信只要像愚公一样坚持到底，就能取得成功。

最近，诗人席慕蓉在南开大学演讲"隐性的价值"。历史系的一名学生请教，在拯救生态中"价值的作用更大还是技术的作用更大"，席慕蓉回答，如果我们的心是贪婪的，文明的归宿恐怕是可怕的。我们一直要更便利、更快、更豪华，所以才会出现开采露天煤矿等短视的破坏生态的行为。在这个问题上，每个人都有责任从自身做起。

说到此处，她突然"跑题"问起在场的学生，现在的语文课本里是不是仍然有《愚公移山》？得到肯定答复后，她说："拜托把《愚公移山》的课文一定要搬走。"在她看来，这个寓言故事"太可怕了"。因为门前两座大山挡路，愚公就决心把山平掉，自己死了有儿子、儿子死了还有孙子，子子孙孙无穷无尽，一定要挖平大山。席慕蓉说，如果这篇课文还在，"我们一起投票把它否决掉"，因为有时我们要学会"对地球退让"。

站在环保的立场，初看她的说法有一定道理。近代以后，人与大自然盲目对抗的事太多了。即使是按照经济的眼光来看愚公，人们也会诘问：山在那里，为什么不"搬家"呢？一家几口背上行李，翻过大山，走不多远，就可以到达城市，如果嫌城市喧闹，还可以定居在土地肥沃的平原村庄。

但我们应该知道，那是一则古代的寓言，对其内涵，是不能胶着地去理解进而机械地评论的。况且，人与自然本有对抗的一面，尤其是在古代，大自然曾给人类以巨大的压迫。更重要的是把握寓言的精神。愚公移山是一种极而言之的隐喻或象征，愚公精神之可贵，就在于他在命运或困难面前，想了常人不敢想的事，付出了常人难以付出的努力。毫无疑问，愚公精神在当代仍值得我们学习。今天讲愚公移山，并不意味要鼓励与自然对抗。

学习愚公，要学习他"自力挖山"。愚公或许可以把问题推给集体，留给后人。没有人要求一位"年且九十"的老人去完成这项"不可能完成的任务"。愚公一定考虑很久了，他要奋力一搏，"吾与汝毕力平险，指通豫南，达于汉阴，可乎？"豪迈之气，让人敬佩。在统一了家人思想之后，马上付诸行动。一个人搬掉几块石头并不难，难的是坚持，子子孙孙永远干下去。在挖山的过程中会遇到很多困难，比如吃饭问题、伤病问题、有人说闲话问题，等等。可是无论遇到什么问题，愚公都没有动摇，矢志不渝，带领家人挖山不止……

今天，我们面前还横亘着一些"高山"。比如严峻的环境污染问题，据说，这已是促使若干精英移民海外的原因之一（他们很像智叟吧）。令人鼓舞的是，在中国治理环境问题中，已经产生了愚公式的人物。1983年，退休老工人李双良开始对太原钢铁集团堆积了近40年的废渣山进行治理，因为这个庞然大物不仅影响生产，而且给城市环境造成污染，给百姓健康带来危害。老人用7年时间变废为宝，将面积有5个天安门广场那么大的废钢渣山搬走。他因此成为联合国环境规划署"全球500佳"金奖获得者。这不正是愚公精神在当代的生动体现吗？前几年，艺术家们把李双良的事迹改编成电影，名为《愚公移山》，不仅反响上佳，片名也比较恰当传神。

愚公移山精神的精髓，就是信念、信心和实干。信念坚定、信心充足，才会为伟大的事业奋斗终身。事业的成功与实干密不可分。今天，应该有更多像愚公的人直面前进道路上的困难和挑战，求真务实，埋头苦干。有了这样一股劲头，就没有克服不了的困难，就没有实现不了的梦想。

"愚公移山"的激励作用还会在中华大地上一代一代传递下去的。

（原载《中国青年报》2014 年 6 月 16 日）

让手帕回到我们的生活

到住处附近一家刀削面面馆吃饭。这家店的面做的不错，平日吃饭时间尤其是中午，常常是顾客盈门，食客多是在附近公司上班的年轻人。

已是下午 1 点多了，过了就餐的高峰时段，店内稀稀拉拉只有几个人在吃饭。我点好面付完钱，走向餐桌，桌上和地面有些杂乱，其中有很多是揉成团的纸巾。我皱了一下眉头，心里嘀咕着："用了这么多纸巾呵……"想服务员刚才忙前忙后的，还未顾上打扫。

坐在那里等饭时，我突然想到手帕。很多年前，手帕在我们的生活中扮演着"大"角色，无论老少男女，擦汗、抹嘴甚至装扮，都离不开它。遇到感冒流鼻涕，手绢更是派上用场。手帕脏了，洗洗再用。只要不丢，一个总会用上一年半载的。

手帕不仅有实用功能，而且承载了一代又一代人美好的情感和记忆。太久远的事且不去说了，就说 20 世纪，"丢、丢、丢手绢，轻轻地放在小朋友的后边，大家不要告诉他，快点快点抓住他……"曾几何时，小孩子多会唱《丢手绢》，几个人围成圆圈蹲坐在一起，一个人拿着手绢绕着圈走，然后悄悄地把手绢丢在某个人的身后……这首耳熟能详的童谣带给孩子无尽的乐趣，留给早已成人的"孩子"美好的回忆。七八十年代，女孩子用手帕在长发上扎个蝴蝶结作装饰，是相当时尚的。手帕甚至可以成为爱和希望的象征。当年日本电影《幸福的黄手帕》曾在我国掀起观看热潮，那飘动的黄手帕讲述了一个动人的爱情故事，感动了多少人！

从什么时候起不带手帕，用上了纸巾？我自己的准确时间记不清了。作为一种时尚，是20世纪80年代后渐渐兴起的，顾客不带手帕与店家提供纸巾，互相推动，不知不觉，就餐的顾客用自带手帕的越来越少，大、小饭店餐桌上都摆放了免费的、质量不一的纸巾，顾客尽可使用，服务员随时添放……这一习惯几遍及全国城乡各地，一切都好像很自然。如果有饭店不提供纸巾，顾客倒有些觉得不正常、不习惯了。

在一篇留日学人写的介绍日本人怎样做垃圾分类的文章中，读到下面的一段：

说到环境，不得不提日本的一道亮丽的风景线：手帕。在日本，几乎看不到随地吐痰的人。日本人通常随身携带着手帕，而且还不止一块。天热时用来擦汗，感冒咳嗽了也可用来擦鼻涕或痰，实乃居家旅行之必备物。而且日本的手帕做得非常精美，销量特别好，是最受人喜爱的礼物之一。"阿女默无声，手巾掩口啼"，每看到日本人用手帕，我就会想起这句诗，脑海中浮现出国内古装剧里看到的古代繁华热闹的街道与才子佳人的场景。用面巾纸的，基本可判定为初来日本不久的外国人。

日本在现代化、经济发展上比我们先进，他们为什么把手帕传承下来而没有抛弃呢？听一位环保业内朋友介绍，国外手帕市场需求稳定，除了手帕使用的文化传统，更大程度是因为环保意识已深入人心，以及"绿色"消费导向的确立。用纸巾虽然方便，但无节制地消费纸巾有三大害处：一是消耗大量木材资源，生产 1 吨纸巾需要砍伐 17 棵 10 年以上树龄的大树；二是纸巾的一次性使用产生大量垃圾，造成环境污染；三是部分纸巾中含有荧光增白剂、氯等有害健康的化合物。为了环保和节约森林资源，"少用纸巾，多用手帕"已成世界潮流。

面对严峻的环境问题，我们该考虑改变目前过度使用纸巾的习惯吗？回答自然是肯定的。据报道，我国每年消耗纸制品约 440 万吨，1 吨纸制品要消耗 17 棵 10 年生大树，也就是说每年在生活用纸上就要砍掉 7480 万棵 10 年大树，这是一组异常庞大的数字，尽管洗手帕也要用宝贵的水资源，然而比起树木的消耗，消耗可循环的水资源，这笔环保账还是划算多了。

减少纸巾的使用量，除了一般的宣传，管理部门还可借鉴近几年开展的减少塑料袋使用量的措施和经验，至少开始引导饭店不再那么"热情"地提供免费纸巾等。企业家、设计家应根据时代的变化，设计生产手帕，新的图案、新的材料……吸引人们的目光，让人们重新拿起手帕。

口袋里装一块手帕吧，尽量节约一张或一包纸巾。这是生活中细小的事，人人可为，与我们企盼的蓝天白云、绿水青山的生活曲折相连，众多的人行动起来，便可有巨大的力量，而且从国外的情况看，用手帕也可以是时尚，并不落伍的。

（原载《杂文月刊》2014 年第 12 期）

书包，还是孩子自己背吧

早晨散步，经常遇到去上学的中小学生，有时在小区，有时在街道边，他们都行色匆匆，有的还边走边吃。有人说，中国的中小学生是比较辛苦的一群人。是这样的吧，特别是在冬季，他们走在早上上学的路上，天也才刚亮，寒气袭人。

中学生可单独上学去了，低年级的小学生一般多有大人陪送。有些小孩自己背着书包，也有不少是大人把书包提在手上或背着。曾看到同楼的一个小学生拉着行李箱样的包，我问陪同的父亲，上学为什么要拿这么大的包，他说里面装有电脑之类的。望着他们的背影，我还是感觉有些夸张。

大人疼爱孩子，书包又沉重，大人把书包拿在自己手上，也就成为街边比较常见的场景。这似乎没有什么不妥。

一位朋友发来介绍日本幼儿园的文章，图文并存，有下面一段：

这是很震动我的一个场景，早晚接送孩子的时候，看到其他日本家长，无论是爸爸妈妈，还是爷爷奶奶，手里一律空着，而那些少说也有两三个大包外加书包都由那些"花朵们"肩背手拿着，而且还都跑得飞快。我们呢，自然还是咱国内的传统，田田空手，我拿包。过了两天，老师就来和我聊天了："田田妈，田田在学校可是什么都自己做啊……"日本人惯于只说半句话，后面的让你琢磨去。我立刻就明白是在问家里的情形了，看我还在想，老师就说了"比方说上学时拿包吧"。这就是委婉的提醒。从此就只好让田田自己拿了。等开家长恳谈会时，我和大家说"在中国幼儿园，习惯了家长拿东西"，这回轮到日本妈妈目瞪口呆了，异口同声地问："为什么？"为什么？是不是因为我们中国人爱孩子更多一点呢？

看了这里的介绍，禁不住想，书包放在小孩还是大人的肩上，是一个问题，也许更有一种象征的意义。前几天早晨，我有意在北京史家小学一辆接送学生的班车旁驻足观察，孩子自己背包与家长背包的，大致是对半。如在幼儿园门口看，家长拿包的比率无疑要更高。

由于多年的计划生育政策，在大城市，小孩子好像成了"稀有动物"，一个小孩常有多位大人维护，受到格外关注——怕饿着、怕冻着、怕摔着、怕累着……为其背起书包乃至包办一切便是很自然的了。曾听一位朋友讲，他上大学时有一个高才生，从小到大竟然从未叠过被子。"家里只让他读书就行，没有接触过任何家务，不懂生活。"这听起来像开玩笑，但类似的事当不在少数。

小孩子从小到大受到过度的照顾，只要学习好、考出好成绩就行，失去很多自己摔打成长的机会。

还见过这样的报道，大学新生入学或毕业求职会上，陪同的学生家长忙前忙后，而学生本人则站立一旁无所事事；

一些学生毕业找工作，怕苦怕累，宁可在家"啃老"。《纽约时报》曾在头版报道这样的奇观：中国的大学毕业生年纪轻轻不肯"干脏活儿"，宁愿失业，让快60岁还在建筑工地打工的父亲接济其生活。问题表现在学生身上，但不能不说，很多学生家长的教育观念是有误区的，他们极可能是把应该孩子背起的书包不假思索地放在自己肩上的那群人。

天下的父母都爱孩子，却未必会爱孩子。邓颖超曾经说："母亲的心总是仁慈的，但是仁慈的心要用得好，如果用不好的话，结果就会适得其反。"过分的关心溺爱，实际上是剥夺了孩子遭受适当挫折、困难和学习爱护别人的权利。这样的孩子极可能只会享受，不知奉献；情感世界中高度关注自己，不知体会别人。与海外一些国家和地区比较，不难发现我们的教育观念还有亟待改变的地方。教育不只是为了升学，不只是提高智商，而是为了更好地生活。所以，小孩子学习之外，也无妨练习着干一点力所能及的家务。

谁拿书包，好像是不起眼的小事，但又不那么简单。为了孩子更好地成长，书包之类还是尽量由他们自己背上吧。转变教育观念，无妨从这里开始。

在同一篇文章中，与包有关的还有这样一段：

我们办理入园手续的第一天，幼儿园就向我们说明，要准备若干个大大小小的包。书包（统一）、装毛毯的包、装餐具的包、餐具盒、装衣服的包、装备换衣服的包、装换下来衣服的包、装鞋子的包，然后A包多少厘米长，B包多少厘米宽，C包放在D包里，E包放在F包里。我真是彻底崩溃了！搞不懂为什么日本人要弄出这么多复杂的名堂出来。有的幼儿园甚至要求所有的包都要妈妈一针一线缝制！经过两年，我们都对此已经驾轻就熟了，孩子也可以非常有条理地分门别类。我常想，京都人可以对垃圾精细分类处理而不觉其烦，是否和从小所受教育有关。

看看我们不少地方的垃圾分类还没有人认真执行，垃圾箱处乱扔乱放，一些规定形同虚设，看来此事也要从小孩子锻炼起。

（原载《中国青年报》2015 年 1 月 12 日）

"百影和尚"与成才

百影和尚，为清末民初三湘诗僧，原名寄禅，号八指头陀，又自号言难尊者。初在宁波育王寺为知客僧。一日，王闿运与易顺鼎游育王寺，行至山麓，闿运语顺鼎曰："寺已在望，何妨慢余。"（余，读吞字去声，湘潭土语。）于是并辔联吟打油诗。闿运先曰："一步一步余。"顺鼎曰："余入育王岭。"时百影适在道旁散步，因续曰："夕阳在寒山，马蹄踏人影。"闿运等闻之，大为佩服，自是到处宣扬其诗名。

百影作诗，好用影字，如"垂钓板桥东，雪压蓑衣冷；江寒水不流，鱼嚼梅花影"。又如"意行随所适，佳处辄心领；林深阒无人，青溪鉴孤影"。此皆以影字胜。某次，与顺鼎夜宿山寺中，顺鼎得句云："山鬼听谈诗，窥窗微有影。"以示百影，颇自得。百影曰："若将第二句改为'孤灯生绿影'则有鬼气矣。"顺鼎为之心服。百影又有岳麓看红叶诗云："日暮苍翠外，霜枫红转净。夕阳为画工，画出秋山影。"顺鼎极为赞赏，至欲以己诗百首与易，百影未许。三湘诗人以其诗中影字，皆工稳有致，因称之为百影和尚。（喻血轮：《绮情楼杂记》，中国长安出版社 2011 年版，第 134 页）

中国自古就是诗的国度，诗人多如夜空中的星星，那些著名诗人仿佛在后来者面前横亘的一座座山峰，鲁迅曾感叹，好诗几乎已被唐人做完。诗歌作品如果没有某种独特的东西，是难以被人们阅读欣赏的，更不可能在诗史上留名。

这位寄禅，写诗善用影字，给人独特的感受，获"百影和尚"的称号，也算是诗史留名。寄禅应感谢发现其诗歌特色并广泛揄扬的鉴赏家，前辈的揄扬，扩大了他的知名度，也一定给他很大的鼓舞。

"百影和尚"，一个独特的命名！仅此一点，在众多诗人中便脱颖而出，吸引人们去阅读欣赏他的作品。

青年多渴望成功、功名，这是向上的追求，应该得到鼓励和帮助。进入各行各业，特别是人文基础学科，面对前人的成就，难免会踟蹰彷徨：我能作出什么独特的成绩吗？通过什么途径才能达到目标？

百影和尚的事例或可给人一点启示和鼓舞。在自己有独特感受、独特体会的地方，无妨持续、细细地开掘，就可形成区别于他人的特色，哪怕是一点小的成就，也会逐渐被人们欣赏记取。在20世纪中国画坛上，一些巨匠成名亦近此法，齐白石画虾、徐悲鸿画马、林风眠画白鹭、李可染画牛、黄胄画驴、韩美林画猫头鹰，都赢得了很高的声誉，这些已是人们熟知的事例，他们经过慎重选择，刻苦钻研，使其成为自己独擅的题材，出神入化，登上画艺的高峰，也确立了在画坛的地位。

其实，一个人从事任何行业，都面临类似的问题或挑战。

应当坚信，路是走不完的，很多行业，都有新的可能性或机遇，关键看你能否发现和创造。干一行，就要不甘于一般泛泛，力争打造出自己鲜明的特色。年轻之时，选定一两个努力的方向，全身心投入地去追求，到一定阶段，卓然有成，服务贡献于社会，同时也实现自我价值，而不是因时光虚度、人生庸碌而喟叹。这当是人生欣慰的事。

青年朋友们，选好人生努力的方向，开始切实地行动吧。

（原载《中国青年报》2015 年 2 月 2 日）

冯友兰把口吃转化为长处

冯友兰是 20 世纪中国著名的哲学家，才华卓著，著作等身。著述之外，他的讲演在三四十年代也有一定名气。现在一般人可能不知道，他口吃。对于讲课、讲演，这当然是一个明显的缺陷。

学生们在回忆他时，偶尔也会提到这一点。1941 年，张世英考取西南联大，年底到达学校，第一次看到的海报，就是冯友兰讲《论道统》。当时张世英念的是经济系，冲他的名气去听。教室里人挤得满满的，冯先生穿着黄色的长袍，外面的马褂是黑色的，上面有暗色的圆花，拿着一个皮包，也是黄色的，俨然一位道学先生。他上台讲道："我讲的题目叫论道统……统……统……统……" 全场大笑，原来冯先生有点结巴。但是，"那次听讲后留下的唯一印象是崇拜"。

还有一次，冯先生有一个讲座，是和一位英国人对话，用英文，主要是冯先生讲，那个英国人也讲了一些，"具体对话的内容是什么我现在不记得了，时间太久了，留给我的印象只是他的口吃，用英语说了一个 'di…di…different'，就惹得全场大笑"。

换一般人，遇类此场景，讲演的自信心要受到很大打击。

后来，张世英因对哲学有兴趣，转到了哲学系，听冯先生的课多了，"他讲课逻辑清晰，尽管口吃，但大家还是愿意听。他讲的很生动，逻辑线索很清楚。他的口吃，与他讲课条理之清楚、语言之简洁所形成的鲜明对比，反倒使他的讲课更引人入胜"。

冯先生的口吃，有时也招来同事的调侃。一次冯先生讲演，题目是"论风流"。演讲的主持人是罗常培主任，罗先生在开场白中说，冯先生今天讲演的题目是"论风流"，不知道冯先生是讲他这个胡子的"风流"呢，还是冯先生结结巴巴地说话的"风流"呢。冯先生当时蓄着胡子，胡子很长，比较乱；闻一多先生也蓄了胡子，闻一多胡子是三绺，比较整齐。所以，罗先生就开玩笑说，到底是他的胡子比闻一多先生"风流"呢，还是其他方面比闻先生"风流"呢？大家听后就大笑起来。

朱自清先生也听了这次讲演，在日记中写到，听之"大有'对叶茫茫'之感"。讲演稿整理后发表在《哲学评论》上，文章写的很好。

冯先生的讲演多是学术讲演，但不枯燥乏味，有时也出以幽默之言。据任继愈先生回忆，一次，他在哲学年会的一场学术报告中讲朱熹哲学。他说世上万物都是由"理"和"气"构成的；"理"就是原则、是形式、是结构，"气"是物质、是质料、是材料。比如说陶瓷茶杯，它有它的形状和结构，这是"理"；但做茶杯还要有陶土，这是"气"。做茶杯就是根据茶杯的形状把陶泥做成茶杯。物质在英文中又称为"材料"（stuff），冯先生把"材料"音译成"士大夫"，说"士大夫"并不是无用，还够个料。后来，他再谈到朱熹的"理"和"气"的问题时，索性把"气"叫做"士大夫"。

"'士大夫'并不是无用，还够个料。"——冯先生说此话时该是自信的神情吧？那时的他正处在自己人生的高峰，意气风发。

在昆明，杨振宁也曾慕名听过冯先生的讲演，几十年后，杨振宁还有印象，评论是独特的：

> 口吃的人通常演讲不容易成功，可是我听了冯先生的讲演以后，觉得冯先生把他口吃转化为一个非常有用的讲演办法，就是在口吃的时候，他停顿了一下，这样一停顿反倒给听众一个思考他接下来讲什么的机会。在这个情形之下，他后来讲出来的这个话，往往是简要而精辟，影响就很大，所以我认为，很多人喜欢冯先生演讲的原因之一就是他把口吃这种缺点转化为长处。

缺点转化为长处？言易行难。据说，丘吉尔有点大舌头，从政后需要讲演的机会很多，曾想做手术，但因风险大而作罢，后来他干脆把这变成自己讲演的一个特点。

一般来说，口吃的人本能地就畏惧乃至拒绝演讲的。化缺点为长处的背后凝结着冯先生的心力，勤学苦练不断提高是一定的。随意翻看蔡仲德先生编著的《冯友兰先生年谱初编》，可以发现，20 世纪三四十年代，冯先生确是经常讲演的，例如，1945 年 2 月中旬至 3 月上旬，他在河南老家办完母亲的丧事返回西南，自南阳至丹水乘长途汽车，沿途在当地讲演数次。又在紫荆关为河南大学文学院讲演一次。在西安应胡宗南之邀为驻军讲演一次。3月，在重庆第三次为中央训练团讲演两周……

对演讲一事冯先生自己有什么陈述总结吗？我读冯著不广，尚未发现。透过演讲一事，倒是可以感受到冯先生执着向上、豁达从容的人生态度呢！人生难免有缺陷，调整心态，勇于面对，不遮掩不退缩，经过刻苦实践，在一定程度上使缺陷转化为长处，这令人赞佩。冯先生演讲上的努力和成绩给普通人以激励。

（原载《新天地》2015年第6期）

像李霁野先生那样行动

在书店里，看到李霁野先生的《唐人绝句启蒙》，有一点惊奇。李先生是老一代著名翻译家、外国文学专家，受鲁迅先生影响较深。30 多年前我在南京大学读书，一天傍晚，我漫步到南京五台山体育馆附近，在一家小书摊买过他译的外国诗集《妙意曲》，书名典雅含蓄。此书伴我从南到北，滋润过我的心灵，几次搬家，竟未丢失，仍在寒斋书架上。

他什么时候研究唐诗的？有什么见解？随意地翻看，这是面向普通读者特别是孩子们的选本，选诗不止于常见的那些，范围颇广，比如，杨敬之"平生不解藏人善，到处逢人说项斯"，为人传颂，表现了他爱才敬贤的高尚品质，项斯的诗写的如何？此书就顺便给读者选了一首。类似的例子还有不少。评析结合自己的人生经历，娓娓道来，灵动而不机械。决定买下。

待回家读了书前韩敬德先生"亲切的启蒙"一文，我有了一点别方面的感想。

据韩先生介绍，我们得知此书的缘起：李先生以 80 岁的高龄，为自己的孙儿辈编选这两个选本（另一本为《唐宋词启蒙》），一方面，可以看出他对诗歌陶冶性灵、澡雪精神作用的重视。他引用英国诗人丁尼生的诗句说："我知道天下没有比好诗更灵巧的教师"，他认为"好诗能启发我们发觉生活中的真善美，纯化我们的心灵"。他的选诗讲诗实践承续的正是从孔子开始的中国"诗教"传统。

另一方面，从相关材料可以得知，李霁野先生对从这三个孩子身上体现出的当代学校教育的弊端深有体察，极为愤怒。吴云《缅怀李霁野先生》一文中写道：

> 八十岁以后，有件事很让李先生恼火：孙子和孙女在两所重点中学读书，这两所学校留的作业较多，他们每晚都要十点或十一点才能完成作业。我那时每次去看李先生，谈话重点总是这件事。他让我到市教育局上告这两所学校，说他们办的是"摧残孩子的教育"。他还曾一人拄着手杖，到其中一所学校找校长，大骂他办的学校是"杀人教育"。（《唐人绝句启蒙》，北京出版社2016年版，第3~4页）

老人没有止于愤怒。他重拾中国家塾传统，自己动手编选诗歌，给孩子讲解赏析。想他已80岁高龄，虽然有以前打下的雄厚基础，但为了讲准确讲好，他也要再翻查一些工具书和资料吧。两本书加一起，三十多万字，没有课题资助——不可能有的，为了下一代教育，老人呕心沥血的行动，着实让人感动！

三十多年过去了，让老人愤怒的一些现象改变了多少？对于中国教育，人们尤其是家长们仍有许多不满或抱怨。在小区常遇到背着沉重书包低头前行的学生，曾看到同楼的一个小学生拉着行李箱样的包，我问陪同的父亲，上学为什么要拿这么大的包，他说里面装有电脑之类的。望着他们的背影，我还是感觉有些夸张。有时经过学校，看着孩子中不少的"小眼镜""小胖墩"。类此种种，不难联想到教育的问题。一次我与一位女士聊到教育——她有一个上中学的女儿，我说：现在小孩的学习负担过重，把身体都搞垮了。她有些激动地说：除了有形的摧残，更有无形的精神心灵的伤害。我的女儿学哲学，背了些教条，你都无法跟她对话了……

家中饶于资财的已纷纷把孩子送往国外，留学孩子的年龄越来越小；普通家庭，动用关系、钱财，千方百计把孩子送进重点小学中学……为了不让孩子输在起跑线上，竞争甚至已扩展到幼儿园、学前班的小孩。经过如此折腾，孩子是否快乐？是否有益他们的成长？没有人能回答得清……

除了表达不满或跟随分数指挥棒转，孩子的父母们还能做些什么？李霁野先生给我们一些启示。父母是孩子的重要老师，为了孩子更好地成长，您必须行动起来，与孩子一起干些什么，弥补目前学校教育的不足或偏失。

李霁野先生讲："好诗可以使我们的感官锐敏，是一把打开我们心灵的金钥匙，使我们对人间一切真善美的东西可以心领神会，并用这一切作为鼓舞我们的源泉和力量，向人生的最广处探索，向人生的最深处追求，向人生的最高境界攀登！"对优秀诗歌作用的揭示多么简洁深刻！假如您认同这段话，便可以开始您的"诗教"，教材呢？就用李霁野先生这本便不错；假如您觉得学校教育只重视书本，脱离社会，您可以设计些参观考察，让孩子增加社会知识，不是说城乡失衡吗？您可以带孩子到农村的亲戚家走走，乡村的生动见闻自会留下印象，引发他的思考；假如您觉得学校不重视体育，孩子的体质开始下降，您可以在放学后或周末，与孩子打球跑步，选择一两项体育活动，风雨无阻地坚持，增强体质，磨炼意志；您说，我没有多高的文化呀，只是一名家庭妇女，那好，如果您做的一手好菜，何不让孩子走进厨房，给他讲讲烹饪的门道——这也是一个丰富的世界，各行业的道理很多是相通的，说不定某句话就给他启发，再说，小孩学会做饭，很好的，独立生活后不只是吃快餐、叫外卖……

想让孩子成人、成才，千万不要忘记自己行动的力量。有一位前辈，他的几个子女都有不错的成绩。我向他请教，他只淡淡地说：我们很少说教，重视身教，他见你认真地工作，潜移默化，自然影响到他。

三十多年前，聆听李先生讲诗的孩子们是无比幸福的，几年后，两本家塾教材走向了社会，发挥更大的文化传播作用，至今还在重印，给人启迪，李先生的心血没有白费。今天，如果有更多的父母行动起来，当可有益孩子的成长，积累更多的经验成果，一点一滴汇集起来，与学校教育互动，一定会推动中国教育的完善进步。

(原载《东方早报》2016 年 8 月 2 日)

治安小标尺

从一家体育馆出来，沿街西行。没走多远，见几个工人正在街边忙碌。

街北边是一很大的小区，小区靠街原有一人多高的铁栏杆围着的，工人们正向上装置铁蒺藜线，地上散乱摊放着几捆铁线和工具。看已装好处，铁蒺藜线好像画着圆圈向前延伸，约有一尺半高。看上去墙围护的像是军事区域，与周围环境显得太不协调。我暗想：有必要装吗？

那几天，我注意观察，像这样加高围墙的小区已有不少呢。

过了一段，早晨我出外散步，刚回到院内，远远见楼下围着几个人在谈论什么，走近一看，原来是旁边单元一位六十多岁的老者在讲述凌晨发生的事：

"……昨天晚上，我吃的涮羊肉，睡得不实，夜里四五点钟，听到有动静，我起来一看，大厅窗户处好像有人在推窗，我拿手电一照，果然有人！他一时也愣住了，是个年轻人，三十来岁。他要是没拿刀子，我冲过去就可以抓住他头发了。我喊小区保安，半天也没回应，保安要是过来，我们就可把他抓住，结果，让他跑了……"老人住在三层。旁边有人说：小偷一晚走了三家，有一家还是六层，你说他怎么爬上去的呢？另一位说：嗨，对小偷来说，这还不容易，你看那放空调的地方，顺着很容易就上去了……人们叽叽喳喳议论，两三个小区保安也在查看着。想来有点后怕，所幸没有伤人。

看来确实有隐患。一些小区加高围护栏，是根据治安状况恶化而有的无奈之举，是对小区居民安全负责。冬天晚上关窗，夏天晚上也关窗，有点不现实。回家我跟爱人说起，她说：要不我们也装上防盗窗，你看我们楼那么多家都安装了。我说：看看再说吧，别增加"恐怖"气氛了。饭后，我仔细观察了窗户的结构，到木材装修处，买回两根木条，锯开，放到窗户滑沟内，使窗户只能推开三分之一，人从外边不能进屋。想想这一"发明"，也只是增加小偷入室的难度而已。

人身、财产安全是人们最关心的问题之一。多年来，为了防盗，人们不断总结，互相学习或跟风，毫不吝惜地一路增加安全成本。二十多年前，城市兴起安装防盗门热潮，几乎家家装上；不知从何时起，又开始安防盗窗，一层、二层安装，还好理解，六层、七层甚至更高楼层也要安装，有的楼齐刷刷自下到顶几乎都安上了防盗窗。一些楼的单元门装上电子门，出入刷卡，后来小区门出入也要刷卡，有的小区电梯竟也要刷卡！以致有人开玩笑地说，自己把住的家逐渐建设得像监狱。望望窗户边的铁栏杆，围墙上的铁蒺藜线，身居其中，不是有几分像了吗？

自行车上多有锁的，人们还要备一把链锁，走到哪里，把自行车与铁栏杆等固定物锁在一起才安全，不这样，车就容易丢；地铁、公共汽车内，人们多把双肩背放在胸前，看上去像是孕妇的样子，听人说明，如放到肩后，小偷容易得手，拿刀片一划，里面东西取走，自己却不好发现；你到银行取点钱，一进门，高亢的播音响起，"请注意身边是否有可疑之人，不要给陌生人汇款"，搞得人有点战战兢兢，曾见报道说，一人在取款机上取款，一分钟竟回头几十次……

前几天到一家学前教育机构办事，已到下班时间，与一位相识的老师一起下楼，我问："你怎么走？""坐公共汽车。""平日不是骑电动车吗？"她苦笑："丢了，就在楼下。"丢车是比较常见的事，我没有特别吃惊的表示。她又说："好笑的是，我到派出所报案，警察说有录像也不好找的，问我骑几年了，我说骑了一年多，他半开玩笑地说，骑了一年多，该丢了。一辆车，三千多元，没了。"我介绍"经验"："你把车与铁栏杆等固定物锁在一起就不会丢了。"说这些对她有点晚了。而且，这算什么"经验"呢？

这类场景，人们见多了，已不觉稀奇，但退一步想想，与建设国际大都市、和谐社会的目标是不协调的，值得有关部门认真对待。百姓在家或出外办事总要小心翼翼甚至是提心吊胆，担心财物丢失等，这很难说是幸福的状态。一个旅行者，走在大街小区，看到上述景象，不难推想这里的治安还不太好的。人们缺乏安全感、各种偷窃频发，背后更反映着社会的其他问题，与城乡失衡、失业增多、教育失误、民风下滑等有或近或远的联系。

习近平主席在首个全民国家安全教育日前曾作出重要指

示：国泰民安是人民群众最基本、最普遍的愿望。要坚持国家安全一切为了人民、一切依靠人民，动员全党全社会共同努力，汇集维护国家安全的强大力量，夯实国家安全的社会基础，防范化解各类安全风险，不断提高人民群众的安全感、幸福感。

与百姓利益密切相关，百姓关心的事就要真抓实干，抓出实际效果。常识告诉我们，人们采取的安全措施与治安状况是互动的。我们可以畅想，假以时日，治安状况大大改善，人们将锈迹斑斑的防盗门窗卸下，不再购置；小区不用加高围护栏，甚至把围墙拆掉，行人自由地来往通行；出外办事自行车放在一处，即使忘了上锁，也不会丢失，锁几乎成了多余的装饰……与防盗相关产品的销售量急速下降，厂家经营困难，纷纷转产。

有读者看到这里，可能会说，你这只是畅想，要实现谈何容易！当然，一个城市要有好的治安状态不是一蹴可就的，需要综合施策、协同推进，各行业持久共同地努力，这是建设和谐社会应有的目标，百姓幸福安宁的外在条件。防盗门窗的多少、围墙的高低有无等可以是衡量一个地方治安状况、政府工作的小标尺，一个实实在在的标尺。

我们放开眼光，转变思维，在治安上就不会只在"消极防守"的路上固守，以为上述目标是不可实现的。剧作家吴祖光 20 世纪 50 年代收入不错，买有一辆进口自行车（当时稀有程度相当于现在一辆豪车了），到晚年，他还念念不忘，出外办事，到地方把车随手一放，很少上锁，骑了多年也未丢；二十多年前，我在日本一座城市的大学访问研究，偶尔与日本老师学生晚上聚会，他们喜欢一晚要走两三家酒馆，日本俗称"爬梯子"，以表示彼此关系之亲密。聚会结束时多到午夜了，让我吃惊的是，女学生多独自一人骑自行车或坐车回家，并不见人护送。一天，我终于按捺不住好奇，问日本朋友：不担心她们的安全吗？他笑着回答：没问题的。城市边上可以看到私家建的小院，多是二层楼，有的有一人高的围墙，很多根本就没有围墙。

自古以来，人们常用"夜不闭户，路不拾遗"描述一个安定的社会，"鹅湖山下稻粱肥，豚栅鸡栖半掩扉。""钓罢归来不系船，江村月落正堪眠。纵使一夜风吹去，只在芦花浅水边。"……其中的安宁、祥和令人憧憬，我们深信，历史上曾出现的夜不闭户的升平景象，经过不懈努力，一定能在祖国大地再现。

2016 年 5 月

敬菜·赠品

到外面饭店吃饭，要有耐心，尤其是节假日，人多、上菜慢之故也。本不太饿，一边与朋友聊天一边等待，问题不大；逢到已在外边活动半天，又累又饿，而点的菜，迟迟不上，便难免不时顾望，与服务员沟通，"我们点的菜，等半天了，看给催催，先上一盘"，说了两次，仍不见动静……

经营者对这一情况也不是全无动于衷，比如，有的店在顾客坐定后，免费提供一两小盘现成菜（花生米、泡菜之类）或米粥，既缓解顾客等待上菜时的焦急，更让顾客感受到店家的热情。

卢前先生几十年前在一篇文章中谈到南北风俗的不同：

这儿所谓北方，在河南就是这样。最显著是上馆子，无论大小店家都是热忱招待，一见面就说"你老，久不来啦！"尽管你还是第一次到那家去。等你入座以后，问你要菜。在所指定的菜以外，一定还有一样菜，不要你付值的，是谓"敬菜"。就是你们在小吃，他这"敬菜"也少不了。例如开封书店街的味莼楼，据说还是百年老店，他们所用"敬菜"多半是甜食。我问过跑堂的："你们敬菜不收钱，可不贴本了吗？"他笑道："你老多给几个小账，就在里面了。"敬菜之风，在河北、山西、山东，大概都很普遍，渡了淮水，似乎就不见有此习惯，在江南更无此例。这不过是一种营业方式，也可以说是广告术。有老馆子以"敬菜"出名，反而它所烹调的普通菜不如"敬菜"，这也是不足为训的。解放以后，我不知道还有这敬菜的风气否？（《卢前笔记杂钞》，中华书局2006年版，第170页）

店家向顾客表达的那种温情是让人向往的。不用细细考证，此风气消失已久，对很多人来说，"敬菜"一词很陌生了，或根本就是闻所未闻。看罢这段记述，不难想到，在和气生财、经营等方面，现今一些店家的服务还有不少改善空间，过去一些优良的传统也有待传承发扬。

现今店里的赠品菜或类乎过去的敬菜？也许是吧。一辞之异，折射着社会的某种变迁。

一次，我在一家火锅店就餐。点的菜服务员都已端上来，我开涮。过了一会儿，服务员又端上一盘菜，"我们送的"，出乎我的意料，当然高兴，但点的菜已足够吃了，我笑着拒绝"谢谢，不用了，你看我点的菜已够多了，吃不了那么多啊"。"吃吧，抗雾霾。"服务员热情地坚持说。那几天雾霾沉沉，人也老咳嗽。菜是木耳和鸭血拼盘，可能确有抗雾霾的作用。盛情难却，"那我就尝尝吧"，各取了一点，其他请服务员端回。她可能觉得有些奇怪，送菜还不要！后来听旁边一顾客讲，店里在搞活动，消费超过多少元，店家就再赠送一盘。我在那里想，活动有改进的空间呢，店家用赠品鼓动顾客多消费，很可能带来浪费。

不管是赠品，还是敬菜，努力拉近与顾客的感情，提供优质的服务，总是好的。这将是和谐社会一个小的侧影。赠品或敬菜的量不需要大，宜少而精，如能有店家独特用心地选择烹饪，给顾客留下一些印象，就达到多方面目的了。此外，菜单上或顾客点菜时加以说明，以免点多浪费，这也是当今社会应有的意识。

希望社会生活的各个方面，人和人之间都相互"敬菜"，充满温馨。

（原载《中国青年报》2016 年 5 月 3 日）

旧时"认真法"

　　一位朋友在药监部门工作，很有一段时间没见了，我们相约见面。朋友面有倦色，我关心地问"工作忙吧？注意休息，别累坏了身体"。他喘了口气，说："可不是，忙，最近管区内发生了两起食品中毒案，接到报警电话已是晚上，马上行动，调查就要忙到后半夜去了……""辛苦，辛苦！"

　　饭店，人们聚会就餐的地方，因工作人员马虎大意，饭菜中出现蟑螂、苍蝇等异物，引发顾客与店家纠纷，偶尔可在媒体报道中看到的，出现食物中毒，那后果就更严重了。听朋友讲，一件发生地还是规模较大的饭店，约 10 人有中毒反应，送往医院检查。以前我在那家饭店吃过饭的。

　　食品出现安全问题，当然要迅速出动药监人员，收集证据，查出问题根源，根据危害程度，严肃处理。这是十分必要的。

　　换个思考角度，倘若饭店经营从业人员认真敬业，这类失误、事故虽不能完全避免，但减少很多是一定的。

　　旧时也有认真的经营者。齐如山晚年充满感情地回忆过去饭店的讲信用，认真经营。

　　　　从前东城隆福寺胡同路北，有一家饭馆名曰宏极轩，专卖素菜，凡认真吃素之人，都往他那儿去吃，买卖异常兴隆，尤其是各王公巨宅之老太太，每逢初一、十五，多系吃素，她们对于自己宅中之厨子信不及，以为他们用的刀勺，常做荤菜不洁净，永远派人到宏极轩去买。所以每逢初一、十五，他门口车马如市，都是来取菜的。为什么大家这样相信他呢？当然也实在可信，每天早晨派人到市上去买菜，掌柜的便坐在门口，买来之菜，他都要详细盘查，不但肉荤等物不许进门，连葱蒜薤韭等物，也绝对不许有；本铺中的人，年之久，连一点葱花都吃不到，这样的作风，安得不使人相信呢？安得不发财呢？

前门外大蒋家胡同路南，有一个宝元馆，他另有一种认真法。掌柜的终日坐在厨房门口，每一菜做出来，他先看一看，才许给客人端去，倘他认为不够好，他便把菜扣下，使厨房另做；不够水准，不能给客人吃。这样情形去吃饭的人是不会不满意的。（齐如山：《北平杂记》，当代中国出版社 2016 年版，第 96～97 页）

从文字中看，店面可能都不大，店主表现的认真敬业精神，让人赞佩，店赢得了信誉，生意自然就会兴隆。这种精神不是很需要继承发扬吗？

中国向以美食著称于天下，但不可否认，有些地方的烹饪存在不注意卫生、美观等问题。有时在中小饭店就餐，偶尔经过后厨门窗，往里面看一眼，其中脏乱程度，令人食欲大减，烹饪人员的工作服污渍斑斑，食材上落有苍蝇……近些年，在商业大潮中，个别经营者只是一味逐利，对有问题或造假的食材睁一只眼闭一只眼，甚至有意弄虚作假，如此经营，出问题是早晚的事。一旦出现中毒事件，给消费者带来严重危害，媒体曝光，在食客中迅速口耳相传，人们避之它去，要挽回信誉和顾客，就不是短时间能做到的了。

我有一位老朋友聊起他的在外就餐经验：少吃或不吃凉菜，容易出问题；不吃肉丸，包子、饺子不吃肉的，肉馅质量难保证，要吃就吃西葫芦鸡蛋等素馅的；不喝鲜榨果汁，用了多少水果说不清……有一位著名前辈，他晚年奉行"三不"主义，其中之一便是不在外面饭店吃饭，与他在北京一起开会，到吃饭时间，他还真是提包回家。没问过他原因，可能包含着对饭店饭菜的不信任。当然他家中条件好些，有人给他做饭，这一条普通人不易坚持的。这类经验，透露着消费者的无奈，是消费者无言的反击，不知店家看了有什么感想。

前几天晚饭时间，经过出事的那家饭店，特别注意看了几眼：出入的人不多，一层有一面熄着灯，给人冷清的感觉。这或许是中毒事件的消极后果。而不远处几家大小饭店人声鼎沸，桌椅已摆到门外空地。听说这家饭店在谋求多种经营，有一层正装修健身馆。但是，如果没有认真吸取教训，严格整顿，重塑敬业精神，游泳池的水能达标吗？健身馆能经营好吗？至少我有疑惑，要看一段才敢去的。这该怨谁呢？

对餐饮服务行业来说，认真"自查"，不拘泥于形式，就是要敬业爱岗，不拿顾客的健康、生命当儿戏，精益求精，努力提供合格、可靠、优异的产品和服务，赢得消费者的信赖。有关部门也要注意调查研究，制定政策，积极扶持，引导推动这一行业向更卫生、更优质的方向发展。

宏极轩——店名典雅，提供素菜，符合未来饮食的潮流。如果有有心人寻访老人，再收集相关资料加以研究，在隆福寺一带恢复——包括那时的一些经营方式，给中外食客增加一个有特色的去处，成为餐饮行业的一种标志，是有意义的，这可是老字号啊！

2016 年 5 月

鸽子的新征程

　　住处附近有一些人养鸽子。有时在屋内抬头瞭望窗外，或走在路边，经常看到一二十只鸽子在天空有力地飞翔，它们盘旋着，忽高忽低，队形不时轻松流畅地变动……飞翔的鸽子，是我们城市上空的独特一景。

　　我没有养过鸽子，有关鸽子的知识有限，只是喜欢观赏。

　　附近有一较大的小区，有一家养着鸽子，主人住一层，在靠窗户处搭了两间简易的鸽子屋。里面养了100多只鸽子，"咕咕，咕咕……"叫声此起彼伏，有许多叫不上名字的品种。每次散步到这里，我都驻足观看一会儿。前一段，正赶上主人在鸽子屋忙碌着，像是在给鸽子喂食。这是一位50多岁的男子，额头裹着毛巾。我点头打招呼，他微笑着回应，我们聊了起来。

　　"您养这么多鸽子，光饲料就不少钱吧?""是啊，从上中学就喜欢养，几十年过去了。不过，它们参加比赛，拿一两个奖，成本就回来了。"我没有询问奖金的多少，估计应该不少的。养鸽发烧友有组织，还有比赛，有意思。我指着一只看上去颇健壮的鸽子说："让它参加比赛应可一举夺魁。"他笑笑："鸽子比赛不是一场定胜负，要参加200公里、300公里、500公里3次比赛，看综合成绩定名次。""哦，这么复杂。"

他话题一转，"去年冬季，5万多只鸽子运到河南一地参加比赛，比赛那天正赶上严重雾霾，结果只有一只飞回来！其余大部分迷落在当地，有人抓这些迷路的鸽子，还发生几起伤人事故。""看来，雾霾之下，鸽子也是受害者。以后比赛，也要关注空气质量预告才是。""可不是，那场比赛，我的损失大了……"

以后，再看到飞翔的鸽子，我总想起鸽子们的那次"滑铁卢"。蓝天白云下，它们飞得轻松欢快，遇到灰沉沉的天气，飞得一定很沉重很吃力。鸽子也不喜欢雾霾下呼吸飞翔，那是一定的。但是，它们比人更无可奈何，除了忍耐，还能如何？无处可逃。

没过多久，看到一条独特的、令人鼓舞的消息：

英国首都伦敦上空出现一支特殊部队——鸽子。它们携带空气质量检测仪，对城市上空二氧化氮、臭氧等污染物进行实时检测。这项为期3天的活动名为"鸽子空中巡逻队"，旨在提高公众对大气污染的认识。

10只训练有素的鸽子从伦敦北部富人区樱草山出发，飞往伦敦上空执行任务。其中一只鸽子背上绑着轻巧的空气质量检测仪，另一只鸽子绑有全球定位卫星系统。重量仅为25克的空气质量检测仪记录下车辆排放的二氧化氮等污染物。当地居民在社交网站上关注活动账号，就可以获得所在区域的空气污染指数。

据活动发起人皮埃尔·迪凯努瓦介绍，活动灵感来自战争时期鸽子的广泛运用。两次世界大战期间，鸽子都曾被用来传递信息、拯救生命。鸽子的飞行高度相对较低，一般在30～46米。迪凯努瓦认为，让鸽子携带可移动空气检测仪是可行的，而且鸽子不会受伦敦交通拥堵的影响。伦敦大学国王学院大气污染专家加里·富勒也认为，让鸽子"开始工作"是件好事，"这是我第一次听说，动物携带检测器为我们提供大气污染数据。"

伦敦的做法富有创意，值得借鉴。或许用不了多久，经过科研人员、养鸽发烧友的努力，我们的鸽子再度升空，也担负起大气污染的检测工作。想到鸽子与人类并肩投入抗击雾霾的战斗，令人振奋。

还是从上面的报道中看到，鸽子时速高达129公里，这相当于1小时跑3个马拉松！真是神奇的力量。在保护地球环境的战斗中，人类、动物都将焕发出神奇的力量。

(原载《中国青年报》2016年8月1日)

四

　　人对时间的感觉有时确是相对的。很多时候，一想到百年千年前，不禁感叹：那么长的时间过去了，看古今人类生活的外在物质方面发生了多大的变化！但转念又想，人内心精神的变化远没有物质生活的改变那么简单容易，仍然是参差不齐，美丑善恶杂陈，时间的流失又仿佛与我们关系不大似的。百年千年前的贤哲仿佛还生活在我们中间，与我们一起面对人类精神心灵上的危机。

蜀汉人物二题

三国是中国历史上人才辈出的时期，即使是国力较弱的蜀国，也有很多杰出人物。第一代主要人物已被人们研究论说很多了，这之外一些人物的命运或结局也值得回味和评说。

（一）

诸葛亮培养的第二代人才中，费祎是杰出的一位，品德、才华似都不错。

费祎观察力敏捷，长于说理。最早在与东吴的外交谈判中显示杰出的才能，连孙权都颇为折服，对费祎说："君天下淑德，必当股肱蜀朝，恐不能数来也。"并以常持的宝刀赠送。费祎记忆力甚强，过目不忘，因此工作效率极佳。军机大事虽多，但他应付得很轻松，仍有空闲和宾客饮酒嬉戏，从不耽误公事。费祎谦恭朴素，家中从不植财，两袖清风。儿子皆布衣素食，出入常不跟随车骑，和一般人无异。

建兴八年，费祎随诸葛亮北征，任中护军，后迁升为司马。除日常工作，费祎时常协调魏延与杨仪的矛盾。魏延"善养士卒，勇猛过人"，是一位优秀的将领，独立作战能力甚强，长期被任命为前锋军团的统帅，但他秉性矜高，时人皆避之，不愿与他争锋，似乎只有诸葛亮指挥得动他。偏偏

285

诸葛亮的参谋部，出现了一位怪杰——杨仪。这位财政及运输上的高手，深得诸葛亮倚重，成为最重要的左右手——首席参谋。史传记载杨仪心胸"狷狭"，恃才傲物，蜀军中只有他敢公开瞧不起魏延，以致两人形同水火，只要在一起开会，必争得面红耳赤，"延或举刃拟仪，仪泣涕横集"。"祎常入其坐间，谏喻分别，终亮之世，各尽延、仪之用者，祎匡救之力也。"这对蜀国、对诸葛亮北伐确是十分重要的。

诸葛亮去世后，魏、杨的矛盾迅速爆发，魏延被杀，杨仪自杀。费祎都参与其事，其表现颇令人疑惑。

诸葛亮病重，安排撤军，把规划和处理撤退工作的权力交给杨仪，让他不安的是杨仪与魏延之间的意气之争，为了把可能产生的意外伤害降低到最低点，诸葛亮并未让魏延参与撤军规划，以免影响杨仪的指挥权。在临终前的秘密会议中，诸葛亮要求姜维、费祎协助杨仪撤军。他以书面指示魏延负责断后，姜维助之，并告诉杨仪等三人："若魏延不服从撤军指令，不用等他，你们可指挥其他军团，先行撤离。"

可见，诸葛亮的确担心，魏延在他死后可能会闹事，但他相信魏延不会反叛，最多只是自己领军去和司马懿对抗。"亮适卒，秘不发丧，仪令祎往揣延意指。延曰：'丞相虽亡，吾自见在。府亲官属便可将丧还葬，吾自当率诸军击贼，云何以一人死废天下之事邪？且魏延何人，当为杨仪所部勒，作断后将乎！'因与祎共作行留部分，令祎手书与己连名，告下诸将。祎绐延曰：'当为君还解杨长史，长史文吏，稀更军事，必不违命也。'出门驰马而去，延寻悔，追之已不及矣。"

（《三国志》卷四十）

魏延所云，都是他之性格会有的想法，并不出人意料。倘费祎晓之以理，做些说服工作，魏延虽心中不悦，想会执行撤军计划的。费祎走后，魏延完全乱了方寸，下令自己的军团，先行进入斜谷口南归，不愿做全军的断后工作。他愈想愈气，竟下令全军布阵于斜谷线的南谷口，准备迎击杨仪的退军。

魏延后被马岱追杀，当他的首级被带到杨仪面前时，杨仪起而踏之说："庸奴！复能作恶不？"仇恨之心可谓甚矣。魏延一生勇猛而富胆识，却因和杨仪的争执，以致晚节不保，其悲剧下场，令人惋惜。

撤军之事终于完结。杨仪自以为功劳甚大，当继承诸葛亮之职秉政，但诸葛亮遗命中安排的继承人是个性豁达的蒋琬，杨仪转封为中军师，仍为幕僚长，没有统治的实权。杨仪认为自己比蒋琬资历深，能力强，功劳大，"于是怨愤形于声色，叹咤之音发于五内"，周围之人看他牢骚太多，纷纷回避。

费祎来看望他了。杨仪与费祎可谓老同事，在处理魏延之事上又站在一边，便口无遮拦，又说起谁先谁后，说到气处，便没边了，"往者丞相亡没之际，吾若举军以就魏氏，处世宁当落度如此邪！令人追悔不可复及。"（《三国志》卷四十）这话出自杨仪之口也不奇怪，如是真正的朋友，费祎理当斥责杨仪的糊涂，妙的是费祎并不，而是"密表其言"，接下来便是杨仪被废为民，直到在狱中自杀。

"招祸取咎，无不自己也。"观魏延、杨仪生平行事，此语可谓确评。本来与他们尚能相处的费祎在关键时刻如能晓之以理、规以大局，魏、杨的狂傲之心该有所收敛，不致都如此结局吧。观费祎所为，近乎蜀国之安全系统人物，引出所需的言证，便飞驰而去。其所为，视上意而行，或别有所谋？都令人难以悬想，又不能不有所疑惑。细观史书，陈寿在字里行间是流露了些许弦外之音的。

费祎的结局也不好。他好饮酒。延熙十五年正式开府，成为众臣之首，正要发挥其才干之际，竟在一次宴会中酒醉，为魏国降将刺杀而死。

（二）

《三国志》中，黄权是着墨不多的人物，每次读到他的传记，都不禁掩卷深思。

黄权初保刘璋。赤壁之战后，刘备占据荆州。刘璋欲邀刘备进川以拒张鲁，黄权反对这一计划并陈说利害："左将军有骁名，今请到，欲以部曲遇之，则不满其心，欲以宾客礼待，则一国不容二君。若客有泰山之安，则主有累卵之危。可但闭境，以待河清。"（《三国志》卷四十三）刘璋不听，遣使引刘备进川。事情的进展果如黄权所言，刘备夺取益州后，刘璋的部下纷纷归降，黄权当然可以随大流归降，谁叫刘璋不听忠言呢？而黄权事实上闭城坚守，等到刘璋投降，才归降刘备。《三国演义》对此一情节颇多渲染发挥。后人评曰："权既忠谏于主，又闭城拒守，得事君之礼。"

黄权归保刘备后，在夺取汉中战役中，发挥了重要作用。

关羽遇害，刘备不顾众人反对，率军为关羽报仇，黄权是随征的将领。黄权提醒刘备：吴军善战，水军顺流易进难退。言下之意，一旦失败难以收拾，是很危险的。请为先锋，建议刘备镇后。刘备听不进去，把黄权派到江北防备魏军。陆逊火烧连营，蜀军转瞬间溃不成军。黄权后退无路，只好率部下归降魏国。

蜀国执法者欲收黄权妻子治罪，好在刘备心里明白，"孤负黄权，权不负孤也"。此事传到魏国，成了黄权妻子已被杀，而黄权断定是误传，没有发丧。可见君臣是知心的。

传记写黄权与魏文帝初见面的对答简练传神。

魏文帝谓权曰："君舍逆效顺，欲追踪陈、韩邪？"权对曰："臣过受刘主殊遇，降吴不可，还蜀无路，是以归命。且败军之将，免死为幸，何古人之可慕也！"黄权说的是实话，内心是很沉痛的。刘备死讯传到，魏群臣咸贺而黄权独否。做到这点也不容易。

黄权在魏国受到了礼待，传记写他与文帝、司马懿的应对，都显示了他的为人和才智。

绵竹之役是蜀国存亡的关键一役。邓艾率军自阴平偷袭成都，刘禅命诸葛亮之子诸葛瞻率军对抗。结局是人人都知道的，诸葛瞻、其子诸葛尚均战死，诸葛瞻军团溃败，刘禅向邓艾投降。事实上，还有别的可能。当诸葛瞻率军队到达涪城时，停军观察，此时黄权之子黄崇力劝诸葛瞻尽速攻入险地，占取地利之便，不要让敌军攻入平地。诸葛瞻经验不足，犹豫不决，黄崇再三进言，甚至跪地哭求，诸葛瞻终不能依其建议。

邓艾军进入平地，士气大振，蜀军不能敌，诸葛瞻只好退守绵竹。在最后的战斗中，"崇帅厉军士，期于必死，临阵见杀。"

黄崇建言得用，蜀国或许还能多延存一些岁月。

江山易主，关键时刻，关乎一个人的进退荣辱，最能见一个人的品德、才识。看黄权父子的经历，可以说，这是两位有操守、有见识的人，碍于客观时势，都没有充分地尽展才华。黄崇关键时刻的表现，一定与其父的言传身教有关。这父子俩是忠于蜀国的，黄权虽老死魏国，而入《蜀书》，让人感到并无不妥。

（原载《散文百家》2002 年第 11 期）

皇帝的诚信

　　唐太宗是中国历史上少数有作为的皇帝，在位时期，政治比较清明、社会安定，《贞观政要》便是记述太宗贞观年间言行的著名史书，浏览一遍，总让人觉得其中所记多偏于太宗的嘉言懿行。如要了解完整的太宗形象，看他思想的发展，很需要参照别的史书。

　　如何驾驭臣下、识别官吏的忠奸、廉贪？这是历代统治者都遇到过的问题，费尽心智，有各式各样的表现，其中有若干经验，但这里也是权术极力发挥的场所，上演过无数的悲剧。

　　《贞观政要·诚信》记载如下一条：

　　　　贞观初年，有人上书请求废掉佞幸之臣，太宗对此人讲："我所任用的，都认为是贤德之臣，你知道佞幸之臣是谁吗？"这个人回答说："臣下身居山野草泽之中，不能确切知道谁是佞幸之臣，请求陛下用假装生气的办法来试验群臣，如果有能不怕雷霆之怒，直言进谏的，则是正人君子，那些顺应皇上意旨的，则是佞幸之臣。"太宗对封德彝说："流水的清与浊，在于其源泉。君主是国政的源头，下边的众人就如同流水，君王自己搞奸诈的事，想叫臣下行为端直，这如同源泉污浊而渴望流水清澈，按理是不能实现的。我常常认为魏武帝曹操是多诡计的人，十分鄙视其为人处世，像这样的君王，怎么能够教育和使令臣下呢？"并对上书的人讲："我想在天下推行最大的信义，不想用欺诈之道来教育训示习俗和士人，你讲得虽然很好，但我是不能采纳的。"

太宗所言颇有儒家色彩，近乎德治，有别于沉溺于权术的帝王，令人称叹。但是，在同样比较权威的《唐语林》中，记载了与此相类的另外一例：

> 太宗言"尚书令史多受贿者"，乃密遣左右以物遗之，司门令史果受绢一匹。太宗将杀之，裴矩谏曰："陛下以物试之，遽行极法，诱人陷罪，非'道德、齐礼'之义。"乃免。

这里太宗所为颇类乎引蛇出洞，如非大臣谏言，那位司门令史的脑袋就要搬家了。

两则故事背景相近，太宗的言行却有很大区别。据《唐会要》记载"贞观元年，太宗务正奸吏乃遣人以财物试之"，明确标明这是贞观元年的事，如此说来，后一故事当发生在前。也可以说明，太宗的思想是经过发展的，与他身边一些崇奉儒家思想大臣平日的规谏分不开的。所以，当有人向他进谏巧计的时候，他脑子里一定闪现出自己曾干过的往事，在陈述拒绝的理由时，才那么果决、头头是道。原来类似的戏早就演过了嘛！

联系前后两件事看，太宗的闻过则喜、从善如流，确实是不虚言的。一个政治家，能以诚信自律，不以诈道训俗，在历史的长河中是可贵的。正因为如此,朝廷之上大臣们才能知无不言,言无不尽,从而集合众人的智慧,共同推动开创了"贞观之治"。

然而,唐太宗身处皇权专制体制的最高端,这样的想法能坚持多久,实在很难说。例如,太宗在驾崩以前,曾把开国大将李世绩贬谪在外,可谓惊人之举。太宗私下告诉太子说:"李世绩为我,出生入死,在所不辞,这是对我个人的效忠。李世绩才智有余,但你并无恩于他。现在我把他远谪,以试其忠心。他若遵命而去,将来你把他召回,封以高官,他必然效忠以报。他若徘徊观望,即予诛杀。"这样的做法,已很难说是君臣间的信义了。

近些年来,影视、文学作品中充斥着皇朝、帝王的题材,戏说、恶搞无足论矣,即使是一些标榜如何严肃创作的,也不难发现其中的浅薄或低俗,此种局面一时恐怕还无法改变。在这种情势下,私见以为,影视、文学工作者除了与历史工作者合作,增强历史知识真实性、历史感外,也要加强与哲学工作者的交流,端正历史观,增强把握反映历史事件、人物的深度;同时,在众多的皇朝、君臣的历史题材中,今后无妨把更多的精力投向历史上有活力的时期、有作为的君臣,比如春秋战国、汉唐时期、唐太宗等,以新的眼光,实事求是地加以表现,那样,人们得到的启示会更多。

(原载《中国青年报》2007 年 6 月 3 日)

清末紫禁城门警之奇闻

记忆中某年春末，因组织学术活动去河北大学，当地朋友热情，工作之外陪同参观保定军官学校。我是第一次来，院内游览的人较少，甚至有点冷清。从墙上的介绍文字中，我看到了家乡人的名字，兴奋地指点着；晚饭后，又一起在新建的军官学校广场徜徉，朋友在旁边介绍，我脑海中浮想一个世纪前一批又一批年轻人学习演练军事本领，毕业后为理想功名一路战火地去拼杀。由此，对保定留下深刻印象。

这几天，我翻阅齐如山的《北平杂记》。齐如山，河北高阳人，20世纪的戏曲名家，一生致力于国剧研究，他对梅派艺术的形成并走向成熟功不可没，故有"赏梅勿忘齐如山"之说。从书中看到与保定军官学校相关的材料，眼前一亮，兴趣盎然地读下去：

> 前清末年，保定府立有"武备速成学校"，后改"军官学校"，曾经热闹一时，因有许多阔人也入校受训。当时城门禁令颇森严，夜间关城之后，如持有"门照"，始可叫开门。其时有许多当教员者，城内城外学校多有兼课，夜间出入恒感不便，倘无门照，或有门照而忘却携带，则走到城门，势必碰壁。于是大家聚议，设法与城门警员作弊，但不知能否办得通。

一日夜间，由一人持纸包几角银洋，即行叫门。门警问：有门照否？曰有，随即持纸包隔门交彼，彼曰：这是门照吗？答曰：那不是门照是什么？说时语气很硬，门警遂开门放进。以后，大家便放心，虽无门照，亦不至碰壁了。（齐如山：《北平杂记》，当代中国出版社2016年版，第199页）

有钱能使鬼推磨。腐败使城市安全出现了漏洞，但类似的事在清末社会中当是较普遍的，并不稀奇。从这里倒是知道，那时保定还存有完整的城墙，城墙是何时拆掉的呢？有机会当询之保定的朋友。

令人惊奇的，是作者为我们记述的紫禁城门警情况：

我随先君（按：光绪戊戌前后时）进东华门时，刚到门洞内，忽听"喝"的一声，吓了我一跳，前后左右一看都无人，不知此声从何处而来，因黑夜看不真。细一看门洞内，地下躺着十几个人，他们都是把门的兵丁差役。他们本应该站班，有时候还要盘查，就是不盘查，也要详细地视察视察。但他们怕冷，都不起来，就躺在被窝里，在枕头上喊这么一声。这岂非笑谈？倘我不是亲眼得见，若只听人说，我一定不会相信的。（同上，第17页）

如不是看了作者的记述，我们怎么能想象到帝国权力中心的门禁竟是如此懈怠呢？何以如此？制度法规自然是不缺的。联想当时清朝众多权贵的颟顸腐败，是否可以推想：如果上层统治者置国家民族的前途于不顾，只想着抓权敛财，沉溺于种种奢侈享乐，如慈禧在军事危机不断时竟为了"乐和"挪用海军军费修建颐和园，底层兵丁差役便也懵懵懂懂，想着钱财、舒服，城防等事只是敷衍应付，最后就出现极端可笑的场面。

上下相嬉，懈怠堕落之风推展弥漫，边境上的武备缺乏真正的战斗力，一遇战事，敌兵如入无人之境。什么"金汤永固""把住大门就是了"，都不可靠的。晚清中国书写了"血泪"的历史，从上述琐碎的史料中，不难读出一点征兆或原因，让人喟叹，更令人警醒。

（原载《中国青年报》2016 年 4 月 11 日）

萧公权眼中的日本同学

20世纪初，从中国去美国，要在上海乘船，驶过太平洋，途中要在日本的横滨或其他港口停留一两日。1920年8月23日，萧公权动身去美国留学，正是走的这一路线，路上走了二十多天。几十年后，在萧公权的记忆中，途中印象最深的是在日本的所见：

> 船到日本，停泊了一天。我们全数上岸去横滨和东京观光。虽然走马观花，时间短促，两市街道的整洁固不必说，人民普遍的有礼貌和守秩序，尤其给我以深刻的印象（例如坐公用电车的人都自然地、自动地，按到来的先后在车站上排成一列，电车来了，让车上乘客一一下车之后，才鱼贯上车，绝不拥挤争先。这虽然"无关宏旨"，但确是国民教育程度的一种表现）。我前此和许多中国人一样，不大看得起"东洋人"。现在我开始修改我的态度。

初出国门的青年，在日本匆匆的印象便使他隐约感到了什么，修改着自己对日本的态度，从此关注与日本有关的人和事。

萧公权到美国后，先在密苏里大学新闻系学习，第二学期转到哲学系，这里除了有十多个中国学生，还有几个日本、印度、菲律宾人，他对印度、菲律宾留学生的评价一般，对三个日本同学的评价是"潜心向学，毫不外务，他们朴实的态度给我以很好的印象。民国九年我经过日本时已感觉到我们看轻'东洋小鬼'是一个错误，现在我更觉得日本学生的不可轻视，我曾想，如果日本的青年人大部分都像这几个日本留学生，这个岛国的前途未克限量。中国同学笑我时时与日本学生来往，送给我一个'亲日派'的徽号，其实我并不亲日而有点畏日。就后来的史实看，我那时的感觉并没有错。看轻日本人而不自策自励才是错误。"

日本史学家实藤惠秀曾说：日本留学生"是抱着决死的心情和志愿出国留学的"。萧公权的回忆为此说提供了一个旁证。

萧公权留学回国后致力于中国政治思想的研究，卓然有成，其动力是多方面的，可以推想，那几个潜心向学的日本同学会长久晃动在他的脑子里，激发他在学术上奋进。

20世纪60年代，徐复观在日本访问，看到日本左翼分子激烈的反政府斗争，但同时也注意到他们从斗争回到自己工作的岗位时，很自然而然地专心于各自的职业；此时和斗争的情态，判若两人，好像不曾发生什么事情一样。他当时即感到，这才是日本真正现代化的力量。1951年他看到日本的研究工作者，很少能穿一件不打补丁的裤子，但他们还是研究如故。这更是职业道德的另一表现。徐复观所看到的专心工作者中或有昔日潜心向学的留学生。

20世纪，中日两国之间及各自国内都发生了很多重大的事情，在现代化的竞赛中，日本跑到了中国的前面，从老一代学者片段的回忆或感触，不难看出其中的一些原因。想要现代化吗？需要认真实干，今日的留学生、知识分子更应有这股劲头，尽到自己的职责。

现在交通便利多了，去日本或与日本人接触的机会大大增多，现代中国人是否还有上一代人的感受？根据我的经历，日本人在"有礼貌""守秩序"方面仍给人以深刻的印象，这样说当然是与国内的某些情形比较而言，也不仅是"有礼貌"，还有一些更重要的方面。想想上一代人的印象，就更令人感慨了，于是，便想说在对待日本的态度上，萧公权先生的话仍是值得重视的："看轻日本人而不自策自励才是错误"。

（原载《环球时报》2004 年 12 月 10 日）

拾粪的地主

最近，在不太长的时间内，看到两则有关过去地主的材料：

一次，彭德怀在与谢觉哉闲谈时说过这样一件事："陕北某县县志有一首描写地主生活的诗：'冷窑暖炕一盆火，稀稀咸菜泡蒸馍。'其生活原不过如此。就生产关系而论，地主居于剥削地位，但就生活水准而论，中国相当部分中小地主其'生活原不过如此。'"（按：转载的《报刊文摘》没有说明谈话的时间，或许就是在陕北革命之时？）

从旧书店买回一本签名本旧体诗诗集《新醅集》，作者是胡果存先生。随意地翻看，一会儿，目光停在一首题为"拾粪翁"的诗：

五十年前拾粪翁，脑中犹记忆尊容；

圆睁两眼寻尤物，紧缩双肩御朔风；

竹篓凝霜金已满，松山带露日初红。

化肥今日铺天下，乡野恐难觅影踪。

诗后有注：

约五十年前，余尚幼，早晨常见一拾粪老翁，衣着亦算光鲜，荷小锄，背竹箕，箕内狗屎常满。与祖父唠叨，祖父对其颇客气，其人话语亦颇斯文。后闻其划为地主，其人不复再见。地主则地多，然也；地多则乏肥，然也；乏肥则拾粪，然也；拾粪而地主，惑也。历史往往有其难解之处，全部都明明白白的，恐怕就不是历史了。

衣着亦算光鲜，话语亦颇斯文，亲自拾粪，紧缩双肩御朔风——我想，这里地主的形象肯定不同于很多人脑海中的。诗写于1999年。时间过了50年，作者仍要写诗，可见对其事的记忆和困惑是多么强烈！只有当与历史事件拉开一段距离，作者才可以把他的困惑公开地表达出来。

我小的时候，农村的地主、富农是监督专政的对象，他们的子女在同伴中间往往是灰土土的，在入团、找工作、参军等事上自然较贫下中农子弟困难，乃至不可能。学校教育、电影文学作品都告诉我们地主是剥削欺压劳动人民的坏蛋，要时刻提高警惕，防止他们复辟。只是偶尔私下聊天时，从旧社会走过来的老人有时说：过去有些地主不错，你给他打工，吃饭管饱，不欠工钱……

关于过去的地主，我们可能会有各种不同的形象：黄世仁、刘文彩、周扒皮……拾粪地主，算是另外的一种。以前我们着重宣传甚至是放大了前者，那么今天，我们需要重新研究认识中国的地主，同时自然也就包括农民、资本家、工人以及他们之间复杂多样的关系。

昨天清晨，我到附近一公园散步。走到湖边的一块空地，有几位老人，一边活动身体一边闲聊，话自然飘到我耳中，像是在议论什么腐败的事，一老者很气愤：

"……过去的地主也是省吃俭用，要参加劳动，恶霸地主是少数。"

"哪像现在有些人发财这么容易……"旁边一位压低声音，一边说一边做了个用手搂的动作。众人会心地一笑。

有意思，跟我看到的材料很有关系。我想走上前，告诉他们我看到的关于拾粪地主的诗，但止住了。继续听下去。

"看报道，过去写刘文彩的罪恶有些夸张了。刘文彩没有那么恶。"

"闹土改时村里一些好吃懒作的人，分了地，经营没几年，又卖了，不好好种。"

"就几十年我们经历的这些事，说上几天几夜也说不完。"唯一一位妇女一边潇洒地做着下蹲动作，一边微笑地说。像是不想再谈这方面的事，希望换点轻松的话题。

"现在有些事，还让人真不好理解……"说话的老人声调缓慢。也许是准备活动完成，也许是话题太沉重了，几位老人都不再说什么，眯起眼睛打起太极拳，动作缓缓的。

历史、社会往往有其难解之处。但正因为如此，人们总要去探索，不断揭示真实的历史，重新思考确立社会的理想和为人的原则。我们不要像在很多事情上曾表现过的那样，从一极端到另极一端，为过去的地主资本家大唱赞歌，但确实需要综合完整的材料，提出新的判断。这是重新认识历史的必要，也关系到今天和谐社会的建设。循此而思：其时理论界的若干论战是否需要重新认识？今天的社会建设从过去理想追求中可以或必须继承什么，又必须创造什么？富人如何对待弱势群体？弱势群体又如何与富人相处……

（原载《社会科学报》2009 年 1 月 1 日）

阿 Q 似的革命党

《阿 Q 正传》是鲁迅先生的代表作之一。近些年，据有些人说，鲁迅"极端""多疑"……他的著作似已不时兴了。风潮时尚的转变是复杂难言的。即使是这样罢，这篇小说今天读来仍然非常生动深刻，比如"革命"一章：

"革命也好罢"阿 Q 想，"革这伙妈妈的命，太可恶！太可恨！……便是我，也要投降革命党了。"

小说中交代，阿 Q 近来用度困乏，有些不平；加上午间喝了两碗空肚酒，愈加醉得快，思绪也有些飘飘然起来，终于在未庄的街上喊出"造反了！造反了！"看到未庄人都用惊惧的眼光看他，阿 Q 更加高兴地走并且喊道：

"好，……我要什么就是什么，我喜欢谁就是谁。"这可看做阿 Q 革命的纲领。此后在土谷祠畅想的报私仇、分财产、想女人等则是这纲领的具体化。

东西……直走进去打开箱子来：元宝，洋钱，洋纱衫……秀才娘子的一张宁式床先搬到土谷祠，此外便摆了钱家的桌椅，——或者也就用赵家的罢。自己是不动手的，叫小 D 来搬，要搬得快，搬得不快打嘴巴。

关于阿 Q 与革命，1926 年，在"《阿 Q 正传》的成因"

一文中，鲁迅有更明确深刻的阐述："据我的意思，中国倘不革命，阿 Q 便不做，既然革命，就会做的。我的阿 Q 的运命，也只能如此，人格也恐怕并不是两个。民国元年已经过去，无可追踪了，但此后倘再有改革，我相信还会有阿 Q 似的革命党出现。我也很愿意如人们所说，我只写出了现在以前的或一时期，但我还恐怕我所看见的并非现代的前身，而是其后，或者竟是二三十年之后。其实这也不算辱没了革命党，阿 Q 究竟已经用竹筷盘上他的辫子了……"

鲁迅那看似悲观、命定的预言乃基于他对国民性的深刻把握，他不奢望，通过一场革命或运动，国民的精神就会有彻底的改变。后来的历史验证着鲁迅的预言。据著名版画家赵延年自述，"文化大革命"中这段话给他极大的震撼。在那个狂热混乱的年代，阿 Q 似的革命党有怎样的行为？仅看抢财产或约略与此相近的事罢。

下面是陈白尘《牛棚日记》中的记述：

（一九六六年）九月十九日

据闻光年被抄家时，宋元版书籍和宋瓷都有损失。而荣正一之流在抄家时，首先索取的书则是《金瓶梅》，在好多人家亦都如此。

（一九六六年）九月十九日

晚，张会武携来玲信，并告以田汉事，他被劫走，不知吉凶。街上秩序又乱了，《人民文学》编辑部自 46 号搬出后，又搬来一个所谓革命群众的组织，叫什么司令部的，强行霸占。其成员多似流氓及农村儿童。

(一九六六年) 十二月十二日

闻昨夜邵荃麟家闯进十余人，说是造反派，但未绑人。事后却发现抽屉里一百余元不翼而飞。

另据前两年出版的《我的祖父马连良》叙述，"文化大革命"中，马连良也被红卫兵抄家，过后家人清理，发现马连良的近三十套西服，裤子都不见了，仅存上衣，那个时候，上衣无法穿出故得以留存。

大潮兴起，泥沙俱下。一些人高喊革命口号，内心实则私欲膨胀。形形色色类似的，乃至比这些更惊人的事是不胜计数的。

人对时间的感觉有时确是相对的。很多时候，一想到百年千年前，不禁感叹：那么长的时间过去了，看古今人类生活的外在物质方面发生了多大的变化！但转念又想，人内心精神的变化远没有物质生活的改变那么简单容易，仍然是参差不齐，美丑善恶杂陈，时间的流失又仿佛与我们关系不大似的。百年千年前的贤哲仿佛还生活在我们中间，与我们一起面对人类精神心灵上的危机。

"我确信，只有一条腿走路是不能前进的，没有人的精神美，任何社会变革，任何科学发现，都不会给人们带来真正的献礼。"伊利亚·爱伦堡之语深获吾心。一场革命或变革，总要接受人性天道的统摄，使人的精神沿着正确的方向得到提升，而不应是人内心负面因素放肆地泛滥，报私仇、抢财产、奢侈享乐……

如何使人包括阿 Q 似的革命党的精神丰富美化起来？没
有简单、唯一的答案。

（原载《中国青年报》2010 年 2 月 22 日）

兴衰试金石

蒋介石是 20 世纪中国的重要政治人物。对蒋介石的研究，固然要从他的事功、著作入手，同时，与之有或多或少、或深或浅交道的若干人的回忆评价，也为今人提供了一个个审视的视角。仅就思想文化界而言，胡适、梁漱溟、郭沫若、陈寅恪、马一浮、方东美、徐复观、贺麟、殷海光等就对蒋介石有不同的印象或评价。因为利益关系、见识高低等原因，其中存有差异是自然的，对这些文字也要分析鉴别。沿着各个视角深入审视挖掘，然后加以综合，当可有助于得出较为真实的形象和恰当的评价。

冯友兰笔下的蒋介石便颇耐人寻味。

据冯友兰晚年回忆，抗日战争时期，蒋介石在重庆办了一个中央训练团，叫他手下的人轮流集中受训，每半年为一期。训练团中也开了一些知识性的课程，聘请当时各大学的教授担任。冯友兰被聘请担任一门，题目是"中国固有的道德"。这样，在西南联大的他每年总要到重庆一两次。

蒋介石有一个办法：凡是从别的城市到重庆的比较知名人士，他都照例请吃一顿饭。冯友兰差不多每次到重庆，他都送来一张请帖，叫去吃饭。

每次吃饭，大约有 20 人，中餐西吃。坐定以后，边吃边谈。座中也经常有别的城市的头头。蒋介石看见这些人总是问："你们那里现在怎么样？"如果回答说很好，他就不再问了。如果回答说有些问题，他就追问是些什么问题，回答的人如果有些话说得不合他的意，他就发怒，有的时候还当面斥责。所以去吃饭的那些头头们，都是战战兢兢的。

　　经过几次这样的场面，我发现一条规律：善于作官的人，如果蒋介石问他所管辖的那个地方的情况，总是说很好。这是一个最简单最容易最保险的回答。说一个"好"字就过去了。假使回答说有问题，甚而至于还要说有什么问题，要对那些问题作一种分析或请示，那就麻烦了。不但解决不了问题，而且可能还要受到斥责。我心中忽然明白了一个问题：在中国封建社会中，有许多皇帝，也不能说是不聪明，到后来总是把事情办糟。像唐明皇，在安禄山已经打到潼关的时候，他还是照样寻欢作乐，那些掌权的大小官员，在他面前都不敢说真话，因为说假话最容易最保险，而说真话会引起麻烦。大小官员都不得不用官僚主义的一个妙诀，就是前面说过的"瞒上不瞒下"。瞒来瞒去，就只瞒着掌握最高权力的那一个人。等到那一个人也觉得他是被瞒了的时候，事情已经糟到极点，无可挽回了。（冯友兰：《三松堂自序》，生活·读书·新知三联书店1984年版，第112～113页）观察细微，评论也是极为深刻的。

　　一个政治家很少会说不愿听真话，有时还会在公开场合语重心长地鼓励人们讲真话，但由于个人的品德观念、办事风格，更由于制度和他所代表集团势力的上升或没落，很多时候恰恰就听不到真话，甚至走到不愿听真话的地步。听不到真话，意味着不了解真实的情况，在此基础上进行决策，当然存有很大风险。

1942年，河南省，由于日本帝国主义侵略，连年战争，再加旱灾，发生了大饥荒。据后来人回忆，当时"飞蝗蔽天，野无清草；灾情惨重，人民卖儿鬻女"，灾情在不断蔓延……

国民党政府以"影响抗战士气""妨碍国际视听"为由，对灾情实行新闻封锁。据史家研究，蒋介石对大灾抱着装聋作哑的态度，目的是既不救灾，又可以推谢责任。他不惟不愿积极救灾，而且是不愿听灾。

到秋季，鉴于灾情日趋严重，河南省推举三位代表到重庆陈述情况，呼吁救灾。当时他们也打算一见全权在握的蒋介石，但是蒋介石拒见他们，而且禁止他们在重庆公开活动，宣传灾情。1943年2月初，重庆《大公报》相继发表通讯"豫灾实录"和社论"看重庆，念中原"，被蒋介石勒令停刊三日。通讯和社论对当时的情况是否有夸大呢？完全没有。灾情的严重，重庆豪贵的骄奢淫逸花天酒地，比之《大公报》所说，实有过之而无不及。蒋介石的秘书陈布雷说："委员长根本不相信河南有灾，说什么'赤地千里''哀鸿遍野''嗷嗷待哺'，委员长就骂是谎报滥调，并严令河南征缴不得缓免。"蒋介石的刚愎自用可见一斑。到1943年3月底，当美国记者白修德从河南考察归来向蒋介石陈述灾情时，他还矢口否认，故作惊讶。

蒋介石的态度，在一定程度纵容了下级的自私刚愎和残忍。河南省主席李培基为了向上邀功，瞒灾不报。灾情发展到1942年秋天，情况已十分严重，不仅国内记者纷纷报道，外国记者也到灾区，深入了解。为堵塞外人非议，国民党政府此时才派两位大员到河南视察，路上见有灾民在剥树皮，一位大员还说是地方上故意造作给他们看。其实剥树皮的事早两个月已经开始，且各处都有。后来两位大员把缩小的灾情报蒋介石，他再据此决定救灾的方案……

河南饥荒，约300万人（一说500万人）死于饥饿！可谓惨绝人寰。大灾荒中国民党政府上下的应对和结果，为冯友兰对蒋介石的评论提供了一个无比沉重的例证。1942年冯友兰利用清华第二次休假的机会有一半时间在重庆，他的评论是否凝结着这历史的血泪，尚待进一步的考证。

"灾难完全是人为的，任何时候都没有超出当局可以控制的程度，只要他们有愿望和热情去做这些事的话。"——当年一位传教士的观察引人长思。1942年河南大灾像一块试金石。事实证明，国民党政权没有经受住这一检验。有史家评论：自此，他们便在河南民心丧尽，大势已去。这直接决定了国民党军队在1944年春夏之交中原会战中的失败。尽管中国军队中确实有不少爱国官兵浴血奋战、英勇牺牲，但由于军事司令长官的无能，更由于失去民众的支持，国民党军队遭到了空前的惨败。更令他们意想不到的是，当部队向豫西撤退时，豫西山地的民众到处截击他们，缴获他们的枪支、弹药、高射炮、无线电台，甚至枪杀部队官兵。参加中原会战的几支主要部队在战后总结中都提出了这个问题。

1943 年秋季的一天，蒋梦麟邀请西南联大的国民党党员教授，到他家里座谈。谈的内容，是国内形势。蒋梦麟说，陈雪屏就要到重庆去，当局必定问他联大的情况，大家有什么意见，可以谈出来，托陈雪屏带去。大家同意，以联大区党部的名义，给蒋介石写封信，表示一点意见。大家推举冯友兰起草信稿。过了几天，讨论信稿。信的大概意思是说，照国内的形势看，人心所向似乎不在国民党，要收拾人心，必须开放政权，实行立宪；清朝末年，清室不肯立宪，使国民党革命得以成功，可为殷鉴。这个信稿通过了，交给陈雪屏。又过了几天，区党部接到蒋介石的一封回信，说他很注意联大区党部的意见，并且说现在形势虽然危急，但有像联大的这些党员，相信可以转危为安。

蒋介石也说是要立宪，可是他所说的立宪，并不是我们原信中所说的立宪。在联大大部分的教授中，包括我在内，所说的立宪，是真立宪，真民主。当时我想，要立宪就要实行真正的选举。如果国民党不能得到多数票，只能怨它在二十年的执政中没有把国家办好，那就得把政权让出来，交给得到多数票的党派。可是蒋介石所说的立宪，是假立宪，是借立宪之名，以巩固他的地位。他所要的选举，是以选举的形式使国民党的专政显得合法。在抗日胜利以后，他果然照着他的意图实行"立宪"，假的就是假的，它是不能解决真问题的。（同上书，第115页）

这不免让人叹息人心的复杂难测，听了真话且说着要去做，但大方向是否一致，能否真正实行，仍然很复杂。

一个政治家和他代表的集团，要克制私欲，顺乎民心，顺应时代潮流，才能有一定作为。但是，在历史上人们可以看到，更多的统治者，在涉及重大利益的事上总是表现自私，为欲（权力欲、物质欲等）所蔽，想更多地占有，甚至是垄断权力和财富，唯我独大，偏离大道，逞其心机，愚弄百姓，到头来便难逃被人民抛弃的结局。

愿不愿听真话，能不能保证听到真话，是否言行一致地行动，是审视一个人物、团体兴衰的重要视角，更是一块可靠的试金石。

愚蠢的炫耀

孔祥熙是中华民国南京国民政府的高官，20 世纪三四十年代曾任民国民政府财政部部长、行政院院长，官位不可谓不高，再加与蒋介石是连襟关系，在中国近代史上亦可称著名人物。

抗战时期，哲学家冯友兰曾与之打过一点交道。

民国政府教育部设了一个学术评议会，说是可以参加讨论国家教育、学术方面的重要事情，冯友兰被指定为这个会的成员。"头一天开幕的会上，看见来了一个面团团如富家翁的人，他说，'现在教育界有些不同的意见，议论纷纷，很不好。'我悄悄地问坐在我旁边的傅斯年，这个人是谁？傅斯年说：'这个就是孔祥熙，骂到你们头上了，你得发言批评他。'"孔祥熙发言完了，冯友兰真就接着发言，对孔祥熙的话做了不同的回应。好在孔祥熙不以为忤，散会时，还跑过来与冯友兰拉拉手。

在我又一次到重庆的时候，孔祥熙派了他的一个亲信来找我，说："孔院长请你务必到他家里去一趟，有事情相商。"我想，有什么事情呢？我就去了一趟。孔祥熙说，他要办一个孔教会，请我当会长。我的回答有两点，第一点是，没有办这种会的必要；第二点是，如果要办，

我也办不了。（冯友兰：《三松堂自序》，生活·读书·新知三联书店 1984 年版，第 110～111 页）

也不知这个孔教会办起来没有。民国时期的教授有底气，回味冯友兰的拒绝，不冷不热，是否与平时对孔祥熙的政声、为人已有耳闻不太高看有关系呢？我想，应该有一些。

差不多与上面的事情同时，1943 年，孔祥熙以行政院院长身份盛宴招待一个英国访华团，在宴席上，他夸耀着说：中国地大物博，抗战数年还是鸡鸭鱼肉、山珍海味，要吃什么就有什么，不像你们英国那样，战时每人每周只能配给一个鸡蛋。

不知他说此番话时是什么心理，为了面子而大肆吹嘘吗？以为英国人会相信怕也是太天真的。此时千里之外的河南，百姓正经历可怕的饥荒，上千万百姓在死亡线上挣扎；即使是西南联大的教授，在通货膨胀的压力下也度日维艰，一些名教授的夫人（其中就有冯友兰的夫人）都要做些小生意来维持家计，普通百姓的境况更可想而知。他自己可能真过着那样奢侈的生活。但这又说明什么呢？监督不到位的权力必然会有的腐败和浪费，舍此，还能有其他的解释吗？

这样的言论传到社会民间，人们又如何看孔祥熙院长呢？不问可知矣。丧失民心的影响一定是巨大的。他想弘扬孔教，恐怕再讲得慷慨激昂口干舌燥，也不会有什么号召力影响力。适得其反的效果，一定是要有的。

抗战时期，在一次集会上，孔祥熙大谈营养运动，说不用担心中国粮食不足，只是人们吃得太多太浪费了，建议大家多吃糙米，说那是含有维他命 ABC 多种营养的食品。

记者彭子冈听不下去了，站起来提问："这几年，前方将士浴血奋战，后方老百姓节衣缩食，都是为了争取抗战胜利。孔院长，你可以看一看，在座的新闻界同业都面有菜色，唯有你心宽体胖，脸色红润，深得养生之道，可否请你继续谈一下养生之道？"

面对尖锐的提问，孔祥熙无言以对，只好打哈哈："哈哈，哈哈，散会。"因此得名"哈哈孔"。真可谓自取其辱。

几十年过去，孔祥熙式的炫耀远未绝迹。

经济发展，和平时期，在吃一方面自然是更加丰富多彩了。多年来，遇有各级中外交流场合，我们很多时候仍是盛宴相待，一些人以为是在为国争光呢。但想想一些地方危旧的校舍、失学的儿童、看不起病的群体，等等，过多、过度的盛宴、排场不是很有些愚蠢吗？连一些外国友人都不好理解，暗暗摇头。

好在越来越多的人认识到这一点，一些官员到发达国家访问，亲眼看到人家在吃喝上的节俭、管理的严格，或多或少会有触动。我们无疑是必须要改变的。"在别人面前炫耀自己所拥有的财富或东西，即使他所讲的是实话，那也是丑恶的。"何况仅仅是低层次的吃喝！

（原载《中国青年报》2014 年 5 月 2 日）

国民党俘虏何以恐惧地尖叫

1947 年 10 月中旬，西北野战军在彭德怀指挥下攻克清涧，歼敌 6000 多人，俘敌整编 76 师师长。战后的一天，一队解放军把俘获的国民党师长及其他军官等人从清涧、绥德往山西解押，下午两三点钟让俘虏们在河边一棵大树下歇息。

这时，从西边走来两个人，前面是一个青年军人，背着短枪，牵着马；后面数十步外走着一位 50 岁左右的中年人，他光着头，帽子抓在手里，脚上的布鞋已破烂得穿不住，用麻绳绑在脚面上，但走起路来稳健有力。

有一位挑水的农民在树荫下休息。那位中年人笑嘻嘻地走近问："你给家里挑水啦？我想喝你几口水，行吗？"

农民见是自己部队的同志，自然同意，说："你尽量地喝吧。"

那位中年人随即俯下身子，就着桶沿狠喝了几口，随后又追赶前面的青年去了。

俘虏们见中年人的一身军服和士兵毫无两样，甚至脚上的布鞋已破烂得要用麻绳捆着。但是，前面有个牵马的人走过去，中年人的风度也不像一般人——他们到底是什么关系，心中正犯嘀咕。

这时，押解俘虏的解放军有人认出，互相小声地说：

"看，彭总，那是彭总。"

这话被俘虏们听见了，他们立即站起来直身观望。

有的人竟惊恐地叫起来："我们就是败在他的手下，当了他的俘虏，真可怕！"

更有人说："完了！国民党完蛋了！非彻底失败不可，天有眼！天下哪有我们立足之地！"

——这是师哲老人回忆录中记述的一幕，极为生动且有象征意义！"上下同欲者胜"，应该说，这些俘虏还不笨，他们看到彭总的装束、举止，对比国民党军队的情况，已经明白国民党腐败，注定失败，共产党军民、官兵密切，上下齐心，专一作战，一定胜利，因而悲哀、绝望！惊恐万状！

回望历史，如果说1945～1946年前后的战后"接收"是国民党威信下降的开始，那么，到1948年前后，国民党的威信已是急剧下降，不可收拾。军队中由于军官腐败，克扣军饷，国民党士兵生活凄惨，士气低落。76师的情况，从俘虏恐惧的尖叫声中，已不难想见。

时任国民党上海市长的吴国桢后来回忆说："将军们经常要给部队发饷，但物价猛涨，他们又贪污，所以钱很少直接发给士兵，而是进了将军们自己的腰包。他们又用这些钱囤积商品投机赚钱，这样就进一步抬高了物价。"军队的军需发放也不及时，经常是冬天发夏装，夏天发棉衣，士兵基本的生活需求都不能保障。"我经常到上海码头去。那时我们的部队都集中在东北，我看到一箱箱运往东北给部队发饷的中央银行钞票。但一两周后，当我再到码头时，同样的箱子又从东北运回来了，显然指挥官们并未给部队发饷，而是将其运回以购买商品进行囤积，此后将其在黑市抛出，获得巨利，只用所赚的一部分给部队发饷。我将这一情况报告给蒋介石，但他未作任何处理。"

"再就是有所谓的'纸上兵'。一个师本应有1万人，中央政府按这数字付饷给指挥官，但实际人数可能只有7000，甚至更少，于是他将多余的钱装进了腰包。"

类似的事情，不胜枚举。国民党军队内的官兵关系也就可想而知，战斗力自然下降。

若干年后，人们一定还会对几十年前那场轰轰烈烈的国共大决战深感兴趣，品评论说。开战之时，国民党携抗战胜利积累的威望，武器装备优良的军队，从蒋介石到许多将军踌躇满志，四年中竟雪崩般溃败，失败之快，出乎人们的意料，原因到底何在？主义感召力的大小、政党组织的强弱、政治军事谋略的高低乃至谍报人员的智愚等都可以分析出若干大大小小的原因，无可否认，国民党政府和军队的严重腐败、丧失民心该是最显见、关键的原因。

一个集团或政权，不管表面上看起来多么强大，一旦出现全面的贪腐，就会信仰坍塌、精神涣散、丧失民心，随时有可能崩溃，这是值得所有执政党借鉴的重要历史教训。这冷酷的历史教训时刻警醒着后来者，在大力清除腐败官僚的同时，更要借鉴人类的古今经验，努力别寻新路，跳出兴衰的历史循环。

（原载《中国青年报》2015年10月12日）